JORGE, UM BRASILEIRO

Oswaldo França Júnior

JORGE, UM BRASILEIRO

Prefácios:
Antônio Olinto e
Eliezer Moreira

14ª edição

EDITORA
NOVA
FRONTEIRA

Copyright © 1967 by herdeiros de Oswaldo França Júnior.

Direitos de edição da obra em língua portuguesa no Brasil adquiridos pela EDITORA NOVA FRONTEIRA PARTICIPAÇÕES S.A. Todos os direitos reservados. Nenhuma parte desta obra pode ser apropriada e estocada em sistema de banco de dados ou processo similar, em qualquer forma ou meio, seja eletrônico, de fotocópia, gravação etc., sem a permissão do detentor do copirraite.

EDITORA NOVA FRONTEIRA PARTICIPAÇÕES S.A.
Av. Rio Branco, 115 – Salas 1201 a 1205 – Centro – 20040-004
Rio de Janeiro – RJ – Brasil
Tel.: (21) 3882-8200

Dados Internacionais de Catalogação na Publicação (CIP)

F815j   França Júnior, Oswaldo
        Jorge, um brasileiro / Oswaldo França Júnior.
– 14. ed. – Rio de Janeiro: Nova Fronteira, 2024.
224 p.; 13,5 x 20,8

        ISBN: 978-65-5640-859-0

        1. Literatura brasileira. I. Título.

        CDD: 869.2
        CDU: 82-2 (81)

André Felipe de Moraes Queiroz – Bibliotecário – CRB-4/2242

CONHEÇA OUTROS
LIVROS DA EDITORA

Para Maria Amélia

Prefácio
Jorge, um resistente

Eliezer Moreira
escritor e crítico literário

NADA É MAIS APAIXONANTE NUM ROMANCE do que um personagem verdadeiro. Enredo, ação ou ambiente são aspectos, afinal, sem grande importância. O sentido de verdade que torna uma história atraente começa pelo fascínio que o personagem pode exercer sobre o leitor. É o caso deste *Jorge, um brasileiro*, personagem medular na obra de Oswaldo França Júnior. Tipos ficcionais verdadeiros há muitos, e de todos os matizes. Alguns, como Jorge, dão título aos romances, e outros se tornam tão marcantes que ganham categoria de substantivos, como o Dom Quixote de Cervantes e a Emma Bovary de Flaubert. Todos ou a grande maioria têm sobrenomes: Quincas Borba, Huckleberry Finn e tantos outros. Já o Jorge de O.F.J., um motorista de caminhão de uma vontade determinada e uma inteireza moral impressionantes, é um personagem de quem o leitor não chega a saber o sobrenome. É Jorge, apenas. Mas o adjetivo que o acompanha tem a força e a completude que nenhum sobrenome poderia lhe dar. Jorge é um brasileiro. Isso basta.

Este segundo romance de França Júnior surgiu num período de grande vigor na literatura brasileira. Assim como acontecia no cinema de um Nelson Pereira dos Santos ou um Glauber Rocha, nas composições musicais de Chico Buarque ou no

Vinicius de Moraes oriundo daquele gênero de sua poesia de que o poema "O operário em construção" pode ser lembrado como exemplo, a literatura de então também procurava fazer um retrato do Brasil e sua gente em conformidade com as múltiplas realidades do país. No caso do cinema, a própria literatura o alimentava, e certos filmes de Glauber ressoam grandemente alguns romances de José Lins do Rego. Como se sabe, *Jorge, um brasileiro*, também virou filme, dirigido por Paulo Thiago e protagonizado por Carlos Alberto Riccelli. Muitas das obras de então buscavam mostrar um Brasil sem retoques, quase frequentemente urbano, algumas vezes malandro e mesmo marginal, em páginas ficcionais ou próximas do documental e do jornalístico, em livros-reportagens de José Louzeiro, romances e contos de Domingos Pellegrini, de Aguinaldo Silva ou de Luiz Vilela, e sobretudo na prosa mais refinada de um João Antônio, a que então melhor trouxe para a escrita o falar da gente das ruas. Foram os anos do chamado *boom* do conto, o gênero então mais praticado. Publicado após conquistar o mais importante prêmio literário nacional dos anos sessenta, o Prêmio Walmap, *Jorge, um brasileiro* pode ser considerado o romance inaugural e o mais representativo dessa vertente naquele período de emergência de uma literatura fincada na realidade, a mais autêntica e por vezes a mais crua, e não seria desacertado afirmar que influenciou muito do que veio depois dele.

Não que a literatura de Oswaldo França Júnior, relativamente extensa, composta de treze romances e um livro de contos, venha toda ela daquela mesma vertente que distingue boa parte da prosa ficcional de então. No autor, esse caráter voltado para uma realidade mais chã, a do trabalhador comum, fica mais explícito, até mesmo pelo título, no excelente *O homem de macacão*, seu quarto romance. Contudo, bem antes dele, com *Jorge, um brasileiro*, seja pelo personagem central ou as características do estilo, seja pela linguagem ou a ambiência de cenários que se deslocam e vão mostrando o Brasil, não o das cidades, mas o das estradas e lugarejos do interior, o escritor mineiro já havia antecipado, em relação a outros autores importantes do mesmo período, tudo o que surgiria de melhor naquela quadra tão rica de nossa literatura.

Jorge começa a contar a um ouvinte anônimo, a quem se refere como "você", o caso da viagem que fez, com outros sete caminhoneiros, sob chuvas intermináveis, no comando da frota com toneladas de grãos que deveria chegar em prazo inadiável. E o que ele conta envolve o leitor na malha dessa outra experiência fascinante que é a da leitura. Como nas estradas que percorrem, cheias de buracos e lama, de barreiras e pontes caídas, que obrigam a desvios, o relato também é pontuado por saídas laterais, num processo natural de caso-puxa-caso. Assim, o que surge do que ele conta é toda uma vida. "Em jeito de conversa, ergue um mundo", como lembra Antônio Olinto no ensaio exemplar da primeira edição. E o que o torna verdadeiro é a verdade mesma que emerge de sua experiência, das minúcias de seu conhecimento em torno de caminhões, mecânica, estradas, e na infinidade de recursos que pode empregar para chegar a tempo. Sua verdade também está nesse "nunca desistir", popularmente atribuído ao caráter do brasileiro comum, e que, no caso dos obstáculos que o caminhoneiro luta para superar, se aproxima de uma dimensão épica.

Seu jeito de falar remete aos relatos orais fundadores da literatura, a mesma oralidade sedutora que nos deu outro conversador notável, o Riobaldo de Guimarães Rosa. Jorge, embora mais conciso e direto, não deixa de lembrar um Riobaldo rodoviário, confidenciando suas façanhas. Seu ouvinte é o leitor, que partilha de sua tenacidade, de sua luta heroica. A saga desse caminhoneiro à frente de seus companheiros impressiona pela simplicidade e pela grandeza. O livro é desses que se tornam clássicos na origem, pela verdade que exprimem. *Jorge, um brasileiro* traz para o Brasil de hoje, para o leitor de hoje, a permanência da aventura humana no tempo.

Prefácio da 1ª edição

Antônio Olinto
escritor, ensaísta, crítico literário e acadêmico

PASSOU A ARTE LITERÁRIA, NA ÉPOCA das descobertas, por modificações que a fizeram atingir estruturas novas. A mais importante foi a que culminou na criação da arte do romance, tal como a entendemos a partir de então. Há milênios que o homem contava histórias através de poemas. Estórias em versos. O ímpeto normal do narrador o levava a narrar dentro de determinado ritmo, em geral altissonante, guerreiro, épico, porque só o que fosse guerreiro e/ou épico parecia digno de ser transmitido aos outros. Em muitos momentos, até a língua tinha de ser diferente da que o povo — a grande massa do povo — falava. Apareciam narrativas de feitos heroicos, de casos acontecidos a deuses e pessoas que, não sendo deuses, estavam perto da divindade, em ambientes tidos como divinos ou possuindo condições de deificação, e nessas narrativas, ritmadas, tanto a fala como a escrita pertenciam e se destinavam aos raros, aos de uma elite. Tampouco as narrativas mais antigas de ficção em prosa bastavam para configurar o que veio a ser a arte do romance.

No começo era o verbo mas também o verso. No começo era o verso contando, narrando. Os livros religiosos participavam da colocação do verbo em verso, da palavra em poesia. E os cânticos de festas sacras, em toda a Ásia, na Europa ou ao longo da África, mantinham sua ligação estrutural com a divisão do ritmo, a quebra de cadência, as pausas, os silêncios e as repetições que constituem alguns dos elementos comuns da linguagem em verso. O judeu teve força bastante para fazer com que o monoteísmo se expandisse por muitas regiões da terra, mas o monoteísmo pré-cristão, preso à ideia de povo escolhido, ainda não favorecia uma tendência para a democratização que passou a existir com o cristianismo. Por sua vez, a fusão entre cristianismo e paganismo, se ajudou o homem a não abandonar muitas das forças culturais da Europa não cristã, reteve o natural desenvolvimento da ideia democratizadora que só voltaria a se impor com as descobertas e a Reforma. A arte de contar histórias continuou, assim, até então, subordinada em geral ao poema-que-conta-história. Passado o primeiro milênio do cristianismo a reação se fazia em grau cada vez maior, inclusive contra a utilização de um idioma de elite, uma língua, como o latim que o povo não mais falava em sua bela pureza. Sem o livro impresso que chegaria com o século XV, sem obras escritas no idioma que o homem do povo empregava no viver seu dia a dia, sem estruturas de ensino universalista e democrático, aos intelectuais do começo do segundo milênio custaria ver que o rei estava nu e, como Daniel Artaut e Dante, usar a língua da fala em obras escritas. Com a tipografia, as descobertas e a Reforma, o ideal da democratização se tornava possível. Democratização de conhecimentos. Democratização política. Democratização religiosa e econômica. O livro se tornou objeto multiplicado e multiplicável. As estórias para a grande massa perderam o tom pomposo e buscaram o da fala em prosa, o do diálogo mais próximo do colóquio de rua, mais perto das conversas de bêbados e das alterações quotidianas. E assim a democratização, literária ou não, caminhou com firmeza com um que outro recuo, ao longo das modificações do homem e das tentativas que a sociedade fazia no sentido de resolver seus problemas de comida, de abrigo, de repouso, de trabalho, de sonho, de jogo, de recriação.

O liberalismo se firmava na Inglaterra e nos países da Reforma, o humanismo tentava frigir às soluções radicais e a Contra Reforma corrigia alguns dos erros anteriores da igreja oficial, ao mesmo tempo em que preparava caminho para o ecumenismo. Nada disto impedia que os extremistas provocassem caças às feiticeiras, fosse através do Santo Ofício, na Península Ibérica, ou do protestantismo na Suíça, ou na Salém do Novo Mundo, mas esse extremismo de então, como muitos outros apegos à ortodoxia existentes ao longo da caminhada do homem, não estava de acordo com os tempos e acabava sendo uma luta contra a realidade da democratização e da "hominização" das gentes.

Na mesma Península Ibérica, o último poema-que-conta-história, à bela e alta maneira antiga, e a primeira narrativa em prosa, no início da arte do romance, apareceram com trinta e poucos anos de diferença: *Os lusíadas*, de Luís de Camões, em 1572, e o *Dom Quixote*, de Cervantes, em 1606. É verdade que, antes, muitas narrativas em prosa haviam atraído a atenção do mundo e, depois, outros poemas narrativos iriam inserir-se na linhagem do gênero. Contudo, as narrativas de antes ainda não eram romances, tal como essa arte passou a existir depois do *Dom Quixote*, e os poemas-com-histórias posteriores deixariam de ser a forma narrativa preferida do mundo literário, como ocorrera, de modo geral, até *Os lusíadas*. Os *best-sellers* que antecederam Cervantes haviam sido histórias de cavalaria, casos ligados aos 12 pares de França, às guerras de Carlos Magno, a lutas contra o mouro, às Cruzadas. Bernardo del Carpio integrante da *História do imperador Carlos Magno e dos doze pares de França*, era, comenta Luís da Câmara Cascudo, o Super-Homem da época. Dois dos gêneros preferidos do século XX — as estórias-em-quadrinhos e as novelas de rádio e televisão — já existiam, sob formas diferentes, nos tempos de antes de Camões e Cervantes. A *História da princesa Magalona* — que o mesmo Cascudo estudou em *Cinco livros do povo* — era conhecida, em latim e provençal, já no século XIV. Nenhuma dessas narrativas em prosa chegava ainda a ser o romance como obra de arte, mas todas o anunciavam. A democratização começara em bases populares, não estéticas, e estavam próximos os tempos em que os escritores, além de adotar a língua do povo, iriam também atender ao permanente desejo, que o homem comum tem, de ouvir estórias. Mesmo em relação à língua, o importante não era apenas o uso de um idioma, mas a aceitação de um estilo acessível, ainda que numa língua que o fosse pouco. Assim, São Jerônimo, no século IV, seria, elemento importante nesse processo de democratização cultural. Afinal, sua versão do mais importante e popular dos livros para um latim vulgar colocava esse conjunto de escritos ao alcance de um maior número de pessoas.

Quando o impressor Antônio Gonçalves lançou o poema de Camões, Dom Miguel de Cervantes estava com 25 anos e não parecia destinado a realizar uma obra literária de importância. Seria, durante toda a vida, cercado de desconfiança e de invejas. Mesmo depois da publicação da primeira parte de *Dom Quixote*, não viria a ser reconhecido por muitos como escritor digno de atenção, e seu inimigo Lope de Vega cometeria, quanto a Cervantes, erro que só teria igual no que iria marcar o nome de André Gide, três séculos e tanto mais tarde, em relação a Proust. Qual foi a opinião de Lope de Vega sobre Cervantes? Achou-o um péssimo escritor. E sobre *Dom Quixote*? Uma sensaboria.

Contudo, ali estava o começo da arte do romance. O tipo de leitura a que o homem dedicaria mais de metade de seu tempo nos próximos quatro séculos seria o que começava a existir na estória do engenhoso fidalgo espanhol. Com ele, a democratização literária se acentuava. Havia, agora, para a grande massa do povo, um tipo de arte, capaz de atingir níveis idênticos ao de qualquer outro, e a que todos poderiam recorrer como passatempo e como exemplo do comportamento do ser humano e de suas possibilidades de grandeza e de aviltamento. *Dom Quixote* iria influir em todo o mundo, e o romance inglês passaria quase dois séculos tentando imitar Cervantes. *Pilgrim's Progress*, de Bunyon, *Moll Flanders*, de Defoe, *Clarissa Harlowe*, de Richardson, *Tom Jones*, de Fielding — todos saem, direta ou indiretamente, de *Dom Quixote*, havendo Fielding buscado a imitação direta de Cervantes em seu livro de 1742, *Joseph Andrews*, a que chamou de *A história das aventuras de Joseph Andrews e seu amigo Abraham Adams*. Antes da estruturação do romance moderno em *Dom Quixote*, outra narrativa espanhola, *Vida de Lazarillo de Tormes y de sus fortunas e adversidades*, poderia ter mostrado que o gênero estava próximo. Suas três primeiras edições conhecidas são de 1554. Não se sabe quem escreveu o *Lazarillo*. Diego Hurtado de Mendoza? Juan Ortega? Como obra de meados do século XVI, incorporava, em sua engenharia, várias técnicas de narrar que se dirigiam ao grande público e revelavam personagens da rua, gente que o leitor poderia encontrar com facilidade ao longo dos caminhos da Espanha.

Quando a literatura brasileira começou a manusear as realidades do país, encontrou, na arte de ficção escrita, um instrumento literário capaz de as fixar e interpretar. Do primeiro romance importante do Brasil — *Memórias de um sargento de milícias*, de Manuel Antônio de Almeida — a uma narrativa recente em que essas realidades se reafirmam — *A Morte e a morte de Quincas Berro Dágua*, de Jorge Amado — tem o país mostrado, através do romance, aspectos de sua verdade e de sua beleza. No momento, por exemplo, pode-se tomar da ficção brasileira realizada a partir da fértil década de trinta e, com ela, erguer um mapa de nossas existencialidades, tanto aceitando o romance como produto de uma geografia, e/ou de uma sociedade como examinando nossos romances sob a espécie de estruturas literárias esteticamente concebidas e executadas. O estruturalismo de Levy-Strauss, que me parece uma técnica válida para a análise literária (ao lado de algumas outras, e/ou conjuntamente com outras), ajuda o analista a promover um levantamento de como essa ficção nos representa e fala por nós.

O maior concurso literário do país, de que Oswaldo França Júnior saiu vencedor, veio reafirmar, em quantidade e qualidade, essa profunda ligação de nossos romancistas com as realidades de um povo. O Prêmio Nacional WALMAP de 1967, patrocinado por José Luís de Magalhães Lins e o Banco Nacional de Minas Gerais, recebera, de todas as partes do Brasil, 243 originais. De cidades no interior do Pará, de outras na fronteira do Rio Grande do Sul com o Uruguai, de lugarejos em Mato Grosso, de todo o Nordeste, de cerca de uma centena de cidades do estado do Rio, de Minas Gerais e de São Paulo, romances de estilos diversos e com as mais variadas preocupações formais e conteudísticas chegaram às mãos da comissão julgadora em que estávamos Jorge Amado, João Guimarães Rosa e o organizador do concurso, que escreve estas linhas. Como se o país resolvesse de repente mostrar-se, revelar suas fissuras, ali se achavam narrativas de todas as espécies e o romance que se destacou desse conjunto e acabou conquistando o primeiro lugar foi este *Jorge, um brasileiro*, que representa uma novidade em nossa ficção.

Primeiro, por sua estrutura ficcional. Oswaldo França Júnior realiza um *nouveau roman* que, nada tendo a ver com seu congênere francês, é na realidade um novo romance brasileiro, tanto no estilo narrativo como no uso das palavras e no manuseio de realidades. O estilo, tem-no em haustos largos, num fôlego impressionante. O que Jorge precisa contar, conta-o na primeira pessoa. Mas primeira falando diretamente à segunda, a um ouvinte, chamado de "você", na antiga sabedoria das narrativas orais e imediatas. Quando o contar-histórias abandonou a oralidade e se fixou em cânones de escrita — fosse sob a matéria da narração onisciente ou do ângulo restrito de uma primeira pessoa — a posição da narrativa passou a ser um artifício ainda maior do que o simples artifício do narrador que inventa incidentes de um caso possivelmente verdadeiro. Às vezes, o âmbito da narração se amplia e, como na. estória de Vasco Moscoso de Aragão, que Jorge Amado conta, pode haver um narrador verdadeiro, que é o autor, um inventado pelo autor, um terceiro inventado pelo que fora inventado pelo autor, e diz E. M. Forster, em *Aspects of the Novel*, que o romance deve firmar-se numa *expansão* e nunca num arcabouço fechado, o que parece indicar a excelência da narração tipo caso-puxa-caso sobre a que se fechasse sobre si mesma, num arredondamento (Forster usa a expressão "rouding off", colocando-se a favor do "opening out"). Sendo primeira pessoa dirigindo-se a uma segunda essencial existente no "você", *Jorge, um brasileiro* se afasta da segunda pessoa tal como Michel Butor a usa em *La modification*, num bom momento experimental da nova ficção, para se aproximar do modo como o narrador a dois (isto é, dirigindo-se a outro) de qualquer tempo, funcionava. Aí, Oswaldo França Júnior está na boa linhagem do *Lazarillo*, que começa com estas palavras:

"Pues sepa V. M. ante todas cosas que a mi llaman Lázaro de Tormes hijo de Tomé Gonzales y de Antona Pérez, naturales de Tejares, aldea de Salamanca."

Esse "V. M." ("Vuestra Merced") é o interlocutor, ou o simples ouvinte, a quem a narrativa é feita, e o autor de *Lazarillo* o utiliza ao longo do relato de suas "fortunas y adversidades", num tom coloquial e confidencial. É com essa espécie de sabedoria do narrador que finge dirigir-se a uma só pessoa — e pode dirigir-se a muitas — que Oswaldo França Júnior conta as andanças de Jorge. A história vai do começo ao fim de uma só vez. Não há divisões de capítulos nem retenção do fluxo da narrativa. Sem parar, o narrador começa a falar (a impressão do leitor se fixa mais no estar ouvindo do que no estar lendo) e, falando, chega, quase no mesmo fôlego, ao término do que tinha a dizer. O narrador fala para cada um, chama esse cada um de "você", interrompe um caso e, como acontece nos relatos orais, parece ter perdido o fio da meada (e o leitor-ouvinte pensa que ele não mais conseguirá reatar a corrente da estória), mas volta ao caso anterior, às vezes, sem haver terminado o que se intercalara (e o leitor-ouvinte torna a achar que, desta vez, o caso do meio é que ficará sem fim). Depois de muitas veredas de estórias, porém, de muito caso-puxa-caso e de uma série de considerações intermediárias, o narrador fecha o romance com extraordinário senso de completidão sem, contudo, encerrá-lo por completo.

Em seu livro *The Turn of the Novel*, Alan Friedman faz uma distinção entre "romance fechado" e "romance aberto". Depois da adoção, por algumas correntes da sociologia norte-americana, da classificação de *closed society* e *open society*, era natural que o método se aplicasse também à literatura. Fechado seria o romance tradicional, em que tudo se encaminha a um fim determinado, que funciona como um "repouso de distúrbios". Todo o fluxo da narrativa reúne experiências perturbadoras, distúrbios, para um ou mais personagens, que atingem, no final, um repouso, alegre ou triste, pela vitória ou pela derrota, pelo casamento ou pela morte. O romance, aí, se fecha sobre si mesmo, tem cartas marcadas. Esse caráter fechado da narrativa é evidente quando o romancista usa, num romance, em papéis secundários, os mesmos personagens que havia utilizado como principais em romance anterior. Então, é como se nada mais houvesse acontecido com eles depois do livro em que haviam tido seu momento de glória. Trollope é um exemplo disto. Mr. Harding, que aparece em *The Warden* com minúcias psicológicas, é como se, com esse aparecimento, tivesse fechadas suas possibilidades de mostrar-se gente e, quando volta a ser personagem, em outros romances do autor, fá-lo com sobriedade. Já os romances de Thomas Hardy se ampliam, abrem-se, procuram e sugerem expansão. No caso da novelística de que Oswaldo França Júnior passa a ser a partir de agora um símbolo, sua abertura, além de completa, funciona com polivalência. O narrador leva o brasileiro Jorge às estradas de terra e de lama do país e como que dá, ao romance, um traçado também rodoviário, com estradas principais e variantes, entradas em caminhos secundários, e voltas deles.

Pioneirismo, seria uma palavra capaz de classificar a estrutura do romance de Oswaldo França Júnior. Seu tom coloquial tece uma rede de estradas em que parece haver sempre uma saída lateral. A Brasília — Acre, por exemplo, que o romance mostra quase de passagem, se firma nele como realidade. Brasília, também, vista de baixo, do ponto de vista dos que trabalhavam na construção da nova capital, se exibe como centro de uma fabulação que escorre sem interrupção. Estilisticamente,

Jorge, um brasileiro é uma façanha. Em jeito de conversa, ergue um mundo. As frases se alongam, os períodos se encompridam, as palavras se juntam e, dentro em pouco, está o leitor à vontade dentro do universo de motoristas de caminhão, de máquinas, de chuva, de pontes caídas, que o romancista engenha. Uma análise quantitativa dos vocábulos, do tipo de orações, dos desvios linguísticos, das anomalias literárias de suas descrições, poderá levar-nos a curiosas conclusões, como a de que o romancista utiliza grande número de relativos e de conjunções por causa do tamanho, necessariamente longo, de suas frases de conversa. A técnica de caso-puxa-caso, quando empregada com sentido de unidade, como o faz Oswaldo França Júnior, provoca a sensação de que os casos são todos um só (o que na verdade acontece) na dependência da respiração do autor, mas respiração mesmo, de quem fala, de quem está contando oralmente uma estória. Daí, inclusive, o uso das vírgulas que, em Oswaldo França Júnior, tem um valor respiratório-real, ao lado da importância lógica (sem se mencionar o fato de que, para um narrador essencial como ele, a lógica da respiração se impõe à lógica vocabular e à lógica das frases).

Há em *Jorge, um brasileiro*, um fluxo de experiência, que pode, até, não corresponder a uma experiência pessoal do autor, mas que é importante na matéria organizacional do livro. Como se organiza um romance? Em geral provocando — no processamento da história (a diferença entre *história* e *estória*, que aceito, de uma ser real e a outra não, ou nem tanto, deixa de existir quando emprego a palavra em seu sentido ontológico de narrativa que flui: prefiro então a palavra mais antiga à nova), no processamento dos personagens e, como resultado, no leitor — uma passagem da inocência à experiência. Como nos cantos de William Blake, está o homem (e, com ele, os personagens de romance e os leitores) passando sempre da inocência para a experiência. Normalmente, elas se anulam, uma não coexiste com a outra, e o fluxo da experiência, que é a passagem de uma para a outra, constitui a base de romances, poemas, ensaios, biografias e, naturalmente, do próprio escorrer da vida. Jorge começa o romance, com uma certa inocência que os acontecimentos da estória destroem. Seu fluxo particular se processa com extraordinária sabedoria, de modo que sua experiência parece indissoluvelmente ligada ao que vai ocorrer no romance.

A nitidez de sua gente se acentua a cada momento da narrativa. O chofer Toledo por exemplo. Ou o homem do casebre na Brasília — Acre. Ou o atropelado de Brasília. Ou o bêbado perguntando: "Qual é o maior homem do mundo?" Ou mulheres da beira da estrada. Cada um é um elemento da experiência de Jorge, como este é parte da experiência de cada um, e nessas interações de personagens — tudo visto por intermédio de uma primeira pessoa dirigindo-se a outra — o autor organiza seu romance que, natural e espontâneo como parece ser, tira sua força de uma série de recursos de narrativa que só um grande talento pode usar com a largueza com que Oswaldo França Júnior o faz.

Seu pioneirismo rodoviário está ligado a um processo muito antigo da vida do homem e, portanto, a um processo também muito antigo de narração: as viagens de um para outro lugar, as peregrinações, os regressos. A volta de Ulisses, a retirada dos dez mil, os romances de aventura de qualquer tempo, o transporte de rebanhos de pastagens velhas para novas — eis o nó de muito avanço e de muita vida. Se as andanças de Dom Quixote iniciavam uma arte no mundo, vinham também de uma condição viajora a que o homem estava acostumado. Bons romances de países novos — alguns, de todo o continente americano, são disso bom exemplo — têm sido narrativas de gado que se transporta de uma para outra região. Agora, um meio transportador, o caminhão, é igualmente transportado, e nessa tarefa de deslocamento, de mudança e de prazo fatal (rebanhos, gentes ou caminhões que precisam chegar tal dia a tal lugar) jaz um núcleo de romance, de enredo, em que se pode reafirmar a democratização literária iniciada por Cervantes. Oswaldo França Júnior revela, no seu fazer romance, o quão democrático se torna o gênero quando executado com essa direiteza e nesse tom de conversa que começa e termina ao longo de uma só jornada. E mostra, ao mesmo tempo, que o processo de democratização, que transformou o romance no tipo de literatura mais procurado nos últimos séculos, acompanha o processo de liberdade existencial da comunidade onde esse romance ganhou feições. Realidade e ficção seguem passo a passo. Se a estrutura fundamental da ficção é a corrente de acontecimentos, sua forma significante é uma corrente de consciência. Tudo se liga de tal maneira que a busca de uma determinada linguagem — o estilo coloquial descoberto e desenvolvido por Oswaldo França Júnior, por exemplo — se prende a cada instante do decorrer de acontecimentos da narrativa e a cada fase da corrente de consciência que dá sentido ao livro. Nele, estrutura e significado se misturam. O mundo dos motoristas de caminhão, suas máquinas, as distâncias que precisam percorrer, as paradas, as distrações no meio do caminho, tudo constitui assunto digno de ser contado, e o leitor sente que o narrador está sendo confidencial no contar o que é digno de ser contado. Trata-se de confidência em voz alta, confidência democratizada, que fala de experiências vivas e deseja colocar o outro, que a ouve, em contato claro e aberto com uma realidade não mais presente. A confidência lida, em *Jorge, um brasileiro*, com enorme quantidade de personagens, de lembranças, de imagens, de frases recuperadas, de sons perdidos, de silêncios, e tudo sai daquele homem que fala, fala, fala, e vai com seus substantivos magros e secos, seus muitos elementos de ligação de frases e seus verbos repetidos com precisão, erguendo um conjunto quase visual de acontecimentos esparsos que acabam formando um todo.

Nesse relato de um grupo de pessoas se agitando num espaço, Jorge não é apenas Jorge, mas também um brasileiros. Brasileiros são os espaços, as estradas, as árvores, as cidades, os restaurantes, as comidas, as mulheres, as realidades todas. E como são brasileiras as palavras! Como fluem brasileiramente! Tanto na narrativa de Jorge como nos diálogos. E a cadência das frases, as pausas, os subentendidos, tudo funciona de modo brasileiro. A ironia de Oswaldo França Júnior, não muito evidente, está atrás de cada desenrolar da estória, e Jorge a usa inclusive sobre si mesmo, naquele tom igualmente muito brasileiro de não se levar exageradamente a sério. Cada história tem um *modus* certo de ser contada, e Oswaldo França Júnior conseguiu pegar e estruturar uma linguagem que é a sua, e é a de sua gente se exprimir. Intenso e espesso, este romance contém um Brasil que se percebe, que se adivinha, que se vê. O Brasil dos motoristas, o das estradas de rodagem, dos caminhões, das cidades que surgem, de realidades que avançam. Exemplo de um novo tipo de ficção entre nós, mantém, inalterada, uma inflexão de homem do povo falando num estilo descontraído, coloquial, aliterário. Esse estilo, essa inflexão, esse *modus*, mostrando o Brasil de Jorge, um brasileiro, deram a seu autor, até então quase inteiramente desconhecido, o maior prêmio literário do país.

Rio de Janeiro, 12 de outubro de 1967.

Jorge, um brasileiro

... Você sabe como é. E ela se sentou na minha frente e cruzou as pernas. E ficou falando comigo e perguntando como tinha sido tudo. E eu com aquele cansaço e sem querer falar nada, mas só querendo ficar quieto e sentindo o corpo como se estivesse com sono. E ela falando e com o vestido branco deixando ver as pernas até em cima. As pernas dela estavam com aquela cor de pele queimada pelo sol, mas que você via que estavam muito douradas para ter sido apenas o sol. E também havia chovido sem parar aqueles dias todos. Ela era uma mulher distinta. Só pelo modo de cruzar as pernas, você via que ela era uma mulher distinta.

Teve uma hora em que ela apanhou uma caixa em cima da eletrola, e só depois que tirou um cigarro lá de dentro é que notei que era uma caixa para guardar cigarros. E ficou com o cigarro na mão, e me perguntou se eu tinha fósforos. Continuei quieto e ela, então, chamou a empregada. A empregada veio, trouxe o fósforo, e usava um uniforme todo branco com um chapeuzinho na cabeça.

E eu quieto e vendo a d. Helena ali, na minha frente, dentro daquela sala onde as cortinas não deixavam o sol entrar. Aquele sol quente de depois da chuva, que brilhava lá fora, e que havia feito eu andar com os olhos meio fechados, antes de entrar ali. E vendo o cigarro na mão dela. E ela falando e mexendo com a mão como se estivesse falando para muita gente. Ali dentro o calor não era forte como lá fora. E eu gostando de estar naquela poltrona macia e pensando naqueles dias todos naquela estrada, naquele barro e com aquela chuva. E sem ter tido um minuto para ficar sentado, quieto e sem pensar em nada. E pensando nisso, eu ficava querendo ficar mais quieto ainda. E gostava e achava bom ficar ali na sombra, dentro da sala, ouvindo a voz de d. Helena e vendo a mão dela com o cigarro, e as pernas cruzadas com o vestido deixando ver até em cima.

Pensei para ver se era capaz de saber onde o sr. Mário se achava naquela hora. Mas vi que não era capaz de saber, e achei isso bom porque eu estava me sentindo cansado e sem querer fazer nada. E mais vontade ainda me dava de ficar quieto, quando me lembrava de todos aqueles dias com aquela chuva que não parava e que mesmo antes de eu sair, já estava caindo há muito tempo, e com todo mundo esperando que ela parasse, porque as coisas todas estavam estragando e caindo e afundando. E mesmo as coisas que já haviam sido consertadas, já estavam outra vez estragando, como ali na frente do DOPS, onde eu via, quando passava com o caminhão concreteiro, o asfalto junto ao canal já afundando. E era um asfalto novo que não fazia nem uma semana que os homens tinham acabado de consertar. Até a escada de cimento para que a água descesse por ela e não afundasse a rua, estava afundando e se estragando de novo. E eu passava ali com o caminhão e desviava para não passar muito perto de onde eu via que estava afundando. E os investigadores ficavam sentados nas cadeiras, lá na varanda, olhando para o canal e vendo o asfalto que ia cedendo e chegando cada vez mais perto do prédio. E eu via que o serviço ia ter que ser feito todo de novo, e também que com aquela chuva, não ia ser nada garantido.

As coisas estavam assim quando o sr. Mário deixou o recado para mim. E eu fui e entrei no escritório. O sr. Mário não estava e me sentei na sua sala, e a porta que dava para a sala do contador estava aberta. E digo para você que não gostei de ficar ali esperando e vendo aquele contador gordinho e baixo, com aquela cara redonda e que ficava passando a língua na boca, toda vez, que dava uma ordem para os datilógrafos. E fiquei procurando nem olhar para aquele contador.

O sr. Mário, quando chegou, veio apressado e já foi falando que o Luís havia passado um telegrama. E ficou procurando o telegrama mexendo nos papéis de cima da mesa e nas gavetas. Depois enfiou a mão num bolso e passou para mim. E foi para o telefone e ficou falando com aquela loura gorda. E se desculpando porque estava atrasado. Li o telegrama, e o Luís dizia que estava em Caratinga, e que não podia seguir por causa das estradas. O sr. Mário continuou falando com a loura, e depois que desligou, fui falar com ele, mas ele já estava falando de novo, e desta vez era com um amigo dele, o Drummond. E vi que ele estava atrasado e que o Drummond não queria mais esperar. O sr. Mário insistiu para que esperasse "mais um minuto só", que já estava saindo. E desligou. E foi saindo e falando comigo, e dizendo para eu ir e trazer as carretas. Falei que as estradas estavam ruins demais. Mas ele foi indo para o carro, e eu atrás, e ele falando que tinha dado a palavra dele de que o carregamento iria chegar antes da inauguração. E que faltava apenas uma semana. E disse que o "idiota do Luís" não sabia o que era um serviço de responsabilidade, e que ele, o sr. Mário, tinha dado a palavra de que o carregamento seria entregue antes da inauguração. E que faltava apenas uma semana e que era para eu ir e trazer aquelas carretas. Ainda falei outra vez das estradas. Mas ele estava atrasado e com muita pressa. E já ligando o motor do carro insistiu que havia dado a palavra e que aquelas carretas tinham que chegar a tempo, e que era para eu ir lá em Caratinga e trazê-las de um jeito ou de outro. E saiu correndo porque "estou muito atrasado". Mas ainda me avisou para telefonar para d. Helena e falar do negócio que ele tinha ido resolver em... aí pensou e disse:

— Divinópolis. Diz que é em Divinópolis.

E também para eu falar que não sabia o dia em que ele estaria de volta. E para eu não me esquecer de que a coisa que ele ia resolver era "importante, hem!" E você repare, até isso eu é que estava tendo que falar para ele.

E vou dizer que quando o Luís saiu e foi buscar aquele milho, já estava chovendo de um jeito que era uma coisa de você olhar e ficar pensando que tudo ia derreter. E já quando ele foi, teve que passar por Juiz de Fora que era a estrada onde ainda não tinha caído barreira ou ponte. E depois, já voltando, passa aquele telegrama. E o sr. Mário tendo dado a palavra de que o milho chegaria antes da inauguração.

Fui à sala do contador e falei para ele abrir o cofre para eu tirar dinheiro. Tive que falar duas vezes porque da primeira ele não fez nada. Ficou foi me olhando do outro lado da mesa, mexendo com aquelas mãozinhas de dedos curtinhos e gordos. Tornei a falar e disse que era para ele abrir que eu estava com pressa. Depois que abriu, com toda aquela má vontade, tirei o dinheiro que achei que devia dar, e ele me perguntou para que era. Falei que era preciso. Então ele falou para eu esperar que ia fazer um recibo. Esperei e ele foi e ditou um recibo para a moça que era a secretária dele. E foi um recibo de meia página. Dizia até que o dinheiro tinha sido apanhado sem que ele fosse "notificado para que fim se destinava". E outras coisas ele ditou para a moça, e eu ali, esperando. Depois pegou o papel e leu em voz alta e me perguntou se estava de acordo. Olhei para ele e ele ficava passando a língua na boca para cada coisa que dizia. E era baixo e gordo. Então assinei o papel e saí do escritório.

Do escritório fui lá para a garagem dos concreteiros, que eu queria deixar tudo de modo que quando voltasse, não encontrasse confusão nenhuma. Porque eu sabia que se desse alguma confusão, o sr. Mário iria mandar o mecânico ou um motorista resolver e iria dar a ordem assim distraído, e com pressa, como quem está muito ocupado. Ele andava de um jeito que cada dia que passava era como se estivesse ficando cada vez com menos tempo. Não tinha nem falado comigo direito sobre as carretas, por causa daquela pressa em sair. E eles iam para um lugar que eu não sabia qual, mas não era para trabalhar, disso eu tinha certeza. E a pressa era tão grande que até o recado para a mulher dele, eu é que tinha que dar. Até isso eu é que estava tendo que fazer. E já era a segunda vez. Da vez que foi ao Rio e também levou aquela loura, eu também é que telefonei para d. Helena.

O problema das carretas era um problema sério. E ele nem tempo teve para falar alguma coisa sobre como resolver o caso. Foi embora, e eu fiquei pensando onde é que se podia passar com aquelas oito carretas para conseguir chegar em Belo Horizonte, com aquele peso todo e com aquela chuva caindo sem parar, e acabando com tudo o que era estrada. Cada carreta estava com trinta toneladas de milho em cima. Eu é que havia feito os cálculos para ver se as oito davam para trazer todo aquele milho que a refinação tinha comprado lá na Bahia. E nem sei por que é que eles, o pessoal da refinação, não tinham mandado aquele milho vir de trem. E o que deu foi aquilo: as carretas presas em Caratinga e o sr. Mário com a palavra dele empenhada de que elas chegariam antes da inauguração. E nem conversou comigo porque não podia mais esperar para sair para o passeio, e ainda tinha que apanhar a loura. Mas frisou para eu chegar com o milho antes do dia da inauguração, de um jeito ou de outro. E aquela chuva caindo há não sei quanto tempo, e sem estrada nenhuma que estivesse dando passagem. Tudo caindo e afundando.

Da garagem dos concreteiros telefonei para a d. Helena. Falei com ela e fiquei pensando na pressa que o sr. Mário estava. E também pensei naquela loura que saía com ele. Uma loura que usava uns brincos de argolas que eram de um tamanho que mais pareciam coisas de enfiar no braço. E que arrancava os cabelos das sobrancelhas e no lugar pintava uns riscos pretos e grossos. E que dormia de boca aberta. E vou dizer para você que ela falava gritado, como se todo mundo que estivesse perto dela fosse surdo. E que gostava de mandar. Uma vez tinha até mandado o sr. Mário falar comigo para comprar um cigarro para ela. Fui e comprei um diabo de cigarro que ela olhou e disse que não gostava. E eu voltei e troquei o cigarro. E ela ficava falando alto e usando aqueles brincos de argolas de um tamanho que nunca vi. E quando ria, era de uma altura que parecia estar querendo que todo mundo soubesse que ela estava achando graça. E o sr. Mário tinha saído correndo para ir se encontrar com ela e com o amigo dele, o Drummond. E tinha avisado que havia dado sua palavra que o milho chegaria antes da inauguração.

Deixei as coisas nos caminhões concreteiros sem confusão nenhuma. E fiquei pensando como ia fazer para chegar até Caratinga o mais depressa possível. E antes de sair, eu ainda teria que me encontrar com a Sandra lá no hospital onde estava o irmão dela. Há muitos dias que a gente se encontrava lá, à noitinha. Ela ficava na sala de espera, esperando que eu chegasse. Quando eu chegava, ela sempre vinha descendo as escadas e olhando para mim. E eu ficava pensando como é que ela não escorregava naqueles degraus que eram muito juntos e altos, e que eu nunca tinha visto degraus como aqueles. Naqueles dias todos que a gente vinha se encontrando eu andava satisfeito, porque ela era uma mulher boa da gente se encontrar, e também porque eu havia colocado os concreteiros todos funcionando. Aquilo havia me dado tanto trabalho que quando vi os cinco funcionando me senti muito satisfeito. E digo para você que se há carros que a gente não encontra peças, são aquelas coisas. E o sr. Mário havia falado que não podiam ficar parados, senão o prejuízo seria muito grande. Haja vista que eles, quando estão bons, vão de uma obra para outra com as caçambas funcionando para não perder tempo.

Quando o sr. Mário trocou a oficina de Volkswagen pelos cinco caminhões, me chamou e mostrou os cinco. E estavam todos enguiçados. Apenas dois estavam andando. Mas, desses dois, um não rodava a caçamba, e o outro não pegava no arranque nem se você ajuntasse cinquenta baterias uma atrás da outra e ligasse tudo no motor. Só pegava empurrado. E daquele jeito não podia trabalhar, porque aquilo fica duas ou três horas numa obra. E você já pensou? um carro daqueles com o motor girando durante todo esse tempo e você com o pé no acelerador? E ele, além de não pegar no arranque, morria com uma facilidade que tinha dia que dava até vontade de botar fogo, quando ele resolvia morrer ali no centro da cidade e ficavam aqueles carros buzinando e o pessoal xingando como se a gente tivesse feito aquilo de propósito. Mas, antes de colocar o nome dele nos carros, o sr. Mário me disse dos juros que aquilo consumia e do dinheiro que iria render quando estivesse trabalhando. E eu então saí para a rua e vou dizer para você que nunca trabalhei tanto para colocar cinco carros em condições de funcionar. No fim parecia que nós estávamos na base da briga. E eu ia fazendo a coisa mais por raiva. Até uma junta que estourava e que eu ia procurar, não encontrava. E não era porque tinha acabado, não. É que daquele tipo, nunca ninguém tinha visto ou escutado o nome. E teve uns diabos de uns tirantes que eu me lembro que me deram uma dor de cabeça tão grande, que eu até pensei em encomendar da Suécia, porque aquelas coisas eram suecas. E o que era pior, nunca teve aqui no Brasil representante, nem escritório, nem coisa nenhuma. Parecia que tinham mandado os cinco e nunca mais mandaram nem instruções sobre eles. No fim parecia que era mesmo uma briga entre mim e os cinco. Um dos amigos do sr. Mário, que de tanto me ver rodando atrás de peças e carregando coisas para servir de amostra e convencer os torneiros a fazerem peças que eles nunca haviam visto e nem sabiam para que diabo a coisa servia, disse que se ele fosse eu, já teria posto fogo naquilo. E falou para o sr. Mário:

— Você tem que se convencer que apanhou um monte de ferro velho e contar a coisa como prejuízo.

Mas o sr. Mário riu e comentou que havia comprado sabendo o que estava fazendo, e que sabia também que eu ia colocar a coisa funcionando, e como nova.

E digo para você que coloquei. E que, quando os cinco caminhões ficaram funcionando, e trabalhando sem parar, me senti satisfeito. E era bom ver quando os cinco se encostavam numa obra. Parecia que antes estava parada, porque aí você chegava a ver as paredes subindo. E os homens que colocavam o concreto dentro das fôrmas passavam a correr de um lado para outro para darem conta da produção. E era bonito ver os cinco trabalhando juntos, um ao lado do outro, de costas para a construção, formando uma meia-lua. Todos pintados de vermelho e com o nome do sr. Mário escrito nas portas. E eu é que tinha feito eles ficarem bons para o trabalho. Depois, mais tarde, quando uma firma contratava os cinco, eu perguntava quantos homens trabalhavam na obra e conforme fosse o número, já dizia para contratarem mais para poderem acompanhar o ritmo dos caminhões. E durante os dias em que fiquei fazendo os controles, e distribuindo os carros pelas obras e me encontrando com a Sandra, eu andava satisfeito. E mesmo nas vezes em que me atrasava, a coisa não deixava de ser boa. E nós estávamos nos dando muito bem. Muitas coisas nela me agradavam. Uma das que eu mais gostava era olhá-la quando ela não sabia que eu a estava olhando, e ver como ela andava, e como virava a cabeça para um lado e para o outro. E também da expressão que fazia quando me avistava. Ela sempre falava que eu era um homem que ela nunca sabia quando estava ou não por perto. E que também tinha sempre a impressão de que eu estava a olhar para ela em qualquer lugar que ela estivesse. E isto me agradava.

Naquele dia em que eu tive que viajar para ir buscar as oito carretas, fui me encontrar com ela lá no hospital. Na verdade eu nem sabia direito de que o irmão dela tinha sido operado. Fui preocupado, pensando nas carretas e no que eu havia acertado na garagem dos concreteiros para que não desse confusão. Tinha dividido todo o serviço deixando cada motorista encarregado de uma coisa. E avisado para nenhum ficar querendo ver como é que o outro estava fazendo, para que não houvesse brigas nem razão para irem falar com o sr. Mário. Porque, vou dizer para você, todas as vezes que algum motorista ou mecânico ou qualquer um outro, ia contar alguma coisa para ele,

ele fingia que estava prestando atenção e depois me chamava e mandava ir ver o que realmente havia. Ou então dizia simplesmente para eu dispensar o homem. E comentava:

— Eu tenho que parecer interessado. Tenho que ser atencioso, você me entende?

E eu entendia, e saía dali e despedia o homem que ele achava que estava mentindo, ou que não servia porque reclamava muito, ou porque tinha outro defeito qualquer. No final, toda vez que um homem tinha que ser dispensado eu é que ia falar e dar a ordem para ele ir embora. E como eu ia ficar uns dias fora de Belo Horizonte, fui lá na garagem dos concreteiros e deixei as coisas de modo a funcionar até a minha volta, sem que fosse preciso outra pessoa meter a mão. E até fiz uma relação das obras a serem servidas. E na relação coloquei o telefone, de modo que era só telefonar para a obra avisando que já iam. Também deixei um encarregado para receber as guias de pagamentos de serviços. E tudo o mais deixei engrenado. O que podia dar alguma confusão e que era difícil de controlar era o combustível. Mas deixei ordem de só abastecerem no Posto Estrela, e abastecerem por vale. Este posto era do sr. Mário e de um outro sócio, e portanto não havia perigo. Além do mais, esse sócio do sr. Mário era um unha de fome que não perdoava nada. E era um descanso deixar alguma coisa para ele olhar. Era tão unha de fome que um dia em que fui calibrar uns pneus, ele estava olhando e viu que o empregado é que tinha olhado as pressões. Quando fui saindo ele me chamou e falou que o empregado, enquanto calibrava os meus pneus, estava deixando de olhar outra coisa. E como eu era da firma podia muito bem mexer no calibrador e evitar que o empregado perdesse esse tempo. Deixei a ordem de só abastecerem no posto dele, e com vale. E ele era muito cheio dos detalhes.

Tudo estava arranjado quando fui me encontrar com a Sandra. Ao descer da Kombi, vi que a minha mão tinha sujado de graxa. Aquela Kombi andava tão suja que era difícil você entrar dentro dela sem que se sujasse todo. Vivia suja e fedendo a peixe, que era o cheiro da graxa que a gente usava na corrente maior das caçambas. E ela então vivia imunda e cheirando a peixe, porque era nela que a gente transportava essa graxa. A cada dez horas de serviço das caçambas as correntes tinham que ser engraxadas. Não tanto pelas correntes, mas pelas duas engrenagens que faziam com que elas rodassem. E a gente sempre transportava uma quantidade na Kombi para que, quando os caminhões completassem dez horas de trabalho, não precisassem ir até a garagem. Quando o sr. Mário apanhou os concreteiros, a Kombi já veio junto e já fedendo. E a única coisa que nos ensinaram e recomendaram foi esse negócio de não passar as dez horas sem lubrificar a corrente. E falaram nisso e tornaram a falar, e entregaram cinco barris de graxa. Depois que saíram eu comentei com o sr. Mário que a coisa estava ruim, para que eles só tivessem aquilo para falar e recomendar. Foi tão grande a quantidade de graxa que nos entregaram, que tinha graxa para muitos anos. E ela fedia a peixe estragado. E então, quando desci da Kombi em frente ao hospital, naquele dia, vi a mão suja e tirei o lenço para limpar. E fiquei embaixo da escada, limpando e esperando que a Sandra me visse. De onde eu estava dava para vê-la sentada na sala de espera, muito distraída e bonita. Quando me viu levantou-se e veio vindo. E veio descendo a escada. Estava com uma blusa vermelha de manga comprida e uma saia escura, não sei se preta ou azul. E veio descendo a escada e os degraus eram altos e curtos. E nem sei como fazem uma escada tão em pé como aquela. E logo na porta de um hospital. A Sandra veio, e a escada que tinha os degraus curtos e altos fazia com que ela ficasse bem acima de mim. E eu vendo-a de uma posição em que as pernas dela apareciam acima dos joelhos. E se havia uma coisa que ela tinha de bonito, eram aqueles joelhos. E ela descendo os degraus com cuidado fazia as pernas cruzarem e os joelhos irem em direções diferentes um do outro, a cada vez que descia um degrau. Além da blusa vermelha e da saia escura, ela havia prendido o cabelo para trás. E o rosto dela parecia que havia sido feito para a gente pegar. Não gostei de me lembrar da viagem e que não ia poder ficar com ela muito tempo naquela noite. E também que não ia ver nem pegar no rosto dela, durante muitos dias. E ele parecia que tinha sido feito para a gente passar a mão.

Fiquei ali olhando para ela e sabendo que ela estava vindo para se encontrar comigo. Depois entramos na Kombi e ela não reclamou do cheiro nem de eu ter me atrasado. Ela nunca reclamava e sabia fazer as coisas de modo que eu sempre achava melhor ficar ao lado dela, do que ao lado de outra pessoa ou mesmo sozinho. E vou dizer para você uma coisa: fiquei pensando em ter que ir apanhar o ônibus e ir buscar as oito carretas, e nem sabia ainda como ia fazer para chegar em Caratinga. E pensava que as estradas estavam sem dar passagem. E a Sandra ali comigo, com aquele jeito de andar e olhar para os lados que eu nunca vi mulher nenhuma com um jeito daqueles. E não reclamava. E era mulher da gente deitar com ela e depois ficar olhando e pensando que era bom ter o dia seguinte, porque era outro dia para a gente tê-la mais uma vez. E eu tendo que pensar em como ia descobrir uma estrada para passar com as oito carretas, cada uma com um peso que era capaz de afundar muita estrada boa. E com aquela chuva não havia estrada boa em lugar nenhum. E tendo que pensar nisso e me lembrando que a Sandra quando andava, a gente ficava vendo as pernas dela apertadas debaixo da saia. E que o sr. Mário nem havia conversado comigo direito porque estava muito apressado para ir apanhar a loura. Aquela loura que ria alto, falava alto, e usava aqueles brincos idiotas.

Naquele dia eu estava muito preocupado. A Sandra era mulher que não reclamava, e eu falei com ela que ia viajar, e ela não disse nada. A gente vinha descendo a Avenida Amazonas ali perto da Rua Turfa. Estava chuviscando e um ônibus estava atrás de mim com o farol alto. A luz dele ficava refletindo no retrovisor e me incomodando. Eu vinha preocupado e até as gotinhas da chuva no para-brisa estavam refletindo o farol do ônibus. E a Sandra me perguntou o que é que havia além da viagem. Eu disse que não havia nada.

— Há, sim. Eu sei que há.

Tornei a dizer que não havia nada.

— Eu sei que há, meu bem.

— Não há nada. É só a viagem.

— Há, sim. Diga para mim.

— Não há nada. Pronto.

— Está bem. Não quer falar.

— Não é que eu não queira. É que não há nada.

— Ora, meu bem. Eu conheço você. Não precisa mentir para mim.

— Não estou mentindo. Eu não minto, ora que merda.

— Mas não precisa falar assim comigo.

— Não encha o saco.

— Você não pode falar assim comigo, Jorge.

Você entendeu? Eu tinha que ir pegar o ônibus e procurar chegar em Caratinga. E aquele farol ali atrás batendo no retrovisor e refletindo nos meus olhos, e eu xinguei a Sandra. Ela disse que eu não podia falar assim com ela. Falei que podia e que falava a qualquer hora. Ela disse, então, para eu não xingar. Tornei a xingar, e bati com a mão no assento. E tornei a bater, e joguei a Kombi para junto do meio-fio e mandei que ela descesse.

— Você não pode fazer isso comigo, Jorge.

— Posso fazer e estou fazendo. Desça! — Ela ficou olhando para mim e eu gritei: — Desça. Desça logo!

Ela foi descendo e falou que aquela era a primeira e última vez que eu agia assim com ela.

Depois que ela desceu, arranquei a Kombi ainda com a porta aberta, e me lembro bem que estava chuviscando e parecia que todos os carros tinham resolvido andar naquele dia com os faróis altos.

O Antônio me levou até a Rodoviária, e fui calado porque estava engasgado e sentindo muita raiva. Dentro do ônibus fiquei me lembrando de várias coisas que eu e a Sandra já havíamos feito e conversado. Era de noite e o ônibus ia devagar, seguindo atrás dos caminhões e de outros ônibus e carros, tudo dentro do desvio, porque até ali na Avenida Antônio Carlos o asfalto andava sendo consertado. E me lembro que eu olhava para fora, no escuro, e forçava a vontade, dizendo que ia trazer aqueles caminhões até Belo Horizonte no prazo certo nem que tivesse que puxar um por um no ombro. E não estava gostando de mim, porque via que estava com uma raiva muito grande. E fiquei me convencendo de que a culpa do que havia acontecido era da Sandra. E forçava para pensar assim, e ficava vendo os caminhões presos no barro, e raciocinando na palavra do sr. Mário dada lá para os homens da refinação.

Não dormi naquela noite. E era uma noite em que eu não precisava ficar acordado. Mas fiquei, e sempre com o pensamento na Sandra e no sr. Mário com a pressa dele, e nos caminhões presos no barro, e sentindo aquela raiva dentro de mim. E digo que me lembrei de tudo o que eu e a Sandra havíamos feito, e aquilo era como um veneno por ser só coisa boa e nada de ruim para me ajudar a passar sem ela.

Se eu fosse pensar em quantas vezes já viajei e em quantas noites passei, esperando chegar a um lugar, não daria nem para fazer a conta. E para você ver, nunca uma viagem me pareceu que estava demorando tanto como aquela para Caratinga. E tudo me dava raiva. E eu estava sentindo mais do que era para sentir.

Quando um pacote que a dona da frente colocou no porta-embrulho abriu e começou a cair salame cortado em cima da minha cabeça, eu, em vez de avisar para ela, fiz foi pegar o pacote e jogá-lo pela janela. E depois me deu uma vontade doida de lavar a mão e a cabeça e tirar aquele cheiro de salame. E fiquei achando que não ia aguentar aquele cheiro. Mais tarde, um moço que estava conversando muito lá atrás, depois do ônibus ter saído de São Domingos do Prata, deu um grito quando descobriu que a gente não ia para Belo Horizonte, mas vinha de lá. Ele havia apanhado o ônibus enganado, pensando que ia para Belo Horizonte. E tinha que chegar naquela noite porque ainda ia apanhar um outro ônibus, não sei para que lugar. E ficou falando em voz gritada e chorosa, e eu pensei comigo que aquilo era bom para ele deixar de ser trouxa. O motorista parou o ônibus e todo mundo começou a dar palpites, e o homem queria descer ali mesmo no meio da estrada, na chuva e sem saber a que distância a gente estava mesmo de Dionísio, que era o lugar mais próximo. E na hora em que ele deu pelo engano não havia nem um farol na estrada que não fosse o do nosso ônibus. O pessoal dava palpites e todo mundo ficou preocupado com a sorte do moço, e eu torcendo para deixarem que ele descesse ali mesmo. Mas convenceram-no a esperar que algum carro passasse em direção contrária para ele, então, tentar conseguir uma carona. E eu pensando comigo que diabo de sujeito burro que não tinha visto nem a direção em que estava virado o ônibus, para embarcar e acabar entrando numa fria daquelas. A coisa foi decidida e fomos andando, e mesmo assim todo mundo ficou falando sobre o engano do moço. E mesmo aqueles que antes eu pensava que estavam dormindo, começaram a falar e a vozeria era tanta que parecia que a gente havia recebido uma notícia alegre. Não demorou muito e brilhou um farol lá na frente. O motorista do nosso ônibus piscou o dele umas vezes, e o outro carro parou. Era um jipe e o moço desceu e foi conversar. E fez um silêncio grande dentro do ônibus, mas não dava para escutar nada da conversa do moço com o pessoal do jipe. Mesmo assim ficou todo mundo em silêncio, esperando. Depois o moço voltou e disse, como se todo mundo estivesse ali apenas esperando pelo que ele ia falar:

— Vou no meio das galinhas até São Domingos.

O pessoal riu e um lá da frente tirou uma lanterna de bolso e clareou o jipe. E vimos que o moço ia atrás no jipe e que realmente ia no meio de umas galinhas que estavam amarradas lá. E todos riram e comentaram, e o moço desceu com o motorista e apanharam a mala, e ele entrou no jipe e foi embora. E o motorista ainda ficou limpando a mão e conversando. Depois seguimos. E não passou muito tempo, houve a batida. Eu estava olhando a sombra dos eucaliptos correndo na curva da estrada, e que passavam tão perto que dava para querer passar a mão, quando apareceu o outro farol. Todo mundo viu a luz vir crescendo. O motorista continuou a abrir a curva e eu, na hora, estava pensando na Sandra. Estava pensando quando a gente estava deitado e ela estava gostando, como virava a cabeça para cima e fechava os olhos, e ficava bem calada. E não sei por que, mas me pareceu que aqueles pés de eucaliptos pareciam com ela. E você veja como eu estava: achando que aqueles eucaliptos pareciam com as pernas dela, compridas assim para cima... eu mesmo não estava gostando de como eu estava. Mas, como ia lhe dizendo, o outro farol veio crescendo e todo mundo pôde ver isto. E o motorista do ônibus continuou abrindo a curva como se quisesse desviar do barranco, ou então desfazer uma derrapagem. E continuou a desfazer e a gente não estava derrapando. Isso eu tenho certeza porque, de tanto andar em carro grande sei exatamente a hora em que ele vai querer começar uma derrapagem. E digo que aquele ônibus nem sabia o que era derrapagem naquela hora. E também desviar do barranco não era, porque ele já vinha perto há muito tempo. E vinha tão perto que eu até tinha a ideia de que, se colocasse a mão para o lado de fora, poderia pegar nos pés dos eucaliptos. Mas o motorista continuou a abrir a curva e o outro carro veio. E quando apareceu, a curva era muito fechada e ele já estava muito perto. A estrada era velha, e a curva era tão fechada que não dava para esperar ver o outro carro com tempo de desviar ou parar. Então os dois bateram. Vinham bem devagar, mas eram pesados. E você sabe como é coisa pesada para parar. Demora, mesmo quando está andando devagar. E um foi amassando o outro bem devagar, e os dois parando e fazendo barulho de lata amassada. E as luzes do lado dos dois motoristas se apagaram e só ficaram as do outro lado. E elas também deixaram de iluminar a estrada, e foram sendo torcidas e clareando a parte de dentro da estrada, até que nós, do ônibus, vimos que o outro carro era um caminhão-tanque. Houve um barulho diferente, e vi que era o para-brisa inquebrável se quebrando. Ninguém gritou, e ficou um silêncio grande dentro do ônibus. Parecia que todos já vinham esperando aquilo. Então pensei que, se não parassem logo um de entrar para dentro do outro, os motoristas iriam ser amassados nos volantes. Porque, você sabe, conheço bem essas batidas e sei com certeza como a coisa acontece e como vai até o fim. Mas eles pararam e só ficou aquele chiado e os estalidos da lata quando amassa, e do motor quando para assim de repente; pois os motores dos dois pararam na hora. Isso eu vi logo. E como os dois eram Mercedes Benz, pensei que o prejuízo podia ser grande, por causa dos motores atingidos. Aí a mulher que estava na minha frente e que era a mesma que me havia feito ficar com o cheiro de salame na mão e no cabelo, começou a vomitar. A primeira leva não houve tempo dela abrir a janela, e aquilo veio de embrulhada e bateu no vidro. E você sabe, a coisa não é na sua direção, mas sempre há aqueles respingos. E além do cheiro, tem a impressão que dá. E a mulher abriu a janela, e aí, até mesmo a chuva entrando, para você, não é mais a chuva, é resto do que ela jogou para fora. Então eu me levantei e fui para a porta. Mas não consegui chegar nem no meio do caminho, antes que o pessoal achasse que os estalidos da lata e do motor fossem labaredas. Ainda teve um que gritou que aquilo estava pegando fogo, e nunca vi tanta gente saindo tão depressa de um lugar. Até me machucaram a perna, porque foram me empurrando e minha perna bateu e prendeu no encosto de uma cadeira. E os que vinham me empurrando continuaram, e acabaram por arrancar o encosto da cadeira, e me levaram aos arrancos até a porta. Fui sentindo que o meu joelho estava doendo. Mas não dava para parar e examinar, porque parecia que todos ali haviam ficado loucos. E era uma barulheira dos diabos. Lá fora chovia forte e, quando senti a água da chuva, achei bom estar chovendo. Na pressa em que aquele pessoal estava, não bastou sair de lá empurrado e com o joelho doendo. Ainda caí em cima do barranco e fui escorar com a mão, e ela sujou no barro e escorregou. Escorei com a perna e o joelho machucado doeu e cedi, e acabei caindo e me sujando todo. E fui querer limpar a calça e não pude porque as mãos estavam sujas. Então pensei comigo e disse: puta que pariu — e disse em voz alta.

Fui me afastando e não deixando que machucassem ainda mais o meu joelho. Quando passei pelo caminhão vi o motorista com o braço em cima do volante, com uma cara de desanimado, olhando para o lado e não prestando atenção ao que via. Até fiquei com pena. E ainda vi a água do radiador espirrando e fazendo aquele barulho de fervura, que me fez pensar no prejuízo dele. Mas segui e resolvi subir no barranco, porque havia muita gente andando por ali. Alguns que já haviam saído estavam voltando apressados para apanhar coisas que tinham esquecido dentro do ônibus.

Lá no barranco me sentei em cima de um pedaço de eucalipto. Fui tirar um cigarro, mas a mão estava muito suja de barro. E eu procurei um lugar onde a roupa estava meio limpa e limpei a mão. Depois tirei o maço de cigarros. Estava chovendo e o cigarro se molhou. E eu tinha a certeza que estava fedendo a vômito e que o meu cabelo ainda tinha restos de salame. E o cigarro não havia meio de ficar mais que duas tragadas aceso. E esse negócio de fumar cigarro molhado é o que eu já vi de pior que pode acontecer a um homem. E eu tirava outro cigarro e era difícil de acender, e ele se molhava e apagava. E eu querendo olhar o joelho, mas não dando porque tinham apagado o farol do ônibus e só havia ficado aceso o do caminhão. Mas este não dava luz para eu ver o joelho. O que eu via era a minha calça rasgada. E vou contar para você que se tem uma coisa para me dar raiva é minha roupa estragar. Porque eu cuido. Você pode até não acreditar, mas cuido da minha roupa que até parece mania. E não gosto de andar com ela estragada. E quando é para sujar eu tenho meus macacões e minhas calças e camisas para sujar. Mas quando não é para sujar nem estragar, eu uso coisa boa. E aquela calça que eu estava com ela não era coisa de sujar, nem estragar. E digo para você que quem mexe com esse negócio de carro, principalmente caminhões, nem sempre sabe se vai acontecer alguma coisa que o force a se sujar. Mas digo que, quando a roupa não é para sujar, não sujo, e sou capaz de trocar um pneu interno da traseira de uma carreta e não me sujar nem um pingo em lugar nenhum. E faço isso por causa da raiva que tenho em sujar e estragar roupa que não é para isto.

 O farol do caminhão continuava aceso e de onde eu estava, escutei o motorista do ônibus falando alto e acompanhado de mais pessoas, dizendo que era um absurdo aquilo que o motorista do carro-tanque tinha feito. Que havia jogado o caminhão em cima do ônibus, e que não tinha parado. E que devia ter feito como ele, o do ônibus, que parou e ficou esperando, quando viu que não ia dar para passar os dois. Outras pessoas foram ouvindo e repetindo o que o motorista do ônibus estava dizendo. E eu olhando e vendo como é que o motorista do ônibus era vivo. E pensei como devia estar cansado e desanimado o do caminhão, que não retrucava e nem ao menos havia ainda saído da cabina. E que continuava com o braço em cima do volante e olhando para o lado sem reparar no que via.

 Depois falaram que iam empurrar o caminhão para trás, para poder livrar a estrada. Resolvi descer e fiquei olhando, procurando um lugar para escorregar para a estrada, porque eu já não sabia mais por onde havia subido. Ouvi o motorista do carro-tanque dizer que não ia sair daquele lugar. Que estava com a razão e o que ele ia fazer era ficar quieto até chegar a perícia. Então os do ônibus, alguns passageiros mais o motorista, disseram que, se era assim, a coisa ia ficar preta para o lado dele. E que ele tinha que deixar empurrar o caminhão, porque o ônibus estava preso no barranco e havia passageiros precisando tirar coisas do porta-malas. Como estava, não dava para abrir o porta-bagagem. E falavam gritando e gesticulando, e mentindo, porque o ônibus não estava encostado no barranco coisa nenhuma. O que eles queriam é que o carro-tanque saísse do lugar e assim perdesse a perícia. Achei que devia haver gente da empresa entre os passageiros. Mas o motorista do caminhão não queria saber de nada e nem respondeu. E sabe o que o do ônibus fez? Mandou que ele apagasse o farol. E ele apagou. Depois que tudo ficou escuro ouvi alguém falando alto que o caminhão era carro-tanque, e que estava vazando alguma coisa, e que podia ser gasolina. E que aquilo ia é explodir. Foi um tal de espalhar gente. E não adiantou o motorista do caminhão colocar a cabeça para fora da janela e gritar que estava vazio. E eu, com o diabo do cigarro molhado e apagado na mão, querendo entender por que estavam fazendo todo aquele rolo. Mas depois vi o que eles queriam. Empurraram o ônibus para trás e o deixaram numa posição que parecia que estava sem culpa. Aí tive certeza que havia gente da empresa no meio dos passageiros. Pensei comigo que estavam arranjando uma confusão dos diabos por causa de uma batida de que eles é que tinham a culpa, e que além de tudo, havia o seguro para cobrir aquela porcaria de conserto.

    E eu percebendo tudo lá do barranco. E com a cabeça molhada, já sem cigarro, sentindo frio, e vendo que a sola do sapato, de tão molhada, estava ficando mole. E já sem vontade de descer e ficar dentro do ônibus. E vendo tudo numa má vontade que eu estava até estranhando. E com aquele cheiro de mato molhado me fazendo lembrar uma vez em que fui levar a Sandra na casa de uma costureira lá perto de Ibirité, porque nunca vi mulher para arranjar costureiras em lugares mais longe e mais esquisitos do que ela. E nesta vez que fomos a Ibirité, já estávamos voltando e eu estava com pressa, porque a gente ainda não tinha deitado, e já não era assim tão cedo. Tinha sido na época em que os concreteiros estavam dando aquele trabalho de doido, e eu queria chegar na garagem para ver se o mecânico havia montado uma caixa de marchas que eu o tinha deixado montando. Eu estava com medo dele ir embora antes do serviço ficar pronto. Você sabe como são esses mecânicos, se você não fica ali para ver, eles vão embora e depois dizem que faltou isto ou aquilo. E se você começar a indagar muito são capazes de quebrar alguma peça e mostrar o que é que estava faltando. Naquela noite eu queria ir até a garagem e ainda me deitar com a Sandra. E já estava meio tarde. Eu gostava muito de estar perto dela mas, mesmo assim, passar um tempo daqueles juntos e não deitar, é coisa de não deixar a gente muito satisfeito. E quando vínhamos voltando e eu vinha correndo para diminuir o tempo, passamos junto daqueles eucaliptos ali perto da entrada de Ibirité. E sabe o que ela pediu? Pediu para eu dar uma "paradinha". E dei a "paradinha" e ela desceu e eu fiquei sem saber o que era mesmo que tinha acontecido. Desci também e quando cheguei perto, ela estava com a cabeça para trás e com os olhos fechados. Depois que abriu os olhos, olhou para mim e perguntou:

— Está sentindo o cheiro do mato?

E eu me lembrando disso naquela hora, ali na chuva, longe dela e sabendo que já ia para ficar mais longe ainda, e não entendendo por que havia brigado e dito a ela que descesse da Kombi.

Vi que um farol vinha longe entre os eucaliptos. Fiquei olhando o que seria e logo depois notei que era uma camioneta. Levantei-me e o joelho quase não doeu mais. A camioneta chegou e parou atrás do caminhão. E muita gente foi para junto dela e eu resolvi descer e pensei nas lembranças que eu estava tendo da Sandra, e da briga com ela, e de como aquilo estava me doendo e me fazendo ficar com raiva de tudo que acontecia, e achando tudo ruim. E então falei alto, para mim mesmo:

— Foda-se.

E resolvi não pensar mais e me animar. E me animei e nem procurei um lugar bom para descer. Desci de onde estava mesmo, e foi um pulo o que eu dei. E o joelho não doeu.

Quando cheguei na camioneta, o pessoal já havia mostrado aos dois moços que vinham nela que eles não poderiam passar enquanto a perícia não liberasse os dois carros. Notei que eles não estavam compreendendo por que os dois motoristas não chegavam logo a um acordo e desimpediam a estrada. Perguntaram, e um já foi dizendo para eles que era exigência do motorista do caminhão. Os moços desceram e o pessoal os rodeou. Já se tinham convencido de que o carro-tanque não estava vazando gasolina e que não havia perigo de pegar fogo. Mas rodearam os moços e ficaram falando como se os dois é que fossem resolver o problema. E os moços olharam os dois carros, examinaram e não entenderam nada do que viram. Mas escutaram muito e voltaram para a camioneta convencidos de que tinham que ir até Coronel Fabriciano avisar ao delegado para mandar a perícia, para poder liberar a estrada. E quando se preparavam para voltar, apareceu um monte de gente querendo ir com eles, e que não podiam ficar a noite toda na estrada, e que tinham pressa, e não sei mais o quê. Os dois moços ficaram parados, olhando para a quantidade de gente que estava querendo ir, e eu entrei na roda e falei:

— É preciso irem pelo menos dois, para servirem de testemunhas iniciais.

Falei alto e com voz firme, que era para aquele pessoal ali em volta escutar bem. Quando ouviram falar em testemunhas, pararam e escutei um atrás de mim repetir — "testemunhas iniciais" — e então eu, que já não sabia por que havia proposto duas testemunhas e não uma só, avisei que estava à disposição. E também falei que não me parecia que alguém, além de mim, fora acidentado. Aí abriram um claro e eu disse que não era coisa grave. E na luz do farol o rasgo da calça serviu como bom indício. E tive que ir mancando até o ônibus apanhar minha bolsa de viagem. Quando estava voltando, um homem foi e pegou a bolsa da minha mão e me perguntou:

— O senhor viu como foi? Com uma chuva desta.

Eu o tranquilizei.

— O senhor, não sei se tem interesse no ônibus, mas pode avisar ao motorista para ficar descansado.

Ele levou minha bolsa até a camioneta e ainda me ajudou a subir para o assento. Prontifiquei-me a deixar meu nome e endereço, mas ele disse que não era necessário.

E a camioneta fez a volta e partimos. E conosco foi uma outra testemunha, a quem pedi um cigarro logo que entrou. Entregou-me muito solícito e foi conversando e colocando bastante culpa no caminhão-tanque.

E nós fomos conversando e os dois da camioneta comentando a batida com entusiasmo e correndo muito para aquela estrada. Correndo de um jeito que eu fiquei com as pernas doendo de tanto fazer força querendo frear. E fui fumando o cigarro da outra testemunha, e pensando no sr. Mário que àquela hora

devia estar com a loura que se pintava com os riscos grossos nos olhos, e dormia de boca aberta. Isso eu sabia porque uma noite o vigia me acordou e disse que o sr. Mário queria falar comigo no telefone. Fui e
— Alô?
— Jorge?
— Sou eu mesmo.
— Jorge, é o Mário.
— Pois não, sr. Mário. O que há?
— Jorge, rapaz, olhe, o pneu furou e não tenho nada aqui.
— Não tem problema, sr. Mário. Onde o senhor está?
— Eu estou aqui perto do viaduto da Antônio Carlos. Uns duzentos metros depois dele.
— Pois não, sr. Mário. O senhor não tem nada?
— Nada, Jorge. Só o estepe. Não tenho macaco, nem chave de rodas.
— Pode deixar, sr. Mário. Em quinze minutos estarei aí.

E apanhei a Kombi fedendo a peixe e coloquei lá dentro um macaco e uma chave de rodas em cruz, porque eu não sabia qual a que servia para o carro do sr. Mário, e fui em direção ao viaduto pensando onde o sr. Mário havia conseguido encontrar um telefone àquela hora. E vi que só podia ser no posto de gasolina. E fiquei pensando em quantos quarteirões ele teria andado para chegar até lá. Mas quando cheguei vi que estava parado bem em frente ao posto. E fiquei pensando também em que lugar teria escondido o macaco e a chave de rodas. Quando parei a Kombi e fui chamar o sr. Mário, olhei e vi que ele estava dormindo, debruçado sobre o volante, e que a loura estava encostada na porta da direita, e tinha a boca aberta. Estava encostada na porta do carro, dormindo, com a cabeça virada para cima, com a boca aberta e com aqueles brincos de argolas, balançando. Olhei e bati no vidro do lado do sr. Mário, e ele não acordou. Bati de novo, com o chaveiro. Aí ele acordou, piscou os olhos e abaixou o vidro.

— Ah, é você?

— Sou eu mesmo, sr. Mário. Onde está a chave do porta-malas?

— Oh! está aqui.

E me deu a chave e fui lá atrás e abri o porta-malas e tirei o estepe. E você sabe que ele não tinha nem escondido o macaco e a chave de rodas? Estava tudo ali. E quando tirei o pneu que estava furado, vi que estava inutilizado de tanto que havia rodado vazio.

E eu ali na camioneta, apertando o assoalho com medo das curvas que o moço ia fazendo, e pensando no sr. Mário. E podendo até ouvi-lo — "Dei minha palavra. Dei minha palavra que esse milho chegaria aqui antes da inauguração."

Aquele moço correndo e fazendo as curvas derrapando, me fazia ficar gostando de estar no meio, porque se a gente trombasse em alguma coisa, teria pelo menos um para eu bater em cima.

Mas chegamos e paramos no primeiro bar que encontramos, para eu comprar cigarros. Um dos moços desceu e comprou para mim e filou logo um. E fomos, e rodamos até descobrir o delegado e falar com ele. Em tudo isso eu só fazia olhar. Meu joelho, para todos os efeitos, estava machucado e eu não podia andar. Os moços e a outra testemunha entraram na delegacia e, como o delegado não estava, fomos ver se a gente o descobria. E eu pensando se os moços não iriam cobrar toda aquela gasolina que estavam gastando. E fomos em tudo que era lugar, e até num campo onde criavam cabritos nós, ou melhor, eles foram. Porque eu não desci da camioneta uma vez. Esse campo de cabritos ficava entre Coronel Fabriciano e Ipatinga. Eles pularam a cerca para ver se um dos vultos que estavam se mexendo era o delegado. O sargento que estava de plantão na delegacia havia nos dito, depois da gente ter procurado nos clubes, nos bares, nos hotéis, no aeroporto, no boliche, e não sei mais que tanto lugar nós procuramos, que talvez ele estivesse atrás dos ladrões de cabritos que nos últimos dias estavam dando muito trabalho a ele. E nós fomos lá onde era o campo dos cabritos para ver se o delegado estava lá. Já era muito tarde e eu sempre achando que o delegado devia estar era dormindo na casa dele. E quando pularam a cerca e entraram lá pelo pasto adentro, eu nem quis olhar. E estava pensando como iriam fazer se tivessem que convencer a alguém que estavam lá dentro, àquela hora, procurando o delegado. E aquilo ali é uma cidade que a gente não entende direito porque tem Ipatinga, e Coronel Fabriciano, e Acesita, e Usiminas e Timóteo, e são lugares diferentes mas ligados e, às vezes, a gente não sabia direito onde estava mesmo.

Mas eles desceram perto da cerca, onde devia ser a criação de cabritos, e pularam para o lado de dentro, porque tinham avistado uns vultos mexendo e queriam saber se o delegado estava lá. Pararam perto da cerca e ficaram quietos, e eu ouvi um dos moços gritando baixo, perguntando para os vultos se o delegado estava ali. Aí me encolhi dentro da camioneta e comecei a achar que o melhor seria eu ter ficado lá no ônibus.

Estava assim quando dois faróis saíram da estrada e vieram para o lado da camioneta. Segurei no joelho e fiquei pensando que eu tinha ido com aqueles moços, mas que não conhecia nenhum deles, nem nunca tinha visto o outro que estava ali como testemunha. Que a coisa mesmo que eu queria era chegar em Caratinga. E que o meu joelho estava machucado. E não gostei nada quando o carro veio da estrada, e veio devagar. E parou um pouco longe e continuou com os faróis acesos. E vi descerem dois homens. Eles desceram e vieram até a camioneta e, para você ver como estava a coisa, veio um de cada lado. E só o que veio do lado onde estava o volante é que chegou junto à porta. O outro ficou um pouco de longe e atrás, e o que veio até a porta disse:

— Boa noite.

Respondi com respeito porque, por ali, eles tratam os estranhos com muito respeito.

— Posso saber se o senhor está precisando de alguma coisa? — perguntou o homem.

E aí eu vi que ele é que era o delegado. E não tive dúvida sobre isso. E respondi:

— Uns moços e eu estamos procurando o sr. Delegado. — E eu disse Senhor Delegado.

Aí ele falou.

— Ham, sei. Posso saber por que os senhores querem falar com o delegado?

Eu então perguntei.

— O senhor, por acaso, sabe onde ele está?

— O delegado sou eu — disse ele.

Aí, mudei o tom.

— Boa noite, seu delegado — e ia continuar, mas ele respondeu:

— Boa noite.

E só aí continuei. E disse:

— O senhor desculpe eu não descer do carro, mas estou com o joelho um pouco machucado. Mas estávamos procurando-o devido a uma batida de um ônibus com um carro-tanque, na estrada que vai daqui para Dionísio.

E aí expliquei por que os outros estavam dentro do pasto. Ele era um moço novo e com cara alegre e riu. O outro que havia saído do carro com ele, e que tinha ficado parado uns passos atrás, e que agora já estava junto da janela, e que tinha uma corda na mão, riu também e eu notei que eles já sabiam o que estávamos procurando. O delegado, então, falou para eu acender e apagar o farol para chamar os outros. Acendi e apaguei. Depois ele disse para eu buzinar, e eu buzinei. E o outro que tinha vindo com ele, e que estava com a corda na mão, perguntou se a batida era coisa séria. Respondi que não, que tinha sido uma bobagem. O delegado que estava olhando lá para o lado da cerca perguntou, sem virar a cabeça, por que então não haviam, os dois motoristas, chegado a um acordo lá mesmo no estrada. Comecei a falar e fui dizendo aquilo que eu tinha visto, e não escondi nada. E ele escutando, e até o negócio do ônibus ter dado marcha à ré eu disse. E também que o motorista do caminhão só dizia que desejava a perícia. O delegado me perguntou se eu achava que ele, o motorista do caminhão, estivesse tonto. Não entendi e ele tornou a falar, e aí eu entendi e disse que não, que não me parecia bêbado. Perguntou sobre o joelho e eu disse que era coisa à toa. Enquanto a gente estava nessa conversa, saíram mais dois homens do carro do delegado, que eu vi que era uma Simca, e vieram para perto. O delegado falou com um, que tinha o nome de Aldo, para ir apagar o farol para ele. Mas o outro foi no lugar do Aldo, e o Aldo se encostou na porta da camioneta e perguntou:

— Qual é o problema?

Pelo cheiro vi que se ele não tivesse se encostado na porta era capaz de ter caído. E tornou a falar.

— Qual é o problema? — ninguém respondeu e ele olhou para mim e

— Qual é o caso que está havendo?

O delegado, que continuava olhando lá para a cerca, mandou o tal Aldo ficar quieto. E o que estava com a corda na mão disse:

— Aldo, este aí está com o joelho machucado — e explicou — desastre!

— Desastre? — e enfiando a cabeça pela janela — você é a vítima?

E eu sentindo o bafo de bebida. E respondi que não era nada. Mas ele abriu a porta, tendo antes gritado para o que tinha ido apagar o farol, para apanhar a lanterna. Quando o outro chegou com a lanterna ele me clareou e começou a apertar meu joelho, perguntando se doía. O delegado que havia, ele mesmo, buzinado outra vez, falou para o Aldo para parar com aquilo que o meu joelho não tinha nada. E olhou para mim numa hora em que o Aldo estava me iluminando, e parou de falar. Lembrei-me então de que eu estava muito sujo e com a calça rasgada. O delegado me perguntou se aquilo tinha sido na batida do ônibus e eu disse que não, que eu havia caído no barranco, e a calça rasgada fora na hora de sair do ônibus. O Aldo continuou apertando meu joelho, e

— Desde que não vamos botar a mão nesses cabritos, você vai fazer o seu serviço e eu vou fazer o meu. E a minha função é esta — falou para o delegado.

Por mais que ele apertasse e me examinasse, eu não dizia nada. Aguentei firme os apertos e sempre falando não, que não estava doendo e que também não estava sentindo nada. E ele se desequilibrando e caindo para cima de mim. Depois mandou que eu chegasse para a beirada do banco e bateu no meu joelho com a lanterna. Doeu de um jeito, mas eu disse que não estava sentindo nada. Ele então virou-se para o delegado e disse que o meu joelho estava em péssimas condições e que a coisa era séria. Nisso foram chegando os três; e vi que estranharam aquela quantidade de gente por perto e o tal Aldo a mexer sem parar no meu joelho. Já havia até rasgado mais ainda a minha calça. O delegado falou com eles e ouvi que perguntou como havia sido a trombada. O que tinha vindo como testemunha começou a falar sozinho e sem deixar os outros dizerem coisa alguma. O delegado escutou tudo até o fim e não falou nada. Depois disse para irmos seguindo seu carro que lá na delegacia é que ele iria resolver a coisa. O Aldo insistiu para que eu fosse no carro com o delegado e o delegado concordou. Mas deve ter se lembrado de como eu estava sujo e aí disse:

— Ora, Aldo, deixe de besteira. Não está vendo que o joelho dele não tem nada? Vamos embora.

Mas o Aldo não ligou e me puxou pelo braço. Como não havia outro jeito, fui com ele. Fomos andando em direção ao carro e ele querendo me amparar, mas sem poder se manter em pé. Entramos os dois no banco de trás, e o delegado mandando o Aldo não amolar, e o Aldo não ligando, e dizendo para mim que não me preocupasse, que ele iria deixar o meu joelho como novo. Os outros que estavam no carro, e que estavam muito alegres, também mandaram o Aldo ficar "quietinho". Mas o Aldo respondeu que se tinha uma coisa que ele sabia, era cuidar das suas responsabilidades. E ficou me convencendo de que o joelho ia ficar bom logo, logo.

Enquanto a gente ia para a delegacia, o delegado tornou a me perguntar como havia sido tudo, e tornei a responder. E desta vez ele não perguntou aquele negócio de achar que o motorista estivesse tonto. E tudo eu repeti como havia dito antes perto da cerca do pasto, e como havia visto lá na estrada. Então o delegado falou com o Romeu, que era o que ainda estava com a corda na mão, que com aquela ele iria fazer a linha perder a concessão. E continuou a falar e eu fiquei sabendo que naquela semana aquela linha já havia batido cinco vezes. Compreendi, então, por que haviam feito aquela confusão toda. E o delegado continuou a falar, e disse coisas de "Departamento", e de "carteiras assinadas", e de "sócios", e o médico me convencendo de que o joelho ia ficar bom. E com um cheiro de bebida daqueles. Não fiquei entendendo muito bem como era o problema da empresa.

Paramos numa rua e todos desceram, menos o Aldo que não queria me largar. O delegado disse para ele que estava "enchendo o saco", e os outros o puxaram para fora do carro. Ainda tentou lutar para seguir junto comigo. E o delegado falou:

— Fica nesta besteira. Na hora que a gente precisa mesmo, ele some. Some e não há ninguém para descobrir onde se mete.

E disse que ele era uma esponja.

Chegamos em frente à delegacia e descemos. Olhei para ver se o assento tinha sujado. Mas estava limpo e eu vi que a sujeira que tinha de sair já havia saído no banco da camioneta. Entramos na delegacia e o delegado escolheu dois soldados para irem com ele, e mandou o sargento arrumar a máquina fotográfica e telefonar para o aspirante. Depois ficou mexendo nas gavetas, procurando um formulário que o sargento não sabia onde estava, nem havia visto. Os outros da camioneta chegaram e ficaram da porta, olhando, e não falaram comigo. E o delegado jurando que o formulário estava ali numa daquelas gavetas, não fazia dois dias. E respondeu ao sargento, que o chamava de capitão, para dizer ao aspirante que iria passar daí a pouco na praça, para apanhá-lo. E mandou um soldado chamar um táxi, e o soldado telefonou e quando deu o endereço é que vi que aquela delegacia era de Ipatinga, e não de Coronel Fabriciano. Mas, como eu disse para você, aquilo é uma cidade que não dá para a gente entender bem como é. E o delegado depois que desistiu de encontrar o formulário, perguntou-me para onde eu estava indo. Respondi que estava precisando chegar o mais depressa possível à estrada Rio-Bahia. Ele olhou para o relógio e disse que o melhor era pegar um trem, e perguntou ao sargento a que horas o trem não sei o quê ia passar. O sargento disse que era às sete horas da manhã. O delegado, então, tornou a falar comigo e disse que eu devia ir de trem porque os ônibus, com aquele tempo, não estavam com garantia de chegar a lugar nenhum. Como ele estava me tratando como se eu fosse amigo dele, e não falando nada com os outros, eu já estava querendo sair logo de perto daquele pessoal e ir embora. Concordei que ia mesmo de trem. Aí chegou o táxi e o delegado mandou que a camioneta seguisse atrás. E entramos no táxi eu, o delegado, e os dois soldados que ele havia escolhido. Um dos soldados foi levando a máquina fotográfica. Fomos andando e paramos numa praça, em frente a uma casa que era a do aspirante. Ele já estava na porta esperando. Estava fardado e fez continência antes de entrar. Entrou, pegou na máquina fotográfica e perguntou sobre o filme e sobre outras coisas. E examinou o *flash*, e parecia entendido em fotografia. Fomos andando e o delegado disse para o aspirante onde nós o tínhamos ido procurar. E mostrou o lugar. Aí fiquei sabendo que o lugar tinha o nome de Caladinho. E eles falaram sobre a trombada, e entramos numas ruas e fomos rodando até que paramos numa casa, e ali era outra delegacia. Descemos e era a delegacia de Coronel Fabriciano. A camioneta parou atrás, e vi que os três estavam me olhando. O delegado me chamou e entramos na delegacia. Um sargento e um soldado que estavam sentados se levantaram e o delegado perguntou ao sargento não sei por quem, e, depois, se ali tinha água para tomar banho. O sargento respondeu para ele e disse que havia água. O delegado falou que eu ia tomar banho ali e depois tomar o trem das sete horas. O sargento disse "sim senhor", e era bem novinho e tinha a cara fechada. Depois foram embora. Antes o delegado se despediu de mim e eu nem olhei para o lado da camioneta porque senti que a gente tinha ficado em lados diferentes. Depois que saíram, o sargento mandou o soldado me mostrar onde era o banheiro. O soldado abriu a porta do fundo da sala, e passamos por ela e entramos num corredor. Ali o soldado me pediu um cigarro, eu dei e ficamos amigos.

O banheiro era um quarto apertado e escuro. Era forrado de cimento e ficava no fim do corredor. A luz que havia, era de uma lâmpada muito fraca, dependurada no teto lá perto da sala. As paredes do quarto não iam até em cima, e era por ali que a luz entrava.

O soldado me mostrou o banheiro, arranjou uma cadeira, colocou-a junto da porta do quarto de banho e voltou lá para a sala. Fiquei no corredor com a minha bolsa de viagem na mão e pensando se havia gente presa ali naquela delegacia. Tirei a roupa, abri a bolsa, e não gostei, porque achei que primeiro deveria ter aberto o diabo da bolsa, que já estava com o fecho emperrando. A minha bagagem sempre foi pequena. Já viajei muito e fui a tudo quanto é lugar, e sei escolher para levar apenas o que realmente vou precisar. E naquela bolsa eu tinha tudo o que pudesse querer. Até toalha eu tinha. Não era bem uma toalha, mas um pano que servia para me cobrir e, quando preciso, me enxugar. A cadeira estava encostada na parede e eu tinha que ficar mexendo no fecho, de costas para o corredor. Comecei a achar que estavam me olhando lá detrás. Depois que o fecho cedeu, abri a bolsa para tirar o sabonete de dentro do embrulho de plástico, e entrei rápido no banheiro. Olhei, então, para trás e não havia ninguém me olhando.

    Abri a torneira e a água era muito pouca. O chuveiro era elétrico, mas não estava ligado e os fios estavam dependurados. Fiquei com medo de me encostar neles e levar choque. Tive que fechar a porta para a água não espirrar toda para o corredor. O quarto era apertado, estava fazendo frio e lá dentro era escuro. Eu não via nada e não achei lugar para colocar o sabonete. Fiquei com ele na mão, e se tem uma coisa que eu não gosto é isso de tomar banho segurando o sabonete. E no escuro, ali dentro do quartinho, me deu a impressão de que o buraco para onde a água escorria estava cheio de baratas. E que elas, com a água entrando, estavam vindo para fora. O chuveiro tinha o jeito de não ser quase usado, e pensei que aquilo devia estar que era só baratas. Fiquei com pressa para terminar o banho e como a água era muito pouca, ficou me parecendo que em vez de tirar o sabão, ela estava era fazendo cada vez mais espuma. Teve uma hora em que pisei numa coisa que escorregou, e então dei um pulo, abri a porta e o joelho machucado bateu na parede e doeu, e pulei para o corredor. E fiquei molhado e sujo de sabão, examinando o meu pé que não tinha sinal de barata. Abri a porta e olhei. Acendi um fósforo e olhei bem, e não vi barata nenhuma no chão. Voltei para dentro e vou dizer para você que eu tinha a certeza que elas estavam ali, e que estavam andando devagar pelo chão molhado. Estavam fugindo da água e subindo pelas paredes. E eu não podia me encostar nas paredes. E o quarto era muito apertado e escuro.

    Olhe, aquele foi um banho ruim. Não sei como podem mandar fazer um quarto de banho pequeno daquele jeito, com a porta abrindo para dentro, e escuro. Interrompi o banho ainda com o corpo escorregando de sabão. Passei a toalha com força para acabar de me limpar, e me vesti virado de frente para o corredor. Depois limpei o sapato e a minha carteira de dinheiro que estava suja de lama, e fiquei sem saber como é que ela tinha se sujado dentro do bolso. Quando acabei, fechei a bolsa e me senti meio limpo. Senti-me melhor e fui lá para a sala. Abri a porta e não vi o soldado mas só o sargento que estava sentado, escutando um rádio que estava em cima da mesa. Ele se achava sentado de costas para mim, e no rádio tinha um sujeito cantando, dizendo que era sentimental demais. O sargento estava acompanhando a música, cantando baixo e eu fiquei parado na porta, vendo o sargento fardado e dentro da sala da delegacia, cantando baixinho, dizendo que era sentimental demais. Não fiz barulho e fiquei parado até a música terminar. Depois bati a porta e o sargento se virou e não perguntou, nem falou nada. Nem quando agradeci e disse que já ia embora. Só falou para me responder onde ficava a estação da estrada de ferro.

Fui para a estação que ficava em frente à delegacia, do outro lado da praça. Na saída me encontrei com o soldado que me pediu outro cigarro e perguntou pelo banho e me deu uma batida no ombro, e me desejou "feliz viagem". Quando comprei a passagem, perguntei se o trem estava atrasado. O homem que atendia no guichê disse que não, que estava no horário. Entrei para a parte interna. O dia ainda não havia amanhecido de todo e lá dentro quase não tinha lâmpadas. Nos bancos de cimento, pregados nas paredes, havia muita gente enrolada, dormindo, esperando pelo trem. Sentei-me em um daqueles bancos, mas me levantei logo para ir num bar que avistei lá perto do fim da plataforma. Fui até lá e pedi um pão com manteiga e um copo de café com leite. Junto ao balcão havia mais dois homens. Um deles estava falando com o outro que o Zé Grande tinha ficado nervoso e por isso tinha enfiado o lápis no chefe da estação, e que o chefe tinha caído na hora. Que o lápis tinha entrado direto entre as costelas do chefe. E que tinha entrado para o coração dele adentro. O homem que falava, estava quase empurrando o outro, e perguntou se ele estava acreditando. O outro respondeu não sei o quê. O homem pareceu não gostar da resposta e perguntou se ele conhecia o tal Zé Grande. Tornei a não entender o que o outro respondeu. O que falava ficava quase empurrando o outro e, numa hora, olhou e me descobriu. E veio para o meu lado. Estava bêbado. Olhou para mim e me perguntou se eu conhecia o Zé Grande. Falava arrastado e com um pedaço de cigarro na boca. Eu já estava tomando o café e ele ficou ao meu lado, com o rosto bem junto do meu, sem tirar os olhos de mim, e tonto. O pedaço de cigarro estava apagado na sua boca. Respondi que não conhecia o Zé Grande. Ele me explicou que era aquele magro, alto, e que tinha cara de velho porque o estômago dele tinha furado e ele quase tinha morrido. E falava sem tirar os olhos de meu rosto. E disse também que o Zé Grande havia trabalhado na Companhia e sido fichado na época em que o dr. Jairo mandou fichar todo mundo. Mas eu não conhecia o Zé Grande, e o homem se encostando em mim com aquele pedaço de cigarro apagado na boca, esperando minha resposta. E disse que eu tinha que conhecer, que o Zé Grande era aquele que tinha matado o chefe da estação com "uma lapisada". E mostrou como é que ele tinha segurado no lápis. Eu então olhei para ele e disse:

— Ham!...

O homem prestou atenção no meu *ham* e ficou satisfeito, e foi para o lado do outro e disse:

— Não falei? Todo mundo conhece o Zé Grande. Como é que você não conhece?

Engoli o resto do café com leite e o pão, paguei e fui me sentar novamente lá no banco pregado na parede. Ali fiquei pensando e vendo a chuva forte que tinha voltado a cair. A estação foi se enchendo de passageiros e quando o trem chegou, foi um corre-corre daqueles. Olhei o relógio e eram sete horas e dois minutos. Ainda vi o bêbado que falava no Zé Grande sendo empurrado para trás e quase caindo.

Não corri e esperei os apressados entrarem para eu entrar. Andei por todos os carros e não encontrei lugar. Então escolhi uma plataforma que estava vazia, coloquei a bolsa no chão, junto da porta, e me sentei em cima dela. Estiquei as pernas, cruzei os braços e me encostei na tábua fria do carro. Ali fora estava fazendo frio e, às vezes, uns pingos da chuva caíam para dentro da plataforma. Mas eu estava achando boa a posição. Lá dentro dos carros estava abafado, as janelas estavam fechadas e o ar ardia no nariz quando a gente entrava. Na plataforma o ar parecia novo e era bom de respirar.

Fui sentindo o balanço do trem e pensando naquela viagem que estava daquele jeito antes da coisa que ia dar trabalho começar mesmo. E fui gostando daquela posição, de costas para o caminho que o trem ia seguindo, vendo a chuva e pensando. Não demorou muito e já éramos três que estávamos esticados ali. E quando veio o chefe do trem, nos chamou de "cavalheiros" e avisou para tomarmos cuidado e não dormir, porque depois a gente poderia acordar caindo do trem.

O frio não incomodava e o balanço ajudava a achar boa a posição, e nós três ali fora começamos a conversar, e a fazer comentários sobre os lugares que a gente ia passando e que pareciam lagoas de tão alagados pela chuva. E um disse que a chuva estava estragando tudo quanto era estrada que havia e que, se continuasse assim, tudo iria acabar e que a cidade de Campos, no Estado do Rio, nem existia mais fora d'água. Falou também das pontes que tinham ido embora e de outras coisas que, no fim, eu até estava satisfeito de estar ali no trem e não na estrada, já com as carretas. O outro homem também falou da chuva e dos estragos. E falava devagar, com a voz arrastada, e ficava parecendo que o que ele ia dizer era um caso muito comprido, e que estava sem pressa nenhuma. E eu ouvindo os dois e vendo a chuva, e sentindo o trem balançando. O homem disse que junto da casa dele tinha um córrego que passava por dentro de uma cerca de bambu que ele havia feito para cercar os porcos, e deixar a água passar para eles nadarem e fazerem suas sujeiras. E agora que tinha vindo aquela chuva toda, e ele estava fora da casa há quase um mês, estava com medo de chegar e não encontrar nem cerca, nem porcos. E falava devagar, e disse da casa do pai dele que a água entrou e arrastou tudo. E deu um prejuízo que o velho dele "nunca mais se aprumou". E que esse negócio de chuva forte e que invade as casas, só dá de noite quando todo mundo está dormindo. Ele falava sem pressa e numa hora o outro perguntou qual era a comida que ele dava para os porcos. E não falaram mais da chuva. E ficaram falando de comida de porco, e sobre quando os porquinhos desmamam e a mãe deles não quer entrar no cio. E também que em Governador Valadares a arroba do porco estava quase a metade do que custava em Belo Horizonte. E que o menino mais velho do que falava devagar era muito ativo para fazer negócios. E que a mulher do outro fazia coroas de flores para vender na época de finados. E eu pensando comigo que eu nunca tinha tido uma casa minha mesmo para morar. E que se fosse contar, ia ver que depois que comecei a trabalhar para o sr. Mário, tinha morado mais tempo em barraca e cabina de caminhão do que em casa, ou barracão, ou garagem, ou escritório. E que nunca também tive lugar certo para morar muito tempo. Sempre foi aquilo de mudar de um lugar para o outro. De ir trabalhar num lugar e depois ir para outro, e depois outro. E o homem da voz arrastada falou que também estava precisando de mandar consertar o forro de um dos quartos e pintar a casa na parte da frente, que o reboco já havia começado a cair. Fiquei pensando que, se eu ficasse trabalhando muito tempo num lugar só, e tivesse uma casa, e chegasse e estivesse chovendo, eu iria tirar o sapato antes de entrar e, lá dentro, poderia até estar a Sandra. E na hora que eu entrasse, ela poderia estar costurando, ou lendo uma revista, ou fazendo qualquer coisa, e isso seria bom. Seria bom a casa ser minha e ela estar lá dentro. E a gente sem precisar falar nada um com o outro. E ela, sem olhar nem falar, saber que eu estava chegando, e continuar como estava e eu, então, olhar para ela, e ver suas costas, ou suas pernas cruzadas com os joelhos de fora. Ou ver os braços, ou o rosto com o cabelo para trás. E na hora que quisesse, era só fechar a porta. E nunca ter pressa. E ver quando ela olhasse as coisas, assim distraída, sem ligar nem reparar que eu estava perto, olhando para ela. Que quando eu acordasse de noite era só esticar a mão e ela estaria ali do lado. E depois do jantar, podia ficar sentado sem conversar e vendo-a. E não ter pressa porque ela sempre iria estar ali dentro da casa, e a gente juntos. E eu sem precisar ir de um lugar para outro e morar em barraca ou cabina de caminhão, ou escritório, ou garagem, ou ter que viajar e ficar sem ela, e sabendo que depois também não iria chegar e entrar num lugar onde ela estivesse. E fiquei pensando nos joelhos dela e que quando ficavam aparecendo, era uma coisa de você olhar e ficar pensando para ver se descobria alguma coisa que valesse mais do que aquilo.

 A conversa dos dois continuava e o homem falou, com o que falava devagar, que era porque ele não tinha experimentado ainda a Casa Nova, que era de Januária e que não havia cachaça nenhuma que fosse melhor do que ela. E fiquei pensando como seria aquilo por ali em época que não fosse de chuva, porque parecia que a estrada era em cima de um lugar todo coberto de água. E o trem ia balançando e eu sentindo um sono bom, mas não dormindo porque vi que ali na plataforma era realmente perigoso cair, se pegasse mesmo no sono. E os dois homens conversando, e um estava dizendo que para ele batida tinha que ser com limão galego. E explicava que o limão tinha que ser amassado já com o açúcar e sem tirar a casca. A chuva não parava e tinha também uma cerração que não deixava a gente descobrir, olhando assim para o tempo, que horas poderiam ser. Como a cerração não deixava ver longe, e tudo por perto estava alagado, o trem parecia que não saía nunca da mesma região. O homem que falava devagar disse que a mulher dele é que sabia fazer como ele gostava.

Um pingo de água, maior do que eu esperava, bateu bem no meu olho e me assustou. E um dos homens falava de doce de mamão e o ruim era quando o mamão ficava mole. Isso para ele era o mesmo que estragar todo o doce.

Teve uma hora em que o trem diminuiu a marcha e quase parou. Foi indo devagar e os dois homens pararam de conversar. Olhamos para ver o que era. Fora um pedaço de barranco que havia corrido para a estrada. Alguns homens com pás e enxadas estavam junto da linha, e parecia que os trilhos estavam cobertos de tão perto que a gente via a terra. Os dois homens olharam e falaram que a coisa estava mesmo ficando preta. E um disse que estava até parecendo castigo.

O trem continuou indo devagar por um tempo grande, e na beirada da linha aparecia gente andando e todos estavam molhados. Passaram umas mulheres com os vestidos colados no corpo e uns meninos que não estavam ligando para a chuva e corriam ao lado do trem acenando com a mão.

Depois o trem voltou a correr e os dois homens voltaram a se sentar, e eu fiquei de pé, acabando de fumar um cigarro. E fiquei também pensando que naquela hora o Luís devia estar dentro do caminhão lá em Caratinga, esperando. E o sr. Mário com o amigo dele e a loura, descansado e sabendo que o milho iria chegar para a inauguração, e que no dia, estaria bebendo uísque e fazendo votos para o êxito da Refinação. Estaria com aquele sorriso de quem sabe sempre o que está falando. Eu conhecia esse modo dele ficar rindo e parecendo conhecer uma coisa sem conhecer. E sabia até com os olhos fechados. E me lembrava de como ele virava para mim e explicava as coisas que eu tinha que fazer. E como eu ficava satisfeito de poder resolver tudo. Foram muitas as vezes que isso tinha acontecido. Mas a cada vez ele ia ficando com a cara de quem conhecia mais as coisas e me explicando menos como fazer. Deixando para eu descobrir sozinho. E vou dizer para você que sei que a gente vai sempre mudando. Mas comigo, eu sempre pensei mais que mudei. Isso tenho certeza. E pensei nisso ali no trem e me lembrei da vez em que o engenheiro perguntou ao sr. Mário, lá em Brasília, se ele sabia o lugar exato onde é que estavam construindo o hotel. E ele disse que sabia, e adiantou que os caminhões chegariam lá antes dos cinco dias. E vou dizer que a verdade é que ele nem sabia que o hotel estava sendo construído lá no meio da ilha de Bananal. E se duvidasse muito, era capaz dele não saber nem se havia essa ilha. Mas disse que sabia, para ficar com o serviço que ia dar um lucro que, até se perdesse um caminhão, seria bom negócio. E disse para o engenheiro que sabia sim, e eu vendo-o com aquele ar de quem não tinha dúvidas sobre o que estava falando. E fecharam o negócio, e depois chegou para mim e me explicou como ele achava que era. Disse que dois aviões iam lá e voltavam todos os dias e que, portanto, qualquer problema era só mandar o recado pelos aviões que ele resolveria logo. Mas a coisa não era assim e quem me abriu os olhos foi o encarregado do armazém onde fui apanhar as mercadorias. Vi, então, que era preciso levar até comida se não quisesse caçar pelo caminho. Nem gasolina eles tinham para fornecer para a gente. Veja você como era a coisa. E fomos cinco caminhões numa estrada que era só areia e mato e mais nada.

Naquela época não havia nada que ficasse assim na minha cabeça me fazendo raiva. Tudo para mim era satisfação. E fomos, e eu alegre e até satisfeito. À noite a gente parava, fazia fogo e esquentava a comida. E era a única hora do dia em que a gente comia comida quente, porque durante o dia não podíamos parar para ficar esquentando comida, para não atrasar. E ali não havia nada, a não ser aquela estrada que não passava ninguém. Era tão deserta que dava medo pensar na gente ali sozinho.

Fomos com as cabinas cheias, mesmo cada um viajando sozinho no caminhão, porque tudo o que podia estragar nós estávamos levando para não ter o perigo de deixar um caminhão na estrada. Depois, quando chegamos, já encontramos o Fefeu preso e com o zelador dizendo que iria mandá-lo preso para Brasília. E era uma coisa de você nem acreditar que aquela estrada, daquele comprimento, fosse dar num lugar que não tinha nada. Eram só as barracas e o monte de material para construir o hotel. E o Fefeu preso e o zelador sem nem querer falar com chofer de caminhão.

Chegamos e fomos descarregando sem perguntar por que o Fefeu estava preso, mas eu já pensando num meio de falar com o zelador para o soltar. Porque, mesmo com esse nome, ele era um sujeito bom e decidido e que eu até devia uma obrigação. Tinha sido ele quem criou mesmo o caso com a Companhia. Naquela época, lá na Novacap, o serviço de construção era sem parar. E eram todas as Companhias trabalhando e com um movimento tão grande que a gente, às vezes, ficava muitos dias sem receber o pagamento do serviço, e não dava importância porque era comum o pessoal atrasar. Mas, de uma vez, a gente já estava com mais de sessenta dias sem receber. O sr. Mário tinha doze caminhões trabalhando lá e eu é que tomava conta. E o pagamento foi atrasando, até que os motoristas começaram a reclamar muito. Quando o sr. Mário aparecia eu falava com ele e ele ia lá na Companhia. Mas a Companhia não pagava e ele tinha que voltar para Belo Horizonte, e eu ficava em Brasília com os doze caminhões, e sem dinheiro. E os motoristas reclamando, e até os postos de gasolina não querendo mais abastecer a gente. Você sabe como é. E até peças a gente ia ficando sem ter onde comprar, porque as casas não queriam vender mais fiado. E quando o sr. Mário aparecia lá, não conseguia receber o dinheiro e tinha que voltar logo.

Um dia o Fefeu, que tinha três caminhões, me chamou e mais aos outros que trabalhavam junto com a gente para a Companhia, e falou que ia parar os caminhões dele debaixo da esteira que enchia os caminhões de brita. E que era para a gente também parar os nossos na frente dos carros dele, e não sair enquanto a Companhia não pagasse. Combinamos tudo, e falei com os meus motoristas, porque em tudo eu sempre agia como se eu fosse o dono dos caminhões. E ficamos esperando a hora que o Fefeu havia marcado. Na hora certa ele foi e parou com um caminhão dele debaixo da esteira, e com os outros dois na frente, e apagou as máquinas. E eu fui e parei com onze dos doze que eu tinha lá comigo, porque um havia ido fazer uma viagem para levar grama cultivada, e não estava lá na hora. Mais dois outros donos fizeram o mesmo. Mas os outros, que eram a maioria, não fizeram. E ficamos nós ali parados, e os encarregados gritando para a gente sair com os carros. E não saímos. Veio um engenheiro, depois veio outro, e nós não saímos. Chamaram a polícia, e nós havíamos tirado as chaves e uma peça do motor para que os caminhões não pegassem. Foi uma discussão dos diabos, e ninguém saiu até que o delegado mandou levar todo mundo lá para a delegacia. E fomos nós, e os engenheiros. E o Fefeu falou para o delegado das famílias que estavam passando fome, e dos meninos que estavam sem remédio, e da falta de tudo. Falou tanto que eu, que já estava começando a achar que aquilo não ia dar certo, tornei a me animar e a ficar sem medo. E o Fefeu falou com o delegado como se tivesse filhos e eles estivessem todos passando fome. Na hora em que os engenheiros foram falar, estavam nervosos e com raiva de estarem ali, e disseram ao delegado coisas que não deviam ter dito. Disseram que aquilo não era caso para resolver na delegacia e que eles não eram criminosos. E foram dizendo, até que o delegado achou que a gente é que estava com a razão, e mandou que arranjassem um jeito de nos pagar até o dia seguinte. Falou para tirarmos os carros e avisou aos engenheiros que se não pagassem, ele iria tomar providências. No dia seguinte, eu me lembro como se fosse hoje, recebemos os atrasados e as viagens extras, e não ficou nada para ser pago.

Mas também não passou uma semana e fomos dispensados. Eu já estava arranjando outros serviços e fui colocando os carros, e poucos dias depois, quando o sr. Mário apareceu por lá, todos os caminhões estavam colocados e expliquei tudo para ele. Não se incomodou e até riu quando contei a história do Fefeu estar com os meninos passando fome. Achou graça e riu e contou sobre o negócio que estava fazendo e que iam entrar aqueles caminhões. E dizia, porque naquela época ele sempre falava comigo dos negócios, que era coisa para ficar rico em pouco tempo. E tinha uma pedreira no negócio e também uma máquina de fazer brita. Lembro-me de que ele bateu no meu ombro e falou que eu ia acabar um homem cheio do dinheiro. E falou para eu "aguentar a mão", que, no fim, "a coisa sempre melhora". Falei que ele podia ficar descansado. E digo para você que nunca fui de fugir de trabalho, mas naquele tempo havia ocasião em que parecia que eu estava querendo mais e mais trabalho. E me parecia que eu tinha que trabalhar até tarde da noite e me levantar cedo, e que se não fosse assim, estaria perdendo tempo e deixando outros passarem à minha frente. E ficava só querendo ir para onde houvesse mais trabalho e mais coisas para fazer. E só pensava em como fazer para os caminhões darem mais viagens e carregarem mais peso. Não me lembro de naquele tempo ficar assim pensando, e sentindo raiva ou precisando desviar o pensamento para não achar as coisas mais erradas ainda. Sei que toda pessoa vai mudando, mas digo para você que as mudanças de alguns você nota na hora que olha, e eu sei que mudei e que vou mudando, mas é só no pensamento. Você não seria capaz de dizer se eu estava mudado, só olhando assim para mim, sem que a gente conversasse. E não sei qual mudança é maior. Digo para você que não sei, que fico na dúvida.

E lá na ilha, quando acabei de descarregar o material dos caminhões, fui e falei com o zelador. Ele era velho e não ria nunca, e morava ali naquele mato, sem quase falar com ninguém. Parecia que só se dava com o índio. E mesmo os soldados da Aeronáutica, que guardavam o campo, não se davam bem com ele. E os soldados é que tomavam conta do Fefeu. Falei com o zelador e ele me disse que o Fefeu havia sido preso dentro de uma barraca, e que estava roubando. Conversamos, e depois de muita conversa, ficou acertado que no dia em que eu saísse de volta com os caminhões, o Fefeu voltaria comigo.

Ficamos ainda três dias lá, esperando uma ordem para ir apanhar umas pedras num lugar perto da margem do rio. E durante esses três dias o Fefeu ainda ficou preso numa barraca, lá onde ficavam os soldados. O Fefeu depois, falando comigo, disse que ele era um motorista experimentado e que sabia fazer o seu serviço. Que quando aceitou aquele carreto, era porque a coisa era muito boa e valia a pena o risco. Que tinha entrado naquela estrada sozinho e sem medo. Mas a verdade é que não haviam avisado para ele que a distância fosse tão grande, e a estrada, a única coisa que havia naquele mato. Só a estrada e mais nada. Nem uma casa, nem um sinal de vida. E ele que era um motorista experimentado, havia deixado de levar uma correia de ventilador. E enumerou para mim as coisas que ele sempre andava com elas. E eram até coisas demais. Mas a correia do ventilador ele não tinha levado, e havia sido esse o enguiço. A do caminhão arrebentou e ele ficou sozinho naquela estrada areenta, e já tendo viajado dois dias, e não tendo encontrado nem rasto de outros carros. Contou que até o cinto da calça ele usou como correia de ventilador. Que nas últimas noites já andava pensando que talvez aquela estrada não fosse dar em lugar nenhum, e sim, fosse entrando pelo mato adentro até acabar. E depois que havia tentado tudo para substituir a correia, desistiu e ficava esperando as horas de menor calor para andar. E ia andando e parando. E à noite não acendia uma luz para economizar a bateria. E foi até o fim daquele jeito. E quando chegou ainda teve que descarregar o caminhão todo sozinho, porque o zelador não arranjou ninguém para o ajudar. O índio tinha ficado agachado, olhando, e não ajudou a descarregar uma caixa.

Que depois ele havia perguntado ao zelador como podia fazer para conseguir uma correia, e até contou como a coisa tinha acontecido com ele. E que o zelador tinha respondido que só se ele conseguisse que um avião levasse. E o Fefeu foi conversar com os guardas da Aeronáutica, e eles ficaram de pedir a um dos pilotos para comprar em Brasília e levar para ele. Mas enquanto esperava, um dos soldados perguntou por que ele não pedia uma ao zelador. Que ele devia ter aquilo, pois havia uma barraca cheia de peças de caminhões, para os que iam trabalhar ali quando começasse o serviço de terraplenagem.

— Eu falei com ele, Jorge. Expliquei tudo direitinho e ele nem me deixou entrar lá na barraca onde estavam as peças.

Isso ele me falou quase chorando.

— Como é que um cara pode ser miserável desse jeito? Eu falei para ele que pagava. Que mandava para ele lá de Brasília quantas correias ele quisesse. E nem me respondeu direito.

O avião demorou e depois de dois dias de espera, o Fefeu resolveu entrar na barraca. E disse que a primeira coisa que viu foi um feixe de correias. Estavam amarradas numa corda, dependuradas no pau central da barraca.

— Jorge, eu apanhei uma. Nem outra para reserva eu apanhei. Mas só uma. Roubei uma. Mas o que é que eu podia fazer? Tinha outra saída? Aquele avião não vinha.

Quando saiu da barraca, o zelador já estava com um soldado esperando por ele.

— Foi aquele índio. Desde a hora que botei o olho em cima dele, vi que não prestava. E tenho certeza que foi ele que avisou para o zelador que eu tinha entrado na barraca.

E o zelador tinha mandado que ele tirasse toda a roupa, e deu uma busca em tudo dele, para ver se tinha "roubado mais alguma coisa".

— Jorge, olhe para a cara dele para você ver. Ele não fala com ninguém. Ninguém aqui gosta dele. Acho que só fala com aquele índio; que também é mais filha da puta do que ele.

O índio ficava sempre agachado por perto, fumando e com os olhos parados na direção da gente. No dia em que chegamos, o zelador veio nos avisar para não olharmos para a mulher do índio. Não sei por que foi avisar aquilo. Ela estava sempre com o índio. Quando ele andava, ela ia uns três passos atrás, seguindo de cabeça baixa. Quando ele parava, ela parava também. Quando ele agachava, ela ficava em pé, parada atrás dele. Depois ela agachava e os dois ficavam quietos, sem conversarem.

À noite a gente via a brasa do cigarro do índio ficar acendendo e apagando. E aquilo dava a impressão de que estava nos vigiando.

Nunca vi um índio porco como aquele. Estava sempre vestido com uma blusa de farda que você via que estava dura de sujeira. E só usava aquilo. E quando ia andando e dava vontade nele de urinar, ele não parava nem nada. Ia andando, balançando e molhando para os lados.

A mulher usava um vestido sujo e rasgado por cima da pele, e passava umas tintas que fediam como nunca vi. E quando eles estavam agachados lá, calados e olhando para o lado da gente, e o vento vinha de onde eles estavam, era um fedor dos diabos. E eu ainda ficava pensando por que o zelador havia avisado para a gente não olhar para ela.

Quando saímos dali, o Fefeu foi conosco. Estava triste e, até quando saímos da ilha, ele ainda falava:

— Ele me chamou de ladrão, Jorge. Chamou e eu fiquei calado, porque eu tinha roubado. Tive que roubar.

Aquilo parecia que estava queimando a cabeça dele por dentro.

Quando contei para o sr. Mário, ele escutou muito interessado e indagou de tudo que eu tinha visto. E me mostrou o lucro que a viagem tinha dado, e mandou que eu pagasse uma caixa de cerveja para os homens. Depois me contou de uma fábrica de camisas que estava querendo comprar. E ainda me perguntou se eu gostaria de ter dezoito moças trabalhando comigo.

Quando o Fefeu me procurou para devolver a correia, fiquei conhecendo o irmão dele, e ficamos amigos. Foi ele que um dia, em Belo Horizonte, me contou dos pneus que o Departamento de Transportes de Brasília ia vender. E eu fiz as contas e o negócio era tão bom que até senti uma coisa apertando dentro de mim. Falei com o sr. Mário para ele me emprestar um dinheiro, porque, você sabe, na hora em que você precisa, você tem que ir onde você trabalha. Mas sr. Mário na hora estava com pressa e não me escutou direito. Só bateu no meu ombro e falou que era para eu não esquentar a cabeça, não. E no mesmo dia, à noite, o carro dele furou o pneu e ele telefonou dizendo que não tinham macaco nem chave de rodas. Foi naquela noite que eu falei com você que vi a loura dele dormindo de boca aberta.

Quando o trem chegou em Governador Valadares não estava chovendo. Na estação fiquei um pouco parado, pensando onde era o lugar em que a gente pegava os ônibus. Lembrei-me e fui andando para lá. Eu conhecia Valadares desde a época em que trabalhei na estrada Rio-Bahia, lá em cima, primeiro perto de Vitória da Conquista e depois perto de Jequié. A gente ia ali sempre que precisava retificar ou trocar um motor. Ou passava por ali quando vinha a Belo Horizonte. E fui andando e me lembrando como era a cidade. E lá, onde saíam os ônibus, fiquei sabendo que não havia ônibus nenhum descendo a Rio-Bahia, e também que perto de Além-Paraíba o rio havia inundado tudo, e até casas ele havia arrastado para a estrada. E que todos os desvios tinham trechos com barreiras ou pontes caídas. E o pior era o de Campos, que até a cidade, diziam, estava coberta. O único trecho que estava dando passagem, era o de Juiz de Fora. E era um carro de cada vez, e sendo puxado por máquinas do Departamento de Estradas. Fiquei sabendo também que a Polícia Rodoviária tinha colocado barreira abaixo de Caratinga e que ninguém passava. Os carros que iam para as cidades que estavam abaixo da barreira levavam muito tempo para conseguir autorização, porque primeiro a Polícia Rodoviária confirmava pelo rádio se as pessoas eram mesmo daquelas cidades. E eu então vi que as carretas estavam paradas na barreira, em Caratinga.

Depois que soube de tudo isso, entrei num restaurante para almoçar e fiquei olhando o movimento, e achei que estava até parecendo a época em que as estradas estavam sendo feitas. Era gente andando e parada por todo lado. A única diferença é que ali, naquela hora, via-se que o pessoal não sabia direito para onde ir.

Almocei procurando descobrir um meio de chegar até Caratinga. No fim do almoço resolvi que o melhor seria procurar o Altair. Com ele seria mais fácil eu arranjar uma condução. E aí fiquei procurando me lembrar qual era o nome da sua oficina. E não houve meio de me lembrar do nome, nem de onde ficava. E fiquei palitando os dentes, sentado na mesa, com o corpo mole e sentindo que eu ia acabar me lembrando do nome da oficina. O garçom ficava por perto impaciente para eu deixar a mesa porque o movimento estava bom e havia até gente em pé, esperando vagar mesas. Mas eu estava procurando me lembrar do nome da oficina do Altair, e com o corpo doendo, e não querendo me levantar. E me lembro que fiquei tanto tempo sentado que o garçom no fim trouxe a conta sem que eu pedisse. Aí me levantei e não deixei gorjeta. Fui andando e me afastando do lugar onde os ônibus saíam. Enquanto andava, a bolsa ia batendo na minha perna. E me lembro também de que eu já estava pensando em alugar um carro para me levar até Caratinga. E que ia olhando as bicicletas enchendo as ruas, e sentindo o sol que havia dado uma saída, mas que continuava fraco. Nas ruas havia muitas poças d'água e as bicicletas ficavam desviando das maiores. E foi aí que me veio o nome da oficina do Altair, e o nome era Paraíso. E me senti satisfeito e animado, e na primeira oficina mecânica que vi, entrei e perguntei se conheciam uma oficina com o nome de Paraíso, e que o dono era um tal de Altair. O moço a quem perguntei foi logo me dizendo que conhecia e me explicou que ficava antes da ponte, na margem da estrada. Notei que devia ser uma oficina boa, para ser conhecida assim. Ainda mais se ficava lá na estrada, porque a estrada não passa muito por dentro da cidade. E o rapaz a quem perguntei respondeu logo como se fosse natural ele saber onde ficava a oficina do Altair.

Peguei um ônibus e fui até a ponte. Desci e, de lá, vi como o rio estava cheio e com a água suja. Olhei a Ibituruna e me lembrei de quando a gente passava por ali subindo ou descendo a estrada, e o sol estava forte, como a temperatura aumentava quando a gente recebia o calor daquela pedra. A gente ficava pensando como é que o pessoal da cidade aguentava o mormaço que a pedra espalhava, quando o sol batia nela. E também me lembrei de que o Zito falava que Governador Valadares era uma cidade onde a maior coisa que havia era uma pedra. Ele falava isto mexendo com o Altair.

Olhei a estrada e parecia coisa morta, comparada com a época em que a gente trabalhava lá para cima. Olhei a ponte e depois vi os postos de gasolina que estavam diferentes, porque a estrada tinha se mudado para cima do aterro e os postos afastados para fora da faixa de acostamento. Estavam mais bonitos, eram mais novos, mais abertos e também mais parados.

E olhei e vi onde tinha sido o posto do Alcindo, e no lugar agora passa uma das pistas de acesso. E fui andando devagar e relembrando como era ali, e procurando ver uma placa ou alguma coisa com o nome de Paraíso. E não via nenhum daqueles meninos que ficavam em toda parte da Rio-Bahia com a bomba de lubrificar na mão. Eram tantos que a gente não podia parar o carro que eles iam entrando para baixo, dizendo que iam lubrificar. Não lubrificavam nada, e sim roubavam tudo o que conseguiam tirar. E, às vezes, os diabos roubavam até coisas que não conseguiam carregar. E toda vez que a gente parava o carro era preciso gritar que não queria lubrificação nenhuma. Mesmo assim tinha que ficar de olho, para não permitir que eles entrassem lá para baixo. E era só você distrair um minuto, e eles corriam e ficavam mexendo. E quando a gente gritava, diziam que estavam lubrificando e ainda vinham cobrar. Tinha vez que dava vontade de passar o carro em cima de uma meia dúzia para ver se diminuía um pouco o número deles. Mas ali, naquela hora, eu olhei e não vi nenhum para perguntar onde ficava a oficina do Altair. Porque eles davam notícia de tudo ali na estrada. Até os dias de pagamento das companhias os diabos sabiam mais do que a gente que trabalhava para elas. E conheciam todo mundo. Mas eram uns ratos que até diferencial de caminhão já vi roubado por eles. Você pode nem acreditar, mas dava pena ver um carro cujo dono houvesse dado ordem para eles lubrificarem. Depenavam o carro por baixo. Tiravam tudo o que conseguiam. Até os pinos de lubrificação aqueles diabos levavam. A única solução que havia quando a gente ficava uns dias parado em um lugar, era chamar alguns, dos piores que encontrasse, e dizer para tomarem conta dos caminhões. Aí não deixavam nenhum outro chegar perto. Então é que a gente via como eles mesmos tinham medo. E cuidavam dos caminhões e ficavam fazendo coisas para a gente, como comprar peças, cigarros, levar roupa para lavar e tudo o mais que a gente precisasse. Houve vezes em que nos acostumamos a eles e deu pena deixá-los, na hora de irmos embora. Algumas vezes deu vontade de levar pelo menos um, com a gente. Só não levávamos porque você sabe como é esse negócio de menino. E depois também andar com menino, para baixo e para cima, naqueles acampamentos de estrada, não iria dar certo. Era só por isto que não levávamos, porque nunca vi um que tivesse pai ou irmão, ou outra pessoa qualquer que tomasse conta. Parecia que eram da estrada.

E você acredita que naquela hora não vi nenhum? E era o que mais havia naquela estrada. E ali, naquela hora, olhei e só vi dois meninos. E não eram dos que traziam a bomba de lubrificar na mão, mas desses que têm a cara parada e levam essas latas para pedir comida. E esses de que lhe estou falando roubavam até o diferencial do carro, se você não ficasse de olho em cima deles, mas não pediam esmolas nem restos de comida.

Perguntei num posto de gasolina e me mostraram onde é que ficava a oficina do Altair. Era do outro lado da estrada, uns quinhentos metros antes da ponte.

Atravessei a estrada e entrei na oficina que não parecia uma oficina, mas sim um galpão grande. Entrei e vi que ela era de recuperação de blocos de motores. Na hora que entrei, vi um torno e ouvi uma válvula sendo esmerilhada. O torno estava perto da porta e achei lá dentro meio escuro. Vi um homem e ele me perguntou o que eu queria. Eu disse que queria falar com o Altair. O homem me olhou e disse que o Altair havia saído. Perguntei se ia demorar. Respondeu que não. Falei que ia esperar por ele. O homem não disse nada e procurei um lugar e me sentei. E fiquei olhando a oficina. Havia três homens trabalhando e apesar do barulho da válvula sendo esmerilhada, lá dentro estava muito silencioso para uma oficina de recuperação de blocos de motores. E tudo era muito arrumado e escuro. O que havia me perguntado o que eu queria era o que mexia no torno. Fiquei vendo-o trabalhar, e ele estava torneando uma parte do cabeçote de um motor. E digo para você que era um torneiro dos bons. Desses que, só de pegar na peça, você sente que é dos bons. E eu estava olhando-o mexer no torno, e vendo o cabeçote sendo furado e aparecendo aquelas tirinhas de metal, quando o Altair entrou. Entrou e me viu antes que eu o visse. E deu um grito que encheu todo o galpão e que me assustou, porque lá dentro estava em silêncio e eu não estava esperando o grito. Levantei-me e nós nos abraçamos, e eu vi que ele estava a mesma coisa do que era quando trabalhávamos juntos. E, naquela hora, foi como se a gente ainda trabalhasse lá em Jequié, e ele continuasse sendo aquele namorador que conquistava todas as moças da Rio-Bahia, e alegre e despreocupado que só você vendo. E não reclamando de coisa nenhuma. E virando uma noite atrás da outra, quando o serviço apertava ou quando a gente precisava abrir uma caixa de marchas, ou mexer num diferencial. Porque eu nunca vi um sujeito bom de mecânica como ele. Aceitava qualquer serviço, sempre alegre e passando o pente naquele cabelo dele, que era o cabelo mais macio e bonito que já vi num homem. E era desses sujeitos que você fica satisfeito quando ele está trabalhando com você.

Nós nos abraçamos e falamos, e perguntamos como o outro ia passando e o que estava fazendo. E ele é que mais falava, e falando alto e sem ouvir o que eu dizia. E me segurou pelo braço, e me fez dar uma olhada em todo o galpão, perguntando o que eu achava da oficina, e eu dizendo que estava gostando. E era verdade, porque ela era muito arrumada e limpa e bem montada. E ele dizendo que aquilo é que era vida. E não aquela coisa de bater volante noite e dia aguentando uns patrões como eu. E ria alto. E me levou para o fundo da oficina, e abriu uma porta e disse que morava ali, e que ia me apresentar à mulher dele, que ele já havia se casado. E me perguntou se eu também já, e respondi que não. Ele falou que eu estava perdendo tempo e foi me puxando para dentro da casa. E fui entrando e ele me empurrando pela sala e chamando a Rute, que era o nome da mulher dele. Ela veio e eu me assustei quando entrou porque ela era feia. Era gorda, e baixa, e me parecia que o Altair quando se casasse, seria com a mulher mais bonita que houvesse por perto da Rio-Bahia. Porque no tempo em que a gente trabalhava juntos, ele era muito namorador, e todas as moças bonitas que a gente encontrava ele acabava namorando. E ali, então, quando chamou a Rute e ela apareceu e era feia, e baixa e gorda, e tinha uns braços muito grossos e até óculos ela usava, eu me assustei. Ela veio lá de dentro, limpando a mão num avental, e rindo. E ele com a mão no meu ombro, dizendo para ela que eu era o Jorge, aquele patrão miserável de quem ele já lhe havia falado. Ela me disse que ele já havia falado de mim com ela, e me apertou a mão rindo e dizendo que era uma satisfação me receber e que eu ficasse à vontade. E o Altair a dizer para ela que eu era o sujeito mais sem-vergonha e mulherengo que ele já havia encontrado. E isso era como se ele estivesse se referindo a ele. E ria e a mulher dele rindo e eu acabei achando graça também. E ficamos ali conversando, todos muito alegres. E ele falando dele como se estivesse falando de mim. E ela com uma carinha satisfeita, porque ela era gorda mas o rosto era pequeno e parecia ser de um corpo mais novo que o dela. E ficamos sentados à mesa conversando, e ele não me deixando falar de minha ida para Caratinga, nem das carretas. E a mulher dele já dizendo que eu ia ter que jantar com eles. O Altair nem me ouviu quando eu disse que não podia. E falou que eu ia jantar ali de qualquer maneira, e que era só não ligar para as caras fechadas dos irmãos da Rute. Então vi que os três que estavam lá fora eram irmãos dela. E o Altair disse ainda, brincando com ela, que ele tinha resolvido todos os problemas da família. Que havia se casado com ela e escorado os irmãos. E me perguntou:

— Não morderam você quando entrou?

E continuou a brincar, dizendo que era um problema quando ele saía porque todos que chegavam na oficina saíam correndo e não voltavam mais. E falava e achava graça, que era o modo dele ser, e era um modo que a gente achava bom.

E falou mais dos irmãos dela. E disse que um, ele havia mandado fazer o curso de torneiro porque não sabia fazer outra coisa a não ser ficar olhando o traseiro das empregadas dos vizinhos. O outro, ensinou a ser gente, porque antes só sabia ficar pensando como fazer para ganhar dinheiro sem precisar trabalhar. E a mulher dele voltou para a cozinha, e eu já não estava achando-a mais feia. E até achei que seu rosto era bonito. E o Altair continuou falando dos irmãos dela, e disse que o outro tinha não sei o quê de errado. E ia falando e ria, e a mulher dele, lá da cozinha, concordava e, às vezes, aparecia na porta rindo satisfeita. E ele continuava a falar colocando o nome da mulher em tudo, e sempre com graça, que toda vida esse foi o modo dele conversar. Mandou que a mulher chamasse os meninos, e apareceu um menino e uma menina, e ele me mostrou os dois e disse que eram suas "feras". E que havia mais um que estava na casa dos sogros. Que de vez em quando ele mandava um passar o dia lá, que era para compensar os favores que ele havia feito à família.

Vi que o Altair era um sujeito que continuava rindo, e que possuía uma família e que gostava dela, e que estava satisfeito de me ver, e que eu também estava satisfeito de me encontrar de novo com ele. E numa hora ele disse:

— E a casa da d. Olga?

Até me engasguei, e ele então bateu no meu ombro e gritou para a mulher:

— Rute, você hoje tem na sua casa o maior sem-vergonha que a Rio-Bahia já viu.

E desatou a rir, e eu fiquei calado porque até tinha medo de pensar numa coisa daquelas ali. E ele falava e ria, e a mulher dele aparecia na porta e ria também, pensando que fosse não sei o quê. E ele a falar:

— E a casa da d. Olga? Lembra-se? — e chamava a mulher dele — Rute, ó Rute, pergunte a ele pela d. Olga. Uma senhora que gostava dele como de um filho. Não era, Jorge?

E batia a mão no meu braço.

— Não era mesmo? Hem? Conte aí para a Rute a sua amizade com a d. Olga.

E rindo de não parar, e a mulher dele aparecendo na porta de avental, cortando uma verdura com uma faca de cozinha e com a cara mais alegre do mundo.

E esse negócio da d. Olga era mais com ele do que comigo, ou com qualquer dos outros que trabalhavam com a gente. Não é que tenha ficado algum mal-arranjado, mas ele, o Altair, é que ficou com a d. Olga. E ficou porque resolveu que iria ficar com ela. E por duas vezes nós fomos na casa dela, e ele não ficou com ninguém esperando que ela resolvesse. E olhe que a gente passava, às vezes, muitos dias sem poder fazer as visitas, porque quando não era o trabalho que não deixava, era o dinheiro que a gente não tinha por causa dos atrasos dos pagamentos. Em todas as estradas e serviços de terra ou de construção que eu já trabalhei, o pagamento nunca saiu assim, com dia marcado, como quando você trabalha ou faz alguma coisa para um patrão ou uma firma, e ela paga no dia trinta, ou no sábado. Mas nesses serviços de terra e de companhias grandes que mexem com estradas e construções, a coisa é sempre com atraso. Atraso de quatro semanas, ou três, ou até uma, mas sempre atrasando. E, então, quando o trabalho dava folga para a gente ir lá nas mulheres, era comum não ter dinheiro. E ficávamos esperando que ele saísse para podermos fazer as visitas. E quando íamos, era todo mundo junto. E era uma coisa muito boa. E quanto mais tempo a gente passava, melhor era a farra que a gente fazia.

Mas atrasos grandes, assim de mais de quatro semanas, não eram muitos. E de que eu me lembro, só um em Brasília, o tal que falei com você que o Fefeu fez aquilo com os caminhões, e outro quando eu estava trabalhando lá na estrada Brasília-Acre. Esses atrasos grandes nunca eram bons. Mesmo não trazendo problemas sérios para a gente, não eram bons. Nesta vez da Brasília-Acre, coincidiu que o sr. Mário não apareceu durante quarenta e seis dias. A Companhia não pagava e estava marcado para eu fazer os pagamentos das prestações dos carros. E o dinheiro não saía. Mas também todo mundo estava sem dinheiro e acabamos não nos incomodando com os cobradores que iam aparecendo atrás da gente.

O trabalho lá era de você virar quantos dias e noites aguentasse, porque a Companhia era de uma engrenagem que dava gosto trabalhar para ela. Não parava dia nenhum, e não havia dessas desculpas de que máquina quebrou, ou faltou óleo, ou qualquer outra coisa que fosse. E mesmo atrasando o pagamento, a gente sentia que não era coisa para ficar com medo, porque ela era uma Companhia que, naquele fim de mundo, até óleo e gasolina fornecia para a gente. E durante o tempo em que trabalhei ali, não me lembro de ter visto um carro parar por falta de coisa que dependesse dela. O movimento era de você ficar animado. Todo mundo trabalhava noite e dia, e você ia vendo a faixa da estrada avançando por dentro daquele mato. Lá também você só podia trabalhar. Não havia outra coisa para fazer.

Era aquela cidade de barracas, acompanhando a ponta da estrada. E aquele mundo de tambores ficando nos acampamentos de estocagem. E aquelas notícias de que havia índios olhando a gente por trás das árvores. E tudo quanto era peça ou coisa que você precisasse comprar, tinha que encomendar aos pilotos dos três aviões da Companhia para que eles comprassem lá em Cuiabá.

E da vez, então, que ficamos os quarenta e seis dias sem ver o sr. Mário, o pagamento atrasou e os cobradores das duplicatas das prestações dos caminhões apareceram por lá. Mas não me preocupei muito porque era tanta gente para eles cobrarem, e todo mundo sem dinheiro, que eles é que pareciam estar sem razão. E ninguém se incomodou e continuamos a trabalhar, esperando que a Companhia soltasse o dinheiro. E o dia em que o sr. Mário apareceu, depois de tantos dias sem ir por lá, digo para você que me lembro como se fosse hoje. A gente estava correndo com os sete carros, que eram quantos caminhões o sr. Mário tinha lá naquela época. Eu estava dirigindo sem camisa, que o calor era muito grande e todo mundo trabalhava só de calça. E os sete caminhões estavam quase um atrás do outro, e era uma beleza ver aqueles carros correndo com os pneus cantando no piso novo da estrada, e carregados até em cima. E era aquela fila de carros despejando a terra, e as máquinas espalhando-a e abrindo a frente da estrada. E lá mais na frente, as outras máquinas e os outros homens cortando e limpando o mato. E, lá longe, você até podia ouvir os troncos caindo, onde as outras máquinas e os outros homens estavam cortando as árvores grandes.

Eu estava na fila para receber a carga de terra, quando vi um dos nossos caminhões passando do outro lado, com a pintura novinha e indo em direção ao escritório da Companhia. Passou correndo e mesmo assim vi que era um dos nossos, porque quando você está trabalhando muito tempo com os mesmos carros, você pode estar distraído e um deles passar no meio de uma porção, que você sabe na hora que é um dos seus. Pode estar dormindo na barraca ou na cabine do seu, parado na margem da estrada, que mesmo assim você conhece e sabe que é um dos seus. Sabe pelo barulho do motor, ou pelo chiado do pneu, ou até pelo modo do motorista fazer a mudança. E tudo neles você conhece. E isto é sem forçar para conhecer, porque todo mundo é assim. E vi, quando eu ia encher o caminhão de terra, que aquele que havia passado era um dos nossos. E vi, na hora, que era o do Jocimar que estava chegando. Mesmo estando pintado de novo, como estava, não me deu dúvidas. E ele estava indo na direção do escritório da Companhia. Não carreguei. Saí da fila e entrei no acostamento, e sem parar o volante fiz a volta e fui atrás dele. Passei pelo Antunes e só no modo dele olhar para mim, vi que também já havia visto o carro. Quando cheguei perto, ele já estava na corrente do pátio da Companhia, e aí deu para eu reparar na pintura bem-feita, toda verde, e nos pneus novos, e na caçamba que nem parecia que era para carregar terra. Estava bonito com aquele verde limpo e novo, diferente dos outros que já estavam sujos e com a pintura queimada. Ele cruzou a corrente e estacionou debaixo da árvore que havia ao lado do galpão do almoxarifado. Entrei e parei ao seu lado. E vi o sr. Mário. Naquele tempo o sr. Mário era homem para pegar um caminhão em Belo Horizonte e levá-lo, ele mesmo dirigindo, até aquele mato da Brasília-Acre. E fazia quarenta e seis dias que a gente não se via, e lá estava ele. E era com satisfação que a gente trabalhava para um homem daqueles.

Eu estava com tudo acertado e anotado e com os serviços em dia, e todos os carros correndo. Apenas as prestações é que estavam atrasadas. Mas era só esperar o dinheiro da Companhia para tudo ficar certo. E o sr. Mário me viu e eu — vou dizer isto para você — fiquei tão satisfeito em vê-lo ali, levando aquele carro com aquela pintura nova e bonita daquele jeito, que até agradeci a ele. Ele riu e me abraçou e naquele dia não trabalhei mais, e passamos o resto das horas conferindo os meus apontamentos. E não achamos uma coisa errada. Não tinha tido uma coisa que eu tivesse feito que o sr. Mário não tenha achado que era a melhor coisa.

Ele havia levado no carro uma caixa de cervejas, e naquela tarde ele, eu e os nossos motoristas, acabamos com elas. E o sr. Mário ainda havia levado duas camisas de presente para cada motorista. Acertamos tudo e contei como tinha sido a virada do carro com o Jocimar. E tudo estava certo.

No dia seguinte ele foi para Cuiabá num dos aviões da Companhia. E eu fui arranjar outro motorista para o carro que ele havia levado, e que estava como se fosse novo. Depois resolvi e fiquei com aquele, e dei o que estava comigo para o Levi, que foi o motorista que arranjei lá naquele dia. Aí o meu carro ficou sendo o de pintura mais nova que havia ali na ponta da estrada

Brasília-Acre. E até fiquei pensando que eu nunca poderia achar que aquele carro ainda iria me dar aquela satisfação. E me lembrei da raiva que ele tinha me dado, e também do trabalho para tirá-lo lá de baixo do barranco. O idiota do Jocimar tinha virado o carro quando voltava de Cuiabá aonde havia ido resolver um problema de duas válvulas que nós não conseguíramos resolver. Mandei que fosse e resolvesse o caso. E olhei para ele e disse que fosse e voltasse depressa sem criar problemas. E ele foi e uns dias depois eu estava parado no acostamento, comendo a marmita e vendo a fila de caminhões carregados passando em direção à ponta de estrada, quando um saiu da fila e veio, e passou perto de onde eu estava, e o motorista colocou a cabeça para fora e gritou:

— Um carro seu está virado perto de Diamantina.

Eu estava com a marmita na mão e comendo. E com o carro vazio porque quando resolvi comer, já havia descarregado e estava indo carregar novamente. E quando ouvi aquilo a fome sumiu na hora, e eu parei de comer. Dali mesmo saí correndo e com uma raiva que nem sei. Vi logo que era culpa do Jocimar, que pelos meus cálculos já deveria estar de volta. Fui indo e quando passei pelo Marcos que era outro motorista que trabalhava comigo e era de Belo Horizonte, gritei para ele que avisasse aos outros que eu ia buscar o Jocimar. E ele, que só havia dado uma pequena parada, balançou a cabeça e seguiu o caminho, já tendo entendido tudo o que era preciso. E fui pela estrada que a gente mesmo havia feito, atrás do lugar onde o Jocimar tinha caído. Fui com a certeza que o diabo devia estar bem sentado dentro do caminhão, ou num lugar qualquer por perto, esperando que eu fosse lá para apanhar o carro. Fui já sabendo daquilo porque eu conhecia o homem.

E digo que vi o carro de longe. Ele estava tombado sobre o lado direito. De longe, na estrada, dava para ver onde ele estava: lá embaixo de um aterro, bem no meio de uma curva que a estrada fazia descendo uma rampa. Era uma curva aberta e de estrada moderna, sem perigo nenhum. Quando vi o caminhão embaixo do aterro, e naquela curva, sem coisa nenhuma que justificasse a virada, me deu uma tristeza. E ele estava vazio, sendo dirigido por um motorista de estrada, acostumado a trabalhar na ponta do serviço, no meio das máquinas e em terra solta. Não entendi. — Não dava para entender. — Parei no acostamento, olhei e fiquei engasgado de raiva. Ele tinha descido, batido primeiro com a frente e depois tombado para o lado direito. O para-choque estava quase em cima de uma cerca de uma casinha de pau a pique que havia ao lado da estrada, rebocada com barro cru e coberta com capim. Pensei que o melhor seria se tivesse tombado para o lado esquerdo, porque talvez assim pudesse ter machucado o Jocimar para ensinar a ele. Do jeito que estava o Jocimar não devia ter levado nem susto. Olhei para a casinha e de lá vinha um homem velho, magro e andando devagar. A casinha tinha uma porta, e uma janela que dava para o lado onde estava o carro. A janela era tão pequena que a gente achava mais que era um buraco na parede. A casa era dentro de um terreno pequeno que nem sinal tinha de plantação, galinha ou outra coisa qualquer. Nem cachorro eu vi. O terreno era cercado por uma cerca de bambu amarelo. E era um terreno seco. O homem veio e disse:

— Oi.

E eu respondi:

— Oi.

E ele disse:

— Tá vendo o carro?

— Estou. Cadê o motorista?

— Já foi.

— Para onde?
— Pra lá — e apontou o lado de Cuiabá.
— De que é que ele foi?
— Noutro carro que desceu.
— Machucou?
— Não senhor.

Que pena, pensei comigo. E não quis falar mais, e desci o aterro e fui ver o caminhão. E vi que ele havia tombado porque a terra, na base do aterro, ainda se achava fofa. O aterro não estava muito firme e a grama de fixação da terra ainda estava pequena e precisando crescer mais. Vi que o chassi havia entortado e que o radiador não valia mais nada, pois a grade tinha entrado para dentro dele. A caçamba estava amassada e as rodas traseiras do lado direito tinham saído do lugar e cisalhado o grampo do feixe de molas. E havia amassados na porta e nos para-lamas, mas que eram bobagem.

Depois de examinar tudo, fiquei pensando qual o lugar por ali que poderia fazer aquele conserto. E talvez o motor também estivesse ruim. Mas isto, só depois daria para ver. Agora você veja uma coisa dessa; o homem não estava lá, e havia sido ele quem tinha virado o caminhão. E não estava esperando e tomando conta do carro. E ele trabalhava para a gente. E tinha virado o caminhão e não feito coisa nenhuma. Tinha é sumido dali.

O homem da casa das paredes de barro tornou a falar que ele, o Jocimar, e o homem não falava Jocimar, falava *Jucimá*, tinha tido muita sorte por não se ter machucado. Que Deus havia olhado por ele. Perguntei se o Jocimar havia feito alguma coisa para tentar tirar o carro, ou deixado algum recado.

— Não senhor.

Perguntei qual tinha sido o dia em que o Jocimar havia virado o carro.

— Foi ontem, escurecendo.
— E ficou aí muito tempo?
— Ficou.
— Onde ele ficou à noite, depois de ter virado o carro?
— Senhor?
— Onde ele dormiu?
— Aí dentro mesmo — e apontou para o caminhão.
— E a que horas ele foi no outro carro para lá?
— Depois do almoço.

Fiquei pensando por que o Jocimar ainda havia ficado ali até depois do almoço. Fiquei pensando e olhando o homem que, a gente reparando de perto, via que não era velho, mas muito magro e com o branco dos olhos bem amarelo, e só com um dente na boca. E fiquei vendo o Jocimar dormindo ali dentro do carro, roncando que nem um porco, e acordando tarde no dia seguinte, e ainda filando comida daquele homem.

— Ele pagou ao senhor?
— O quê?
— Ele pagou o almoço para o senhor?
— Não senhor!

E respondeu como se eu o tivesse insultado.

Já estava escurecendo, e pensei até onde o Jocimar poderia ter ido. E fui para o caminhão. Antes de sair, pedi ao homem para não deixar ninguém mexer no carro.

— Sim senhor — respondeu sério.

Liguei o motor e perguntei:

— Ele roncou muito?
— Senhor?
— Ele roncou muito, lá dentro do carro?
— Senhor?

Balancei a mão e arranquei em direção a Cuiabá.

No primeiro posto de gasolina que passei, ninguém havia visto o Jocimar. E fui perguntando nos postos de gasolina, e para os motoristas dos carros que estavam parados nos postos. Ninguém dava notícia. Já estava ficando tarde e eu com muita fome, quando o rapazinho do bar que fica no posto de gasolina da entrada da rua de Rosário do Oeste, disse que um moço como aquele que eu estava descrevendo havia passado num caminhão de carroceria. Aí me senti animado. O rapaz disse que ele havia passado por ali logo depois de escurecer. E disse que a camisa do Jocimar estava toda suja de terra.

A coisa aí ficou mais fácil porque onde eu não via caminhão de carroceria, nem parava. E naquela época, ali naquela estrada, era difícil você encontrar caminhão que não fosse daqueles de carregar terra, com caçamba em vez de carroceria.

Mas o dia amanheceu e não consegui alcançar o diabo do Jocimar. E por duas vezes encontrei caminhões com carroceria, e acordei os motoristas e eles não sabiam do Jocimar. E de manhã, um bombeiro de um posto me deu notícia dele. Disse que ele estava num caminhão Chevrolet. Aí me facilitou mais ainda. E pela hora que disse que o caminhão havia passado, vi que eu estava bem perto dele.

Eu estava com uma fome que vou contar para você. Mas não parava para comer porque eu tinha que alcançar aquele cara de qualquer maneira. E uma hora olhei e vi o Chevrolet parado entre outros carros, na porta de um restaurante, logo depois de um lugar chamado Acorizal. Olhei bem, e era só aquele Chevrolet que havia parado ali. E freei na frente do restaurante, sem estacionar direito e até atrapalhando quem fosse passar. Mas não liguei, porque o que eu queria era pegar o Jocimar. E desci e entrei. O Jocimar estava sozinho em uma mesa. Cheguei perto dele e ele, quando me viu, já havia terminado de almoçar e estava com uma xícara na mão, tomando café. Parei na frente dele e ele riu e disse:

— Olá, Jorge.

Não respondi.

— Eu já ia buscar gente para desvirar o carro — explicou.

— Vamos embora — falei.

E ele com a cara de riso, sem desviar os olhos de mim.

— Espere eu acabar. Está bem, Jorge?

E eu que estava na frente dele, enfiei o pé na mesa. E chutei com aquela raiva que eu estava dele, e que vinha desde a hora em que eu tinha ficado sabendo da virada do carro. E a raiva tinha ido aumentando com aquilo dele ter deixado o caminhão sozinho. E também por ter dirigido bêbado. E ali, ainda vinha me falando para esperá-lo acabar o café. E rindo.

Enfiei o pé na mesa com aquela botina de couro cru que a gente usava, e que tinha o solado de pneu. E que era o único sapato que aguentava aquele batente. E minha botina bateu na mesa, que era dessas pequenas, para uma pessoa só, e que a gente encontrava em todos os bares e restaurantes da estrada. A mesa rodou e foi bater nas outras que estavam do lado. O pires e mais uma garrafa de cerveja que estava em cima caíram, e o Jocimar ficou com as pernas meio abertas e sem mesa na frente, e com a xícara na mão. Ficou me olhando e eu nem olhei para ver onde a mesa tinha ido bater. Não tirei os olhos de cima dele, e tornei a falar:

— Vamos para o carro.

Desta vez ele não disse nada, e nem acabou de tomar o café. Colocou a xícara em cima de uma mesa que estava ao lado, e foi saindo. E eu olhando para ele, e querendo que ele fizesse ou falasse alguma coisa mostrando que não queria ir, para eu enfiar a cabeça dele dentro do balcão de vidro e bater com ela nos pratos de doces, e depois pisar no pescoço dele, e só parar quando ele ficasse do jeito que não pudesse nem se mexer mais. Mas ele foi saindo e dizendo baixo e devagar:

— Já vou, Jorge. Já vou. Pode deixar que eu já vou.

E foi andando, e depois que passou pela porta eu olhei e vi que ninguém no salão estava falando.

A mesa tinha batido na de um homem que almoçava um prato-feito, e tinha derramado a comida na roupa dele. Fui e afastei a mesa e falei com o garçom para colocar outro almoço para o homem. E não apanhei o pires e vi que a garrafa tinha se quebrado. E fui, e perguntei ao moço que estava atrás do balcão quanto era tudo. E paguei e saí.

O Jocimar já estava dentro do caminhão me esperando. Liguei o carro e fiz a volta e só parei para comer daí a uma hora de viagem, que foi quando senti que já dava para engolir. E o resto do caminho, até chegarmos no lugar onde estava o caminhão, eu ia sentindo o Jocimar ali do lado, mas nem olhava, para não ver a cara dele. E pensava que ele tinha dirigido bêbado e tão ruim que passou a noite dormindo dentro do carro virado. E ainda tinha filado o almoço daquele homem magro e amarelo e sumido do lugar sem tomar providência nenhuma. E ainda achou graça quando me viu. Olhe, eu ia pensando nestas coisas e tinha vontade de pisar no rosto dele, até cansar.

E fomos nós dois ali na cabina, eu dirigindo e ele na outra cadeira. E fomos sem falar uma palavra, até chegarmos no lugar onde estava o carro.

Já era tarde quando chegamos. E logo que parei no acostamento a porta da casa abriu e o homem magro veio ver o que era. O Jocimar desceu e o homem o viu e disse:

— Ele achou o senhor, hem?

E falou mais coisas, e eu falei que a gente ia dormir ali. Ele pareceu ficar satisfeito e chegou bem perto do carro, para ver quando soltei a corrente da cama. Estava com uma lamparina na mão, e tive medo dele botar fogo no carro. Ficou olhando e só depois que me viu tirando os sapatos é que foi em direção à casa dele. Era uma noite clara e do carro fiquei vendo aquele homem com a lamparina na mão ir andando em direção à sua casa, devagar, descalço, e meio encurvado como se estivesse com dor de barriga. Olhei e tive a impressão de que estava vendo um enterro.

Fechei as cortinas e me deitei. Depois tive que me levantar para puxar a cortina mais para um lado, porque havia ficado uma abertura que deixava o farol dos outros carros bater bem no meu rosto. Naquele resto de noite me lembro que fiquei mais acordado que dormindo. E olhe que eu estava muito cansado. Lembro-me de um cachorro que latiu durante muito tempo e que na hora fiquei preocupado, querendo saber de onde era aquele cachorro, porque eu não havia visto nenhum ali na casa do homem. Aquilo me preocupou e fiquei fazendo força para me lembrar se tinha visto outras casas por perto. E naquela hora isso me pareceu uma coisa importante. Mas o que eu estava era muito cansado. Nas vezes em que acordava, levantava a cortina para ver se já estava amanhecendo. Dormi pouco naquele pedaço de noite.

Levamos dois dias para tirar o caminhão lá de baixo do aterro. Logo que amanheceu naquele primeiro dia, eu me levantei, calcei os sapatos, e como o Jocimar estava dormindo dentro do caminhão tombado, fui e bati com força na porta para ele acordar. Lavei o rosto numa bica, no terreno do homem. Enquanto eu lavava, o sol nasceu. Depois fui ver como a gente ia começar o serviço. Estava examinando quando o homem apareceu levando um copo de plástico e um bule de lata com café. Fiquei sem saber se tomava o café ou não, porque o homem parecia doente. Acabei aceitando, e depois que tomei, o Jocimar também tomou e começamos a trabalhar. Primeiro resolvi tirar a terra que estava cobrindo a parte da frente do caminhão. O Jocimar fez isso sozinho porque tinha só a enxada do meu caminhão. A do carro dele havia desaparecido, e quando perguntei por ela, ele disse que havia sumido na oficina lá em Cuiabá. E eu escutei sabendo que era mentira. Que ele não tinha ideia de onde ela poderia estar. Deixei-o então tirando a terra e fui ver se encontrava alguma coisa que servisse para puxar e desvirar o carro. Mas não achei nem arame de cerca. Fiquei pensando onde iria encontrar uma coisa para puxar o carro. Nisso o para-choque ficou desenterrado. Mandei o Jocimar ir cortando algum mato e forrando um trilho em cima da terra fofa por onde a gente ia ter que puxar o caminhão, e entrei no meu, e rodei uns vinte quilômetros estrada acima, indo para um lugar onde eu me lembrava ter visto um antigo acampamento da Companhia.

    Cheguei e tinha um zelador que morava com a mulher e os meninos no barracão de tábuas onde antes era o escritório. Falei com ele e se prontificou logo a me ajudar. E saímos procurando, no meio daquelas coisas velhas, uma que me servisse. Encontramos vários cabos e escolhi o menor que achamos. Mesmo assim era grande e nos deu trabalho colocá-lo dentro da caçamba do caminhão. Estava sujo de piche ressecado e era muito grosso. Só com muito custo conseguimos enrolá-lo mais ou menos, para que coubesse dentro da caçamba. E o homem ainda me emprestou uma pá que encontramos jogada lá pelo pátio. Depois eu quis comprar alguma coisa de comer na mão dele, e ele não tinha. Mas eu havia visto umas galinhas e falei que elas serviam. Não quis vendê-las. A mulher dele, que estava escutando, falou das galinhas d'angola que ela chamava "tô-fraco". E ele disse que se eu quisesse as "tô-fraco", ele venderia. E eu quis e ele mandou que os meninos apanhassem algumas.

Levei três galinhas. E levei porque estava com fome, porque nunca havia visto ninguém comer galinha-d'angola. Mas depois eu vi que a gente podia comer, porque quando cheguei e perguntei ao homem da casa de pau a pique, se ele podia cozinhar umas galinhas para a gente, e ele disse que podia, e eu entreguei as galinhas-d'angola para ele, ele as recebeu e não fez cara de assustado.

E durante dois dias nós pelejamos para tirar o carro daquele lugar. Tudo era difícil. O cabo deu muito trabalho para ser amarrado em volta de um lugar na caçamba do carro que estava embaixo, e nos ganchos do para-choque do que estava comigo. Ele era difícil de dobrar e tinha uns fios arrebentados que enfiavam na mão da gente e furavam a pele. E aquilo doía muito. Uma vez ele soltou. Estava bem amarrado nos dois carros, mas quando forcei o meu em marcha à ré ele soltou, e sua ponta quase acertou o pescoço do Jocimar. De uma outra vez o meu caminhão, na hora de puxar o outro, começou a derrapar, e tive que ir a um lugar onde houvesse pedras, e onde eu e o Jocimar enchemos a caçamba para que o carro ficasse mais pesado e segurasse mais no chão.

Depois que desviramos o carro e já com o trilho, por onde ele ia subir, forrado com mato e pedras, começamos a puxá-lo aos poucos. E a cada pouco que ele subia o Jocimar calçava os pneus para não ter perigo dele voltar outra vez lá para baixo. O homem da casa de pau a pique tinha muito boa-vontade, mas era muito fraco e quase não podia ajudar. Teve uma vez em que o caminhão já estava alcançando o acostamento quando o cabo começou a correr. E correu do para-choque do meu. Não houve tempo para jogar uma pedra e calçar as rodas, e ele voltou lá para baixo. Só não tombou, mas voltou lá para baixo. E tivemos de começar tudo de novo. E só conseguimos levá-lo mesmo até a margem da estrada no fim do segundo dia. E fizemos o serviço todo sozinhos. Só eu e o Jocimar. O homem ajudou mesmo foi cozinhando as galinhas e levando café para a gente. Para fazer força sua fraqueza era muito grande.

Depois de ter tirado o caminhão lá de baixo, levei mais dois dias para arranjar um outro, de carroceria, que o levasse até Belo Horizonte. Tive que ir até Cuiabá para conseguir um. Enquanto eu procurava, o Jocimar ficou lá na estrada, junto com o outro. Aí eu já não precisava nem fazia questão dele ficar lá. Mas ele ficou e eu não disse nada. Ainda ajudou a colocar o caminhão em cima da carroceria do outro. Isso quase não deu trabalho porque o que ia transportar o carro para Belo Horizonte havia levado de Cuiabá umas tábuas, e correntes e três homens para ajudar.

Mandei o caminhão para Belo Horizonte com um bilhete para o sr. Mário explicando que, além daquele serviço, podia ser que tivesse de mexer no motor. Também escrevi no bilhete o preço que eu havia combinado com o moço para o transporte e o dia em que ele tinha saído.

Dei um dinheiro ao homem da casa de pau a pique na hora de ir embora. Pareceu-me que tinha ficado mais alegre durante o tempo em que a gente estava lá, do que na hora em que dei o dinheiro para ele. Quando fui sair o Jocimar veio e me perguntou se ainda poderia trabalhar comigo. Nem respondi. Fui embora e o deixei, e o homem da casa de pau a pique, em pé, lá na beira da estrada. E só parei no lugar que tinha sido acampamento, para devolver o cabo e a pá. E me lembro que o homem não quis cobrar nada do empréstimo das coisas, e ainda me perguntou se eu não queria ficar com o cabo. E eu fiquei, e vou dizer para você que durante o resto do tempo em que estive trabalhando lá na Brasília-Acre, não precisei mais usar aquele cabo.

Depois de todo esse trabalho que deu aquele caminhão, eu vi o sr. Mário chegando com ele, novinho em folha. E chegando ele mesmo, o sr. Mário, dirigindo. E me lembro que, quando ele pegou o avião e foi para Cuiabá, e eu fiquei com o caminhão comigo, senti que aquele era um homem para a gente trabalhar para ele a vida toda. E topar qualquer serviço. E ele ainda havia se lembrado de levar as caixas de cerveja e as camisas.

O trabalho naquela estrada não era sopa, como eu já lhe disse. Mas em nenhum dia fiquei malsatisfeito de estar trabalhando ali. E para dizer a verdade, em lugar nenhum eu já havia ficado malsatisfeito. E olhe que o sr. Mário não era homem de deixar as coisas dele num serviço ruim, esperando que melhorasse. Não, com ele era um tal de pegar um trabalho num lugar e depois ir para outro, porque quando a coisa começava a ficar fraca, eu avisava para ele e ele arranjava um outro trabalho, que, às vezes, ficava a dias e dias de viagem. Mas sempre lugar bom de serviço. E é por isso que eu digo que conheço quase todas essas companhias de construções de estradas que você vê por aí. E conheço terra que você nem sonha conhecer. E sei olhar para um homem e saber, na hora, se é gente boa no trabalho, ou não. E tenho encontrado homens bons de serviço que você nem acredita. Altair mesmo foi um desses. Quando começou a trabalhar comigo não conhecia nem um parafuso da *Mercedinha*, que era o caminhão que a gente usava lá na Rio-Bahia. E ele, com aquele jeito de ficar rindo e passando o pente no cabelo, foi aprendendo, aprendendo, que no fim conhecia o carro igual a mim. E dava tão certo a gente trabalhar um com o outro que, quando um carro enguiçava, eu mandava o motorista ir trabalhar num dos nossos, e nós dois resolvíamos o caso num instante. A gente trabalhava junto sem um atrapalhar o que o outro estava fazendo. Até no escuro, sem luz, a gente trabalhava. Passamos muito tempo juntos e fizemos muita coisa que ele estava lembrando lá na casa dele. Como aquele negócio da d. Olga, e que eu estava achando que não era coisa para ele ficar falando ali na frente da mulher dele. E falando como se a coisa fosse só comigo e que, na verdade, havia sido ele quem ficara como se fosse o dono da casa da d. Olga. Fora ele quem, no fim, tomara conta e quem ficara mandando, e até dizendo quanto a gente tinha que pagar. E tudo tinha sido ideia dele.

No primeiro dia em que fomos à casa da d. Olga, eu acabara de pagar aos motoristas quando resolvemos ir. Fomos todos juntos. Quando chegamos, chegamos alegres e enchemos a casa, porque a nossa turma era de uma dúzia de homens, e todos com dinheiro no bolso. Fizemos uma farra tão grande e gastamos tanto dinheiro que na hora de sair a d. Olga deve ter feito os cálculos e ficado impressionada. E mesmo com toda a confusão que fizemos ela deve ter visto que nossa presença valia muito dinheiro. Na hora de sair, levamos mais de uma hora para ajuntar aqueles homens todos. Estávamos com pressa e alegres, e saímos batendo de porta em porta. Quando quem aparecia era um dos nossos, a gente o puxava para fora e ele tinha que vestir a roupa ali no corredor. Todo mundo tinha ido no meu carro, e já estávamos ficando atrasados para pegar o serviço. Aquilo de arrancar o homem do quarto e jogá-lo no corredor para que ele se vestisse, ali, era até engraçado. Éramos doze, e todos muito amigos. E quando, no quarto onde a gente batia, não estava um dos nossos, o homem que aparecia nem achava ruim. Ele via que éramos muitos e todos animados. Depois que todo mundo estava em cima do carro, perguntei à d. Olga se faltava alguém para pagar. Não criamos caso nenhum, e a d. Olga ficou muito satisfeita. E ficou agradecendo e falando para que quando a gente fosse voltar, mandasse avisar que ela prepararia a casa só para a gente. Você sabe, nós éramos muitos, e todos haviam pago. Até o Zito que tinha quebrado um vasinho de flores, teve que soltar o dinheiro. Não queria pagar, mas acabou pagando. E deu o dinheiro para a moça que havia ficado com ele, lá de cima do caminhão. Na hora em que resolveu pagar, nós todos ficamos rindo dele. E vieram umas mulheres para a porta, e alguns dos homens ficaram fazendo graça em cima do caminhão como se ainda estivessem acabando de vestir a roupa. E então o Altair, que era o que ia na cabina comigo, desceu, fez a volta por trás do carro e chamou a d. Olga. Ela foi e ele ficou conversando com ela. Depois segurou na sua mão e ela puxou, não deixando. E eu vendo pelo retrovisor. E o pessoal não reparando porque estavam brincando e fazendo graça lá para as mulheres. Depois o Altair veio para a cabina e estava muito sério, e falou:

— Vamos embora, depressa.

Eu não sabia o que era que estava acontecendo, mas saí e pelo retrovisor ainda avistei a d. Olga parada no mesmo lugar, e olhando em direção ao caminhão. Aí o Altair começou a rir. Perguntei o que era e ele disse que havia conquistado a velha. Riu muito e disse que aquilo ali ia ficar "sendo nosso". Perguntei o que ele havia falado com ela, e ele disse que tinha só avisado que da próxima vez, ela é que iria ficar com ele.

— E você devia ter visto a cara que ela fez — disse rindo.

E riu muito. E eu fiquei pensando, porque, como já lhe falei, o Altair era o maior namorador da Rio-Bahia, e tinha um cabelo que parecia cabelo de moça de tão bonito que era.

Você já imaginou como ficou depois? Pois olhe que quando a estrada terminou naquele trecho, e tivemos que nos mudar para um lugar tão longe que não dava para ir passear na casa da d. Olga, já era a gente quem mandava na casa dela. O Altair parecia ser mais dono do que a d. Olga.

Depois daquela primeira vez, voltamos lá num domingo. Naquela época a gente trabalhava também aos domingos. Mas num daqueles a Companhia avisou que não ia ter serviço e aproveitamos para voltar lá na d. Olga. O Altair fez questão que a gente mandasse avisar. E escreveu um bilhete para ela, e mandamos o bilhete e fomos no sábado à noite. Antes de sair obrigamos o Zito e o Meloca a tomarem banho. Estavam querendo ir sujos e o Altair falou que daquele jeito não dava. Que, para ele conquistar a dona, o pessoal tinha que cooperar. Obrigamos os dois a tomarem banho e fomos juntos, limpos e alegres, parecendo que estávamos indo para uma festa.

E foi tudo bom. A d. Olga estava nos esperando e havia fechado a casa. Ficou tudo por nossa conta. E a d. Olga servindo as coisas só para nós, e as mulheres todas muito boazinhas conosco e ninguém com pressa, porque tudo era para a gente. Todos escolheram as mulheres que quiseram e a que ficou comigo era pequena e falava sem parar. E a tudo que ela dizia, acrescentava "bem", no fim. E era um tal de "você quer, bem?". "Está cansado, bem?" "Mas escuta, bem." "Espera, bem." E eu ficava com as pernas esticadas em cima de uma cadeira, ou deitado, fumando, e ela sempre falando depressa, e dizendo aquele "bem". E me tratando como se eu fosse um menino que precisasse de cuidados. Era engraçado ver como ela falava. E ela era muito magra e ficava querendo comer a toda hora, e eu não sei como cabia tanta comida dentro daquele corpinho. E não parava de falar e não ficava um minuto quieta. E falava que tinha um menino numa escola em Teófilo Otoni. E o menino morava com a mãe dela, mas era ela quem mandava o dinheiro para pagar a escola. E que um dia ela ainda iria aprender a tocar violão. Tive que responder, mais de uma vez, que não sabia tocar violão.

— Que pena, bem.

E que seria uma coisa muito boa se a gente sempre fizesse aquilo de ir todo mundo para lá, e colocar tudo por nossa conta. E que o menino dela ia ser médico.

— Você podia me ensinar, não é, bem?

E eu não sabia o que era, mas era se eu soubesse tocar violão, e eu podia ensinar sim, se soubesse.

— O que é isto, bem? — e escondia com as mãos, como se nunca houvesse ficado nua na frente de alguém.

E se eu já tinha visto a fotografia do menino dela. E que o pai e a mãe dela pensavam que ela era empregada numa casa de gente direita na Bahia.

— Estou bonita, bem? — e era uma fotografia onde ela estava de maiô, com as pernas muito finas e brancas.

E que ela ia alugar uma casa, e que mandava um presente para o filho todo mês, e que seria bom ter um homem para ajudá-la a tomar conta da casa que ela ia alugar, porque aquilo de ficar deitando cada hora com um homem diferente dava muito pouco dinheiro e acabava com a saúde. E que eu devia ver como o menino era agarrado com ela. E que era bonito.

— Segura para mim, bem?

— Abotoa para mim, bem?

E eu ficava pensando como é que ela conseguia se vestir quando estava sozinha. E se eu era casado. Que ela não gostava de homem bruto. Que a nossa turma era uma turma de gente muito boa, e que os olhos do menino eram "verdinhos".

— Já acabou, bem?

— Apanha ali para mim, bem?
— Está bom assim, bem?
— Gostou, bem?

E da primeira vez que fomos, tendo avisado, o Altair ficou sem pegar ninguém, porque para ele só servia a d. Olga, e ela não quis nada com ele. Durante a noite eu fui lá na sala, porque se não fosse até a sala para arranjar alguma coisa para comer "eu morro de fome, bem", e fomos, e o Altair estava deitado num sofá, dormindo de barriga para cima, sozinho e coberto com uma colcha quadriculada. E eu não entendia por que é que ele não desistia logo de uma vez e pegava uma outra, e deixava de ficar parecendo que a d. Olga é que servia. Mas ele não pegou ninguém, e vou dizer que teve gente que ficou com mais de uma mulher, porque quando chegamos havia mulheres sobrando.

E todas as vezes em que fomos lá na d. Olga a farra foi muito boa. A gente dançava porque ela tinha uma eletrola e uns discos. E comíamos lombo de porco. E era um lugar onde a gente gastava o dinheiro e não ficava pensando depois. E nunca ninguém brigou, nem fez quebra-quebra. E a gente bebia à vontade e quando chegava na hora de ir embora, parecia que aquele tempo havia passado mais depressa do que devia.

O Altair não pegou nenhuma mulher enquanto a d. Olga não o quis. Ficava sozinho e dormia no sofá lá na sala de barriga para cima. Da primeira vez que fomos e ficamos só nós dentro da casa, marcamos com as mulheres que a gente ia mesmo voltar. E me lembro que todo mundo estava chateado de ter que ir embora. E na hora do acerto ninguém reclamou do que tinha que pagar. E eu vi, quando já estávamos indo para o caminhão, a d. Olga conversando na porta, com o Altair, e eles estavam de mãos dadas. Depois que entramos no carro e saímos, o Altair xingou e disse que a d. Olga era uma idiota.

E que eu me lembre foi a única vez em que vi o Altair com raiva. Os homens ficaram mexendo com ele, dizendo para ele não desistir da d. Olga, porque assim sobrava mais uma para a gente. Ele disse que nós iríamos ver se ele pegava ou não a d. Olga. E acabou pegando. E aí a coisa ficou engraçada, porque ele ficou como se fosse o dono da casa. E era ele que na hora da gente ir embora fazia as contas dos gastos e contava as garrafas vazias. A d. Olga ficava sentada, olhando para ele, e ele como se fosse o dono. E a gente esperando que ele fizesse o acerto. E Altair de pé, em cima da cadeira, atrás do balcão, contando as garrafas que faltavam nas prateleiras e nos engradados. Era assim que a d. Olga fazia. Ela colocava os engradados dentro do balcão e quando chegava a hora de acertar, ela contava quantas garrafas estavam vazias ou faltando. E aquilo era o que a gente pagava. No fim era o Altair quem fazia a verificação. A d. Olga ficava parada, olhando para ele e parecia que estava namorando o idiota. E ele em pé na cadeira, falando alto para mim, que anotava num papel o que ele dizia.

E era ele quem dava as ordens na cozinha. E as cozinheiras viviam rindo dele, e ele ensinando a elas coisas que elas diziam já saber há muito tempo, e melhor do que ele. E mesmo assim ficavam rindo e gostando quando ele saía da sala e ia lá dentro olhar como elas estavam assando o lombo, ou temperando a galinha, ou fazendo outra coisa. E a d. Olga olhando para ele como se ele fosse um namorado que tivesse viajado há muito tempo e voltado naquele dia. E ele com muita consideração para com ela. Tudo era para ela em primeiro lugar. E na mesa, quando a gente comia todo mundo junto, o que era o melhor porque era uma brincadeira sem parar, ele sempre perguntava para a d. Olga como se ela fosse uma pessoa muito importante, se ela queria isto ou aquilo. E servia tudo para ela. E saía da cadeira e ia escolher um vinho que ele dizia, lá detrás do balcão, que era o melhor vinho para beber com o que ela estava comendo. E a verdade é que eu sabia que ele não entendia nada de vinho. Que era tudo mentira. E abria o vinho perto da mesa, e ela, a d. Olga, olhando e esperando como se ele fosse dar para ela a melhor coisa do mundo. E eu via de vez em quando ela ir com a mão e segurar na dele. E ele segurava na dela e ficava dando ordens. Olhe, foi um tempo bom aquele. Depois ele vinha e falava daquilo na frente da mulher dele, e parecia que era uma coisa diferente do que havia sido, e mais comigo do que com ele. E eu me lembrando, e pensando, e vendo que para o Altair era mais divertido ficar lá como dono, do que deitar mesmo com a d. Olga.

E um dia, quando a gente estava voltando, ele disse para mim, rindo e satisfeito, que tinha valido a pena aquilo de ter ficado aquelas vezes sem ter pegado ninguém, esperando a d. Olga se decidir. Concordei com ele que tinha valido a pena.

E ele continuava alegre do mesmo jeito quando jantei lá na casa dele. E na mesa, brincou o tempo todo com os cunhados. E falou de novo aquilo de que se não fosse ele, a família ainda estaria parada, sem ir para frente. E ria, e a mulher dele também, e os cunhados sem rirem, mas sem se incomodarem com as brincadeiras. E o ambiente na mesa era agradável e alegre. E no fim do jantar eu já estava achando a mulher dele bonita e pensando até que ela não era tão gorda assim, como parecia à primeira vista. E o Altair durante o jantar levantava e mexia na geladeira, no armário, e ia na cozinha, e voltava com uma coisa qualquer na mão, e me oferecia, e colocava no prato da mulher dizendo que aquilo era muito bom e, pode parecer mentira, mas ela ficava olhando para ele como se estivesse olhando para um namorado. E ele descobria geleia, queijo, suco de não sei o quê, e ia provando e colocando no prato da mulher, e ela aceitando tudo e muito feliz. E teve uma hora em que se levantou e foi, e trouxe o menino menor, que era gordinho e não parava de mexer. Trouxe o menino e o colocou no colo, e continuou a comer e a falar, com o menino esticando os bracinhos e mexendo nas coisas, e eu esperando a toda hora que o prato dele ou uma coisa qualquer caísse no chão ou virasse na toalha. E o Altair nem ligando e parecendo que tinha se esquecido que o menino estava no seu colo. E a mulher e os cunhados também, como se aquilo fosse muito natural. E passei o resto do jantar com medo de acontecer uma coisa. E no fim não tinha acontecido nada, e o menino continuava mexendo e o Altair falando. É... aquele foi um bom jantar.

Depois que acabou o jantar nós falamos sobre o problema das carretas, e ele achou que elas não iriam chegar aqui em Belo Horizonte no prazo que o sr. Mário havia marcado. E me falou que a única estrada que podia dar passagem era a que saía da Rio-Bahia antes de Inhapim e ia até Coronel Fabriciano, passando por Iapu e Bugre. Mas que essa estrada era municipal e muito velha. Não caía barreira por ser muito velha, mas era "ruim que doía". Que ele não arriscaria passar por ela com carretas vazias, quanto mais com aquele peso que eu estava dizendo para ele. Que o melhor era eu ficar por ali esperando as chuvas pararem e enviar um telegrama para o sr. Mário.

Falei que estava tudo certo, mas eu ia dar uma olhada e precisava chegar logo em Caratinga. Ele então saiu para "dar um jeito". Eu quis ir com ele, mas não deixou e disse:

— Vai ficar aqui me esperando.

E eu fiquei na sala, esticado no sofá e com a cabeça afundada num travesseiro macio e que não tinha mais tamanho. E sem sapatos, com as janelas fechadas e as luzes apagadas que já estava escurecendo. Isto porque fui falar que quase não tinha dormido na outra noite, e a mulher dele, então, me fez deitar, e levou o travesseiro e fechou as janelas, e não deixou haver barulho nenhum na casa. E do modo como fez, não deu para eu não ficar como ela queria. E fiquei ali naquele silêncio. Nem parecia que tinha menino ou mais alguém dentro de casa. Não dormi, mas fiquei pensando e achei aquilo até engraçado, porque o Altair tinha sido meu empregado na estrada, ou pelo menos, eu é quem o tinha contratado, e quem o pagava, e também fui eu que o despedi quando o serviço terminou. Ele era meu amigo e não tinha nada naquela época e depois aquela casa e tudo ali era dele. E ele fazia as coisas que queria, e a mulher olhava para ele, e eles eram casados e era uma coisa que eu fiquei pensando ali naquele silêncio, dentro da sala que era dele. E nós havíamos trabalhado juntos, e ele parecia que continuava a mesma coisa, e eu também não devia ter mudado muito no meu modo de ser. E o serviço que eu fazia naquela época lá da estrada, eu ainda era capaz de fazer do mesmo modo ou até melhor. A única coisa que eu sabia que estava diferente era aquilo de ficar pensando tanto. Antes eu não pensava.

O Altair entrou na sala falando alto e acendendo a luz. E falando para eu me levantar que ele já havia conseguido um jeito de eu ir para Caratinga. Foi pegando na minha bolsa e mandando a mulher dele ir buscar os meninos para se despedirem de mim. Como já estivessem dormindo, eu é que fui lá no quarto me despedir deles. Cheguei e fiquei olhando para os dois dormindo, e aí ele falou:

— Pode dar um beijo em cada um que não acordam.

Debrucei-me sobre a grade dos berços e dei um beijo em cada um. Depois me despedi da mulher dele, e mandei um abraço para os irmãos dela. E fui saindo com o Altair carregando minha bolsa, e a mulher atrás, ainda de avental, falando que era para eu me casar logo, e aparecer lá com a minha mulher.

Lá fora na porta da oficina, estava um caminhão parado, com um homem na carroceria em cima da carga. O caminhão era da Prefeitura de Caratinga. Entrei na cabina e ainda me lembro que gritei para o homem que estava em cima da carga para descer, que eu ia lá e ele na cabina, junto com os outros dois que já estavam lá dentro. Mas o homem não quis descer e eu entrei no caminhão e fomos embora, com o Altair e a mulher acenando com as mãos e eu respondendo com o braço para fora da janela.

Depois que entramos na estrada olhei para os dois homens ali dentro e vi que a minha bolsa estava no colo do que estava no meio. O Altair havia colocado ali. Tirei a bolsa e pedi desculpas. O homem me ajudou e achamos um jeito de colocá-la num lugar que não ia nos incomodar. E fomos conversando. Os dois gostavam muito do Altair e já estavam saindo da cidade, quando foram chamados e avisados de que o Altair precisava que eles levassem um amigo para Caratinga. Voltaram da saída da cidade e foram atrás do Altair que era uma pessoa que não negava favores a ninguém. Que quando alguém precisava, podia contar com ele. Que era muito alegre e tinha uma oficina muito boa, e que era muito consciencioso. E que eles não podiam nem pensar em negar um favor ao Altair.

Fomos indo e falando das chuvas e das estradas. E eles falaram mal das chuvas e dos serviços que estavam sendo feitos nas estradas. Que não era como antes quando se trabalhava de verdade. E se havia uma estrada por fazer, ou um serviço de importância, como aquele de consertar as partes estragadas como as que não estavam dando passagem lá para baixo, vinham máquinas mesmo. E a coisa ia, e não era como estava sendo feito, que eles colocavam barreiras para não deixar ninguém passar, e ficavam com aquelas caras de gente brava, esperando que as chuvas parassem e que o sol depois resolvesse o problema.

Mesmo sendo noite, fui reparando na estrada, porque desde que o sr. Mário tinha mandado não continuar com o serviço que estava diminuindo, eu não havia voltado por ali. E na última vez tinha passado correndo, atrás de um lugar bom para encaixar os caminhões. Pois quando o serviço lá em cima não deu mais, o sr. Mário já não foi até lá. Mandou um telegrama dizendo para eu ver se dava para trabalhar no trecho da Belo Horizonte-Vitória que ficava perto da Rio-Bahia. Desci com três caminhões e os outros ficaram lá em cima, perto de Jequié. O Altair e o Zito desceram comigo. Os outros ficaram trabalhando num resto de serviço. Eu tinha descido achando bonita a estrada. Quando chegava naquelas retas, muitas vezes me lembrava de como tinha sido feita, e até dos nomes do pessoal que havia estado conosco, e dos engenheiros, e onde tinham ficado as barracas ou o escritório da Companhia.

Tudo isso eu tinha visto quando desci daquela vez. E tinha ido até Manhuaçu para ver como era o serviço. E me lembro que depois ri por ter chegado pensando que talvez pudesse levar todos os caminhões. Na verdade ali não havia vaga nem para um, quanto mais para doze. Continuei até Leopoldina, de lá, saí da Rio-Bahia e fui a Cataguases, onde falavam de um serviço em um campo de aviação que era coisa grande, para dar trabalho a muita gente. Fui e cheguei à noite. Eu estava com pressa, querendo saber logo a resposta. E fui perguntando até saber qual era o lugar. E fui olhar, mesmo sendo de noite. Quando cheguei e vi tudo escuro, e sem máquinas trabalhando, senti que a coisa era pequena. Mesmo assim entrei lá dentro do lugar com o caminhão, e olhei tudo com o farol. E vi que não era mesmo coisa para levar tantos carros. E o homem do bar, onde jantei, me disse que estavam chegando muitos carros atrás daquele trabalho, mas voltavam logo porque viam que o serviço era pequeno. Que ele mesmo não compreendia como a notícia tinha corrido tanto.

Depois voltei até Governador Valadares, onde tinham ficado os outros dois carros, e telefonei para o sr. Mário para falar com ele que estava difícil arranjar serviço para os doze caminhões. Ele disse que estava aguardando a minha ligação há vários dias e que era para eu levar os carros para Belo Horizonte, porque ele já os havia vendido. E que não era para deixar nenhum para trás.

Os três caminhões ficaram em Governador Valadares, e dispensei o Altair e o Zito, e voltei lá em cima perto de Jequié para apanhar os outros. Lá mesmo avisei aos motoristas que podiam arranjar outro serviço para fazer, porque eu iria dispensá-los. Fui receber o dinheiro e a Companhia me fez esperar quase uma semana. Fiquei parado, esperando o dinheiro para poder pagar aos motoristas. Depois resolvi fazer uma revisão de aparência em todos os carros. E arranjei e embelezei as coisas que podiam aparecer, e examinei tudo de modo que pudesse viajar sem medo de que fossem dar trabalho. E limpei os carros. E os que estavam com marcas de batida e pequenos arranhões na pintura mandei arrumar. Comprei tinta preta e pincel e pintamos todos os pneus, e as rodas por dentro, e os chassis. Quando a Companhia me chamou para acertar, o engenheiro me deu um cartão explicando onde esperavam ir trabalhar e a data provável. Lembro-me que li o cartão e que ele dizia que estariam trabalhando, talvez daí a uns noventa dias, num trecho de estrada que ficava depois de Serrinha, uns cem quilômetros acima de Feira de Santana. Acertei com os motoristas e alguns desceram comigo até Governador Valadares, mas já desceram como tarefeiros e não como motoristas contratados. Quando era para viagem, a gente acertava o pagamento pela viagem e não pelos dias. E saí sem ficar com pena de estar saindo. E digo para você que o que eu estava mesmo querendo saber era qual o serviço que o sr. Mário já devia ter arranjado para mim.

Desci com os nove caminhões, e estavam bonitos, parecendo até uma frota nova viajando para ser entregue em algum concessionário. Aquilo me fazia ficar satisfeito. Numa das paradas que fizemos para almoçar ou jantar, não sei mais, o Meloca me disse que aquilo estava parecendo desfile de carro do Governo.

Quando chegamos em Governador Valadares, estacionei os nove caminhões em uma rua que dava para a estrada e que fazia esquina com o posto onde tinham ficado os outros três. E me lembro que paguei aos motoristas e só o Silvão quis ficar e vir até Belo Horizonte. Combinei com ele e o deixei cuidando dos carros por causa dos meninos, e fui no posto ver os outros três. Quando cheguei, levei um susto dos diabos: um dos carros estava com a traseira sem rodas e em cima de cavaletes. Você já pensou numa coisa dessas? Deixo os carros pagando pernoite e, quando volto, um está em cima de cavaletes. Chamei o vigia e como ele não apareceu, gritei alto. O rapaz da bomba estava atendendo a um ônibus, e ainda me lembro que quando chamei o vigia e ele não apareceu, olhei por baixo dos carros para ver se o avistava, e o que vi foram as pernas do rapaz da bomba e a de um outro, que pensei ser o vigia. Fui até onde ele estava e o encontrei urinando. Disse-me meio assustado que era o motorista do ônibus. Perguntei então ao rapaz da bomba onde estava o vigia.

— Tião, tem um freguês aí — gritou.

O vigia apareceu vindo do escritório e quando me viu, me reconheceu. Eu havia dado uma gorjeta para ele não se descuidar dos carros. Fui logo perguntando que negócio era aquele. Gaguejou e foi mentindo, atrapalhando-se, dizendo que o carro havia aparecido com as rodas soltas, e que o dono do posto, quando viu, mandou que fossem tiradas e guardadas, e não sei mais o quê. Eu não quis continuar escutando e chamei o bombeiro, e ele veio com o motorista do ônibus. E falou que as rodas tinham sido tiradas para que fossem remendados os pneus que estavam furados. Interrompi-o, e fui dizendo para calarem a boca, e que eu queria falar com o dono do posto. Eu já estava nervoso e me esqueci que o outro era o motorista do ônibus, e perguntei a ele onde estavam as rodas.

— Eu não sei, não senhor. Estou é esperando o Zeca me dar o vale do abastecimento, para eu assinar.

Aí é que eu me lembrei que ele nem trabalhava ali, e lhe pedi desculpas. Perguntei pelo dono do posto e disseram que devia estar na casa dele. Perguntei onde morava. Não souberam explicar mas disseram que ele chegava de manhã, e que era para eu esperar que aí ele conversaria comigo. Falei que queria falar com ele naquela hora, e que eles arranjassem um meio de descobrir o endereço. Conversaram e o Tião deu a ideia de olharem lá nas gavetas para ver se achavam. Foram os dois lá para o escritório com o motorista do ônibus atrás, esperando para assinar o vale. Enquanto estavam no escritório, olhei os caminhões. Os cavaletes estavam muito bem-postos e o carro bem escorado. Nos outros não descobri nada faltando.

Como estivessem demorando, fui até o escritório. Logo que entrei, senti um cheiro de solução para bateria que era difícil aguentar ficar lá dentro. O rapaz da bomba estava dando o bloco de vales para o motorista do ônibus assinar. Ele assinou e pediu a cópia, e como o rapaz havia se esquecido de colocar o carbono, ficamos esperando que ele fizesse outro vale. Quando terminou eu perguntei:

— Como é, acharam?

Não tinham achado e chegaram à conclusão de que ali não havia o endereço do dono do posto. Que a solução era eu esperar o dia seguinte para falar com o "seu" Alcindo, que era como eles o chamavam. Falei que não era nada daquilo. Que um deles ia me levar até a casa do "seu" Alcindo naquela hora. Começaram num jogo de empurra, cada um falando que não podia sair, e que não sabiam ao certo onde era. E ficaram nisto até que falei para decidirem porque senão eu iria procurar o delegado. Decidiram que iria o Zeca, o rapaz da bomba.

E fomos no caminhão que eu havia chegado. A casa do dono do posto era longe e o rapaz me fazia entrar numa rua e depois noutra, e ia olhando, reparando nas casas para ver onde era mesmo. E tinha hora que me mandava parar, e achava que a gente já havia passado do lugar, e sempre com a mão direita no bolso da calça, que era onde ele guardava o dinheiro. Demoramos a encontrar a casa. E mesmo depois dele ter dito qual era, e de termos descido do caminhão, ainda ficou olhando, para ver se não se havia enganado. Mesmo assim, com ele na dúvida, fui, e como não encontrei campainha, passei pelo portão, subi os degraus e bati na porta. E fiquei preparado para o caso de aparecer algum cachorro. O rapaz, lá fora, ainda ficou olhando, examinando para ver se era mesmo aquela casa. Bati uma segunda vez e uma janela abriu. Na hora que ela abriu, não reparei porque não acenderam luz, e abriram apenas uma greta. Só reparei quando ouvi a voz.

— O que é?

O rapaz da bomba reconheceu a voz e respondeu:

— Sou eu, "seu" Alcindo.

— O que você quer?

— É o moço do caminhão, "seu" Alcindo.

— Que caminhão?

— O das rodas.

— O que tem ele?

— Chegou lá agora e quis vir falar com o senhor.

E aí eu falei, e a janela abriu mais porque ele ainda não havia me visto. Falei que tinha chegado e ido ver os caminhões, e tinha encontrado um deles sem as rodas traseiras. E queria as rodas porque eu precisava ir embora. Disse também que os empregados dele não sabiam onde elas estavam.

— Roubaram as rodas do seu carro, moço. Estes dois idiotas deixaram roubar — e perguntou ao rapaz: — Por que você não disse logo para ele que tinham roubado as rodas?

O rapaz gaguejou e disse que queria falar, mas achou que ele podia não gostar.

— Não gostar como? Vocês não deixaram roubar? — disse o "seu" Alcindo para ele. E virando-se para mim: — Meu amigo, você vai ter que esperar até amanhã para resolvermos isto.

E disse que eu podia ficar descansado que não haveria problema. E fechou a janela e notei que ele não tinha gostado de ter sido acordado àquela hora.

Voltamos para o caminhão e fomos em direção ao posto. O rapaz foi falando que a culpa tinha sido do vigia, que ele, o rapaz, podia dormir, desde que não houvesse freguês para ser atendido. Mas o vigia é que não podia e, portanto, ele é que era o culpado. E que o vigia sempre dormia. E que na noite em que roubaram as rodas tinha ferrado no sono e que depois ficara enrolando o negócio. Que se ele, o rapaz, não tivesse acordado e resolvido ir dar uma olhada lá fora, os ladrões teriam levado as rodas dos três carros. Que todas as vezes em que tinha carro pernoitado no posto ele não gostava, porque sabia que o Tião não olhava "bulufas". Que já havia falado isto com o "seu" Alcindo. Que daquela vez ele queria ver, não ia pagar roda nenhuma. Que o serviço dele era servir nas bombas e não ficar olhando se havia alguém mexendo nos carros.

Não comentei nada e fiquei foi pensando que no dia seguinte não ia querer saber quem tinha ou não de pagar as rodas, o que eu ia querer era resolver o caso logo de manhã.

Antes de dormir ainda olhei bem para ver se descobria outra coisa faltando. E o vigia, do meu lado, ia dizendo que eu podia ficar descansado que era só aquilo, que ele garantia que não tinham levado mais nada. Mandei que apanhasse as chaves dos carros e ele veio me dizer que não podia me dar as chaves, a não ser se "seu" Alcindo desse ordem. Mandei que fosse lá dentro e apanhasse as chaves, e rápido. Ele foi e voltou com as chaves e, antes de aparecer, escutei os dois discutindo dentro do escritório. Liguei e dei partida nos três carros, porque eu estava com medo de terem tirado alguma coisa dos motores. E o vigia falando comigo que eu podia ficar descansado que não tinham roubado nada, além das rodas. E que a culpa fora do Zeca, porque havia pedido a ele que ficasse olhando "um minuto" enquanto ia ao banheiro. E o Zeca não olhou, e quando ele voltou ainda viu dois homens correndo, rodando as rodas pela estrada. Mas que na hora não deu importância porque não podia pensar que fossem as do meu caminhão, pois "eu tinha deixado o Zeca tomando conta". Mas que quando foi ver, o Zeca estava ferrado no sono lá dentro do escritório. Tinha até fechado a porta por dentro. Que quando deu pelo roubo, chamou o Zeca e foi preciso quase arrombar a porta para acordá-lo. E que saiu correndo para ver se alcançava os homens, mas não tinha visto mais nada. E que tinha a certeza que aquilo era coisa de motorista de caminhão. Que para ele, eles haviam colocado as rodas em cima de um caminhão qualquer, e ido para a Bahia com elas. Eu não dizia nada e escutava os motores dos três carros. E dei uma volta com os dois que tinham rodas, e o vigia ainda foi me dizer que eu não podia sair com os caminhões do posto sem ordem do "seu" Alcindo. Achei que os carros estavam bons.

Naquela noite pensei durante muito tempo como é que podiam roubar as rodas de um caminhão dentro de um posto, com um vigia e um bombeiro lá dentro. E comigo mesmo cheguei à conclusão que os dois deviam ter culpa na coisa, e quando eu fosse falar com o dono do posto, era preciso não me esquecer de lembrar isto a ele. Dormi no carro em que eu havia chegado. Quando estacionei junto aos outros, o Silvão estava com a porta do carro dele aberta e sentado com as pernas para fora. E foi e falou comigo:

— Tudo certo?

— Que tudo certo? Roubaram as rodas do carro número cinco — os carros eram numerados de um a quatorze. Faltavam os números três e onze.

— O quê?

— Cheguei lá e ele estava em cima de cavaletes. O vigia deixou que roubassem as rodas.

— Esta não! E agora?

— Amanhã é que o dono do posto vai resolver mesmo.

— Esta não! Dentro do posto de gasolina?... — E foi vigiar os carros, e eu também fiquei pensando: — Esta não!

No dia seguinte cedo fui ao posto e o "seu" Alcindo ainda não havia chegado. Fiquei esperando e vendo como aqueles três carros estavam piores que os outros. Estavam parecendo mais velhos e mais estragados. O que causava esta impressão era a diferença entre as rodas e os chassis pintados, e os retoques nas pinturas. Mandei o Silvão comprar tinta e enquanto esperava o "seu" Alcindo fomos melhorar a aparência dos três. E reparei que os cavaletes que os ladrões haviam deixado eram azuis e muito bem-feitos.

Fiquei pintando as rodas e sentindo que o serviço estava saindo malfeito. Numa hora em que fui lá dentro do escritório perguntar se tinham aguarrás para que eu pudesse limpar os pincéis que não estavam bons, encontrei outro rapaz para servir na bomba. Perguntei pelo Zeca. O que estava me disse que o Zeca largava o serviço às oito horas. Perguntei pelo vigia e ele também já havia ido embora. Aquilo não me agradou. Olhei o relógio e já era mais de oito e meia, e o tal de "seu" Alcindo ainda não havia aparecido. Fiquei torcendo para que quando chegasse, já viesse com o caso das rodas resolvido.

No posto não havia aguarrás, e fiquei sabendo que o "seu" Alcindo não tinha hora certa para aparecer. Fui pincelando as rodas com os pincéis ruins como estavam, e esperando o "seu" Alcindo. Quando senti as costas doendo e me levantei para que elas descansassem, olhei e vi o "seu" Alcindo andando lá pelo posto. Não gostei. Eu estava ali esperando por ele e ele havia chegado e nem tinha ido falar comigo. Fui e perguntei o que tinha resolvido. Ele perguntou:

— Resolvido o quê?
— Sobre as rodas do meu carro, ora.
— Ah, é você o dono dos caminhões?
— Sou eu sim.
— Pode deixar que vou ver isto. — E ia saindo.

— Mas, meu amigo, eu estou com pressa. Este negócio já me atrasou um dia.

— Você não chegou ontem à noite?

— Cheguei, e era para ir embora ontem mesmo. Não fui por causa deste negócio.

— Pode deixar que hoje a gente vê se resolve.

— Mas vamos ver mesmo, porque eu não posso ficar com doze carros parados por causa de uma coisa desta.

— Doze? Onde é que estão os outros?

— Estão aí na rua.

— Estes estacionados aí? São seus também?

— São meus, sim.

— Hum, hum! — fez ele. E deu uma batida no meu ombro. — Pode esperar que nós vamos resolver.

Estávamos conversando no escritório e eu não aguentava mais ficar lá dentro, devido ao cheiro da solução de bateria. E fiquei pensando como aqueles rapazes conseguiram ficar ali e ainda dormir com aquele cheiro.

E o "seu" Alcindo pegou a camioneta dele, e saiu, e eu fiquei esperando.

E, meu amigo, pintei as rodas dos carros, e depois os chassis, e nada do "seu" Alcindo. Na hora em que fui almoçar o Silvão me perguntou quando a gente ia embora. Disse a ele que, no duro mesmo, eu não sabia. Falou-me então que estavam aparecendo motoristas perguntando se havia vagas. Falei que os que fossem aparecendo ele mandasse falar comigo.

O dia foi passando e apareceram três motoristas. Dois aceitaram o serviço de ir até Belo Horizonte. E o "seu" Alcindo não aparecia. E eu fui ficando nervoso e quando foi à tarde ele chegou.

— Como é? Arranjou as rodas?

— O que você acha?

Entendeu? Foi isso o que ele me disse. E eu estava ali há quase um dia esperando por uma coisa que ele tinha obrigação de resolver, e quando vou perguntar, me responde daquele jeito. E eu disse para ele que não achava nada, que ele é que devia achar. E ele falou que ia mandar o vigia e o bombeiro arranjarem outras rodas.

— Isto vai demorar.

— O que você quer que eu faça?

— Que compre e me entregue as rodas.

— É, mas assim eu vou ter prejuízo.

— Ah, é? Pois então olhe, são quatro horas. Às sete da noite, se este negócio não estiver resolvido, nós vamos resolver na polícia. Deixei o caminhão aqui, o posto é seu, eles não ficaram de graça, e eu não tenho nada com ninguém. Tenho é com o senhor.

Ele saiu sem dizer nada e os empregados ficaram me olhando, e percebi que não estavam com raiva de mim.

Deixei o Silvão e saí procurando motoristas que quisessem pegar aquele serviço de ir até Belo Horizonte. Fui arranjando, e só fazia um teste rápido, dizendo para darem uma volta comigo do lado. Quando foi chegando as sete horas, ainda faltavam alguns para completar os doze. Parei de procurar e voltei lá no posto. E fui querendo que a coisa estivesse resolvida e que não fosse preciso criar caso nenhum. Eu estava sentindo que o "seu" Alcindo estava de corpo mole, e você sabe como é, ele era estabelecido ali, conhecia muita gente, tinha amigos. E eu? Eu estava era querendo ir logo para Belo Horizonte. Quando cheguei, vi o "seu" Alcindo no escritório.

— Como é? — perguntei.

Ele estava examinando umas notas, e fingiu que não tinha me visto. Levantou a cabeça e:

— Ah, você? Pode esperar que elas estão chegando.

E baixou a cabeça continuando a examinar as notas. Eu saí do escritório e fui falar com o Silvão. E ficamos conversando, e o tempo foi passando e chegaram alguns motoristas, e um deles me perguntou se a gente ia mesmo sair naquela noite, porque ele tinha um compromisso para daí a dois dias e não queria faltar. Falei que a gente ia sair naquela noite mesmo, e o que ia acontecer era um pequeno atraso.

Eram mais de oito horas quando apareceu uma camioneta levando quatro rodas. As quatro eram usadas. O "seu" Alcindo chegou perto de mim e disse para eu receber "aquelas merdas". Examinei as quatro rodas uma por uma. Não encontrei defeitos.

— E os pneus? — perguntei.

— Já vêm.

Mandei que o Silvão colocasse as quatro rodas em cima de um dos carros, e o "seu" Alcindo chegou perto e começou a falar. E disse que ele era muito bom para os empregados e era aquilo que acontecia. O vigia veio e ficou perto, escutando de cabeça baixa. Parecia um idiota. E o "seu" Alcindo continuou dizendo que sempre que ele bancava o boa-praça com empregado, acabava levando na cabeça. Que aqueles dois eram dois vagabundos e que ele é que dava tudo para eles. Que fazia força para que aprendessem a trabalhar feito gente, mas que não havia jeito. Mas que ele ia deixar de ser bobo e que, daquela hora em diante, o negócio ia ser diferente. Que eles iam ver. E que os ladrões não haviam levado os caminhões, ele nem sabia por quê. Que os dois nem tinham dado pelo roubo das rodas. Que tinha sido ele que, quando chegou de manhã, viu o que havia acontecido. Que eles nem tinham notado que o caminhão estava em cima de cavaletes. E que os ladrões deviam ter feito um piquenique ali dentro.

— E estes dois dormindo. — E virava para mim. — Nunca veem nada. Já sumiu um macaco daqui de dentro deste escritório. E com eles mesmo tomando conta. — E virava para eles. — Mas eu ainda mostro a vocês. Eu ainda mostro.

Aí chegaram os pneus, e estavam bem usados. Aceitei assim mesmo e falei para o Silvão levá-los, junto com as rodas, até um borracheiro, e mandar montá-las. E ainda tive que arranjar motoristas. O último, foi lá onde ficam aquelas carretas que transportam bois para o Rio.

Quando saímos de Governador Valadares já passava da meia-noite. Saí sem estar muito satisfeito, devido àquele caso das rodas. Mas eu estava querendo chegar em Belo Horizonte, e já estava atrasado. E o sr. Mário havia vendido os carros e me esperava para poder entregá-los. Mas que saí dali sentindo que o negócio das rodas tinha ficado meio sem jeito, ah, isto saí. E agora não tem nem sinal mais do posto desse tal "seu" Alcindo.

Aqui em Belo Horizonte contei ao sr. Mário o caso e ele escutou, e ficou mais interessado nos cavaletes, porque eu disse que eram azuis, e que pareciam coisa de cachorro de circo saltar. Perguntou-me se eu os havia trazido. Eles estavam dentro da caçamba, e o sr. Mário subiu no caminhão e foi examiná-los. E disse que pareciam mesmo coisa de circo. Ainda hoje quando penso naquele caso, fico me lembrando do cheiro forte de solução de bateria que tinha dentro do escritório. E não sei como é que aqueles rapazes conseguiam dormir ali dentro. Durante muito tempo, todas as vezes em que eu sentia cheiro de solução de bateria, lembrava-me daquele posto e daquelas rodas.

Pois é, meu amigo, a coisa é assim. Um dia você está trabalhando num lugar, e aquilo parece que é até a terra onde você vai ficar toda a vida, e que tudo o que você tem está ali. E que para você nem adianta haver outros lugares porque o que vale é ali, onde você está. Mas o trabalho acaba, e você vai embora e outro lugar fica sendo o seu, e quando você volta aonde já esteve, a coisa parece que mudou e que o lugar é outro. Mas aí a gente pensa que o lugar não pode ser outro e, então, é a gente é que é outro. E nunca eu gostei disso, de achar que sou outro, porque então a gente parece que perdeu muita coisa. E digo para você que a minha memória sempre foi muito boa, mas isso de estar vendo os lugares que antes eu via muito, e conhecia como se fosse coisa minha, nunca me agradou. E eu ali, com aqueles homens que eu não conhecia, e num carro que não era eu que tomava conta. E passando por uma estrada em que eu tinha andado muito, e até ajudado a construir, fiquei pensando. E pensei que trabalhar em estradas não é como outro serviço, que você faz um trabalho, e se é num prédio, o prédio que está do lado parece que você nunca esteve perto dele. Mas estrada eu sempre achei que tudo é uma coisa só. E se você ajuda a fazer a ponta dela, a outra ponta também parece que tem serviço seu, e que também é um pouco sua. E o aterro onde você ficou jogando terra, é irmão do outro, e do outro que você vai passando. Está entendendo? É, a coisa é assim. E eu naquele caminhão da Prefeitura de Caratinga, andando na Rio-Bahia, e indo atrás das carretas que estavam paradas e que o sr. Mário nem tempo tinha tido para falar sobre elas. E não era porque a coisa não precisava de ser falada, mas era porque as pessoas mudam e ele não levava mais as coisas a sério como devia.

No caminho paramos em Dom Cavati para o caminhão apanhar umas sacas de cal. Como não encontrassem a pessoa que devia entregar a cal, os dois homens ficaram conversando para resolver se seguiam ou não, sem a cal. Resolveram não seguir e desceram para procurá-la. Recostei-me na cabina e dormi não sei quantas horas. Só me lembro que quando saímos de lá, o dia já estava amanhecendo.

Em Caratinga desci do caminhão já dentro da cidade. Perguntei ao motorista quanto era a passagem. Ele disse que não era nada. Depois que perguntei, senti que não devia ter perguntado. Agradeci e fui procurar as carretas. Havia carros estacionados na estrada, antes da cidade, e nos postos de gasolina, e também em algumas ruas. Não eram poucos, mas eu estava esperando que fossem em maior número. A barreira estava exatamente à altura da última rua que dava para a estrada. Eu estava pensando que ela estivesse distante da cidade e que os caminhões estivessem junto a ela. Mas não estavam e tive que sair procurando os carros.

O movimento de pessoas era grande. Maior do que parecia dever ser. E era gente parada, e andando, e dentro dos bares, e reunidos em grupos pelas ruas, parecendo que estavam aproveitando uma parada da chuva para saberem alguma notícia sobre a estrada.

Não demorei a encontrar os carros. Por mais cheia que esteja uma cidade, nunca é difícil achar oito carretas vermelhas. Elas estavam estacionadas à margem da estrada, não muito longe da barreira. As oito eram pintadas de vermelho e tinham nas portas o nome do sr. Mário. Eram todas iguais. A cor delas era quase a mesma dos caminhões concreteiros. E era uma coisa bonita de se ver, aquelas oito carretas vermelhas, com a carga meio baixa, mas pesada, e com as lonas verdes muito bem amarradas. E nesse negócio de aparência de carro o sr. Mário era exigente. No início ele não fazia muita questão. Mas depois foi mudando e, já naquela época, fazia questão fechada dos carros todos muito bem pintados, e de vermelho. E todos com o nome dele escrito nas portas. Nos caminhões e carretas era Mário Ltda., e embaixo, num meio círculo, a palavra Transportes. Nos concreteiros, ele mandou pintar Indústria.

E aquelas oito carretas vermelhas, e muito bem enlonadas, eram bonitas de serem vistas. Mas deram-me uma espécie de vazio quando pensei que tinha uma semana para levá-las até Belo Horizonte.

Cheguei perto das carretas e perguntei ao Oliveira como estava passando. Ele estava sentado no chão, encostado no pneu de trás da última carreta. Levantou-se quando me viu.

— Oh, seu Jorge, eu vou indo. E o senhor?

— Eu também vou indo.

— Pois é, seu Jorge. A coisa aqui anda preta.

Olhei em torno, e com o sol de fora, a aparência geral era de calma.

— Não parece que está tão preta assim, Oliveira.

— O senhor porque não sabe, seu Jorge. É lá para baixo. Não passa ninguém. Tem mais de mil carros presos. Já deu até morte. O Exército é que está tomando conta e até levando comida. E não estão deixando ninguém passar daqui. Ah, seu Jorge, a coisa está preta mesmo. Nós estamos presos aqui, esperando pelo senhor, e eu...

— Onde está o Luís? — perguntei interrompendo o seu entusiasmo e antes que começasse a falar de alguma doença, ou reclamar de alguma dor.

— Não sei, seu Jorge. Mas ele deve andar aí por perto, porque nós estamos parados aqui, mas não estamos à toa, não senhor. O Luís manda a gente olhar todo dia.

— Este carro é o seu? — interrompi novamente.

— Não senhor. O meu é o quinze. Este é do Teo.

— Teo?

— É um novo que veio com a gente.

Fui saindo e falei que se o Luís aparecesse, avisasse para me esperar por ali. No carro seguinte vi o Antonino. Ele estava com a cama descida, e dormindo. Olhei lá dentro da cabina e segui andando e olhando os carros. Debaixo de um encontrei o Fábio e o Murta, e os dois estavam discutindo. Quando me viram, vieram falar comigo e ficamos conversando. Daí a pouco apareceu o Luís. Ficou satisfeito em me ver. Quando perguntei o que ele achava da situação, respondeu que para ele não havia saída. O negócio era esperar a chuva melhorar e o Exército dar ordem de descer a estrada até perto de Areal para, aí, pegar a Rio-Belo Horizonte. E disse que havia indagado a todo mundo, e era a única saída. Escutei e não falei nada. Falou-me do telegrama que havia passado, e explicou que foi porque haviam avisado tanto para ele que a coisa não podia atrasar, que quando viu a situação daquele jeito, resolveu telegrafar. Eu disse que tinha feito bem, e ele gostou de me ouvir dizer isso. E me falou dos caminhos que tinha pensado em tentar seguir, mas que não havia nenhum que desse, com o tempo daquele jeito.

— Nem a pé dá para chegar em Belo Horizonte, seu Jorge.

E contou tudo como tinha sido até ali. E que não tinha atrasado nem um minuto, e que tudo estava dando certo até que colocaram a barreira. E quis me mostrar as despesas que já havia feito. E fomos até o seu caminhão, e perguntei quais os motoristas que estavam com ele, e ele foi dizendo, e dos oito, dois eu não conhecia. Disse-me que os dois eram "mais ou menos". Um deles estava fumando, encostado na porta de um dos carros, e o Luís gritou e ele veio.

— Teo, este é o seu Jorge, um sócio da empresa. — Falou assim porque eles sempre achavam que eu era sócio do sr. Mário.

O Teo disse:

— Prazer, seu Jorge.

E não falou mais, e ficou com o cigarro na mão. Olhei para ele e ele ficou calado, olhando para mim e para o Luís. Eu disse:

— Muito bem, Teo. Tem algum problema com o carro?

— Não senhor — respondeu.

Gostei do modo dele. E como já falei para você, é difícil eu me enganar quando olho assim. Já tive tanta gente trabalhando para mim, que só de ver o modo da pessoa, sei se é bom ou não. E gostei do modo daquele e fiquei despreocupado. Perguntei ao Luís pelo outro e ele disse que não estava por ali naquele momento.

— É um menino novo. Está no treze.

Antes ele tinha me dado o nome dele, e achei engraçado porque eu nunca tinha visto motorista de caminhão com aquele nome. Era Toledo, o nome. Mas não estava por ali. Perguntei outras coisas ao Luís, e ficamos conversando e ele me disse que cada caminhão estava com — aí tirou uma caderneta do bolso, olhou e leu:

— Quatrocentos e oitenta e oito sacas. Só o dezessete é que tem quinhentas.

— Quem está no dezessete? — perguntei.

— É o Lauro.

— Pensei que fosse o Oliveira. — Ele riu, e eu disse: — Aí ninguém ia aguentar. — Riu de novo e comentou:

— Mas mesmo assim anda reclamando de um jeito. Antes da gente parar aqui, ele vinha choramingando sem parar de dor no fígado e de dor de cabeça. E reclamou muito também do freio.

— Você olhou o freio?

— Olhei. Não está novo, mas dá para ir andando.

Continuamos a conversar e fomos de carro em carro, perguntando se havia alguma coisa que precisasse ser consertada. E vimos que só dois precisavam; a embreagem do carro que estava com o Fábio, e comentei com o Luís que embreagens daqueles carros só acabavam quando o Fábio estava dirigindo. E o freio do carro do Oliveira, que experimentei e julguei melhor trocar as lonas. Os outros não tinham nada. O Fábio reclamou também da direção que estava dura. Dei uma volta no carro e ela realmente estava um pouco dura. Mas era coisa pouca e que dava muito bem para seguir sem precisar mexer. O Teo disse depois que a direção estava vibrando um pouco. E estava, mas só quando a velocidade passava dos sessenta quilômetros. Eu disse a ele para ficar descansado que a gente, com certeza, não iria andar àquela velocidade. E foi aí que fiquei conhecendo o Toledo. Até me assustei quando vi aquela figura pulando da cabina. O menino usava umas calças apertadas em cima e largas em baixo. E calçava botas de salto alto. E usava camisa colorida, com mangas compridas. Quando vi aquela figura pulando do caminhão, perguntei quem era, e o Luís disse que aquele é que era o Toledo. Ainda perguntei se aquilo sabia dirigir caminhão. Ele riu e disse que sabia. Quando perguntei ao Toledo se o carro dele precisava de algum conserto, ele disse:

— Não, não precisa de nada. Está uma uva. Uma maravilha.

Dei uma olhada na cabina, e digo para você que estava tão limpa e arrumada que tive até a impressão de que ele jogava perfume lá dentro.

E olhamos todos os carros, e o do Luís estava com as molas descentralizadas. Ele ficou meio sem jeito e quis justificar não ter visto antes, dizendo que eram as chuvas. Não falei nada e ele foi centralizá-las. Gostei muito do estado dos carros, e aquilo me animou. Fui então para a cidade e falei com as pessoas, e conversei com quem pude conversar.

Passei um dia indagando e escutando. No fim não sabia o que ia fazer. E pensei que levar um dia para resolver uma coisa era muito tempo. Mesmo pensando assim, não resolvi nada. Quando chegou a noite, eu não sabia ainda como ia conseguia trazer os carros até Belo Horizonte. E já dormi no carro do Luís que resolvi que ia ser o meu. Ele foi dormir no do Lauro, que dormia em uma rede, dependurada debaixo do caminhão.

Amanheceu e desengatei a carreta do carro em que eu tinha dormido, e chamei o Luís, e avisei para ele para fazer com que o carro do Oliveira e o do Fábio ficassem prontos logo. E saí e fui à estação da estrada de ferro, e conversei com o chefe da estação. Insisti com ele, e no fim ele me disse para eu tentar em Governador Valadares. Que talvez lá pudesse encontrar um meio de embarcar aquele milho. E que também a estrada era a Vale do Rio Doce, e confessou que ela era mais organizada e tinha menos serviço em direção a Belo Horizonte. Voltei aos caminhões, chamei o Murta e fomos os dois em direção a Governador Valadares. Fomos bem depressa, porque depois que eu tinha pensado naquilo, estava achando que, se houvesse me lembrado antes, talvez o problema já estivesse resolvido.

Durante a viagem o Murta indagou se eu havia assistido ao jogo do Cruzeiro com o Atlético. Respondi que não, que não tinha assistido. Perguntou-me se eu tinha visto um outro, que eu penso que era o Flamengo contra não sei quem. Eu também não tinha visto. Aí me perguntou o que o pessoal, em Belo Horizonte, havia comentado sobre o jogo do Cruzeiro contra o Atlético. Eu não sabia.

— O Senhor estava viajando?

Eu não estava viajando. Estava em Belo Horizonte.

— É, seu Jorge, eu era capaz de dar meu salário para ver esse jogo — falou com uma voz que me pareceu desanimada.

E até chegarmos em Governador Valadares, fomos calados.

Quando chegamos na estação em Governador Valadares, me animei porque não vi nenhuma carga no pátio, como tinha visto em Caratinga. O chefe me tratou muito bem. Era um velho muito limpo e bem uniformizado, e grisalho, que falava discursando. Levou-me lá dentro e me mostrou um quadro que ele chamava de "Mapa de Disponibilidade". E por ali foi mostrando quantas toneladas de carga tinha que transportar para as várias cidades. E eu sem saber quanto era que cada trem levava, e se ia dar ou não para mandar o milho. Até que ele me disse, depois de ter feito as contas de quantas sacas eram, e qual o peso total, que só poderia garantir o transporte daí a uns dois meses. Fiquei olhando para ele e pensando por que diabo não disse logo no início.

Saímos de Governador Valadares e fomos descendo a estrada. Quando chegamos no trecho sobre o qual o Altair havia me falado, entrei por ele e andei uns cinco quilômetros. O barro estava fazendo medo. O caminhão sozinho até que estava passando, mas o problema era passar com carreta com trinta toneladas em cima. Não notei quase trânsito nenhum, o que era um mau sinal. Voltei e fui até Inhapim. Lá, depois que indaguei, me falaram de um homem que tinha passado por aquela estrada há poucos dias. Procurei o homem e ele era dono de uma farmácia e conversou comigo. Expliquei por que estava procurando-o, e quando ouviu falar em caminhão, disse que já havia vendido peças de carro. E me mostrou na parede a fotografia dele em frente da casa onde esteve trabalhando no Rio. Eu e o Murta ficamos escutando, mas querendo saber mesmo era como estava a estrada. E ele falou muito de peças e como era que ele ganhava as comissões. E que era melhor do que ser farmacêutico. Mas depois confidenciou que era a época, que agora não havia nada bom para dar dinheiro. Que até para comprar remédio o povo estava sem dinheiro. Insisti para saber como estava a estrada para Coronel Fabriciano. Afinal me respondeu que a estrada tinha acabado. Que, para ser franco, aquela estrada nunca tinha prestado, mas com aquelas chuvas ela tinha acabado de uma vez. E que era loucura pensar em entrar por ela com oito caminhões. E me perguntou onde estavam os caminhões e eu disse que estavam em Caratinga. Notei que achou que eu estava mentindo. Mas continuou a falar, e disse que ele tinha passado de jipe. Que conseguira chegar porque tinha sido de jipe, senão, àquela hora, ainda estaria preso no barro. Que o pior trecho era de Ipaba até Bugre. Que ali, então, eu não precisava nem pensar. Perguntei quanto tempo tinha levado de Ipaba até ali em Inhapim. Disse que tinha sido muito tempo. Insisti para saber quantas horas. Ele falou que tinha levado quase um dia. Despedimo-nos e ele ainda avisou para não tentarmos passar por aquela estrada, que aquilo seria "uma loucura".

Saímos e fomos para Caratinga. O Murta também já era de opinião de que não havia outra escolha. Para mim a coisa ficou até simples: O sr. Mário queria os carros em Belo Horizonte dentro de seis dias, e só havia um lugar por onde passar.

Chegamos em Caratinga, chamei o Luís e falei com ele. E fomos até a cidade e comprei oito enxadas e duas pás. O Luís me avisou que o Lauro cozinhava e compramos comida. Além disso, pensamos no que a gente poderia precisar na estrada e compramos. Depois ele se lembrou de lanternas e perguntei com quantas ele estava. Disse que com nenhuma. Só levava três lampiões. Compramos três lanternas e vou dizer que pensamos muito e no fim achamos que as coisas assim, de mais comum, tínhamos comprado tudo.

Voltamos para as carretas e eu disse ao Luís para ele ir junto comigo no carro. Chamei os motoristas e falei com eles. Aquilo eu tinha aprendido com o sr. Mário. No início ele sempre fazia assim quando a gente ia começar um serviço. Ele falava e explicava. E sempre a gente começava o trabalho animado. E ele me avisava para eu não me esquecer de falar com os homens. Mas depois, eu falava por que achava que era bom, porque o sr. Mário foi deixando de se preocupar com essas coisas. E falei o que a gente ia fazer, e expliquei tudo. Falei que a gente ia passar pela estrada que ia sair em Ipatinga e Coronel Fabriciano. Que era uma estrada velha e ruim, mas que a gente ia passar por ela porque não havia outra para nos levar a Belo Horizonte. Que aquela carga era uma carga que tinha dia certo para ser entregue e que, se passasse desse dia, daria prejuízo. E avisei que a gente iria trabalhar mesmo e que ninguém iria ficar para trás. Ou chegaríamos todos juntos, ou ninguém. E se acontecesse de um ser obrigado a parar, todos parariam, e ficaríamos parados até podermos seguir juntos. E que eles podiam ter a certeza de que chegaríamos no dia que estava marcado. E as oito carretas juntas. Falei assim e enquanto falava eu mesmo fui ficando animado. E penso que ninguém ficou em dúvida sobre como ia ser a coisa.

 Dei uma enxada para cada um e fiquei com uma e mais uma das pás. A outra pá, dei para o Toledo. Quando eles foram para os carros, fiquei olhando o Toledo ir para o dele, carregando no ombro a enxada e a pá. Ele tinha um andar engraçado. Quase não colocava o calcanhar no chão, e parecia que andava como se estivesse apagando cigarros com o pé. E com aquelas botas de salto alto ficava uma figura que a gente tinha que parar e olhar. Ri, mas não comentei nada. E o Luís que estava do meu lado, nem reparou que eu estava olhando para o Toledo. E me avisou.

 — Aí vem o Oliveira.

O Oliveira estava chegando com a cara que eu já conhecia.

— O que há, Oliveira?

— Seu Jorge, o senhor falou que... que a gente ia passar por uma estrada que... que a gente não sabe...

— Você está doente?

— Não senhor. Mas... é que antes de viajar eu estive dispensado, no Instituto. O senhor sabe, eu nem podia fazer...

— Está doente ou não está? — interrompi.

— Mas, seu Jorge, é... o senhor vê. São oito carretas. E nós somos nove. O senhor já está...

— Oliveira, responda aqui para mim. Você pode dirigir, ou não?

— Seu Jorge, dirigir eu posso.

— Então vá para o seu carro e não aporrinha. Está bem?

— Mas seu Jorge.

— E rápido.

E ele virou as costas e foi. Fiquei olhando-o até que o vi subindo na cabina. O Luís comentou:

— Vamos ver se com esta ele para de arranjar moda; pelo menos por hoje.

Na saída, com o Luís na cabina, na cadeira do meu lado, fui engrenar a primeira e entrou a segunda. Quando arranquei e o carro foi saindo muito devagar, e aos arrancos, é que notei. Aquilo não era uma coisa boa. Digo para você que já dirigi tanto tipo de carro que sei mexer em qualquer caixa de marcha. E sei a hora de jogar uma outra marcha, assim, de ouvido, só pela batida do motor. Posso andar com a maioria desses carros sem precisar usar a embreagem, fazendo todas as mudanças no sentimento. E faço sem precisar prestar muita atenção. E quando estou parado num lugar qualquer, como aqui por exemplo, distraído, fumando, sem estar pensando em carro, e escuto um passar subindo lá na frente, sou capaz de dizer para você se o motorista é bom, só pelo modo dele jogar uma reduzida e segurar a máquina na rotação certa. E ali, naquela hora, eu engrenei uma segunda em lugar da primeira, com o carro pesado e com o Luís sentado do meu lado. Foi coisa para estragar o dia de qualquer motorista. E digo que quando a marcha se firmou e eu percebi o que havia feito, senti doer aqui dentro. E o Luís sabia que eu conhecia muito mais de carro do que ele.

Fui saindo devagar e dando a volta na estrada para tomar a direção de Inhapim. Ali estava cheio de carros estacionados e fui indo, passando bem perto deles. Quando já havia terminado a curva, e podia ir mais depressa, joguei uma terceira. E sem que eu esperasse saiu um menino de trás de um carro que estava estacionado, e que era um Alfa Romeo. O menino saiu correndo e entrou na frente da carreta. Dei uma freada que o carro abaixou a frente e os feixes de molas se arquearam todos. Senti o carro estalar e os pneus correrem no asfalto. E deram aquela cantada de pneu queimado. E, meu amigo, eram trinta toneladas em cima daquelas rodas. Não é fácil, mas o carro parou. O menino deu uma olhada para o motor do caminhão que já estava quase em cima dele, e depois de um instante, virou-se e saiu correndo, sumindo novamente por trás do Alfa Romeo. O pessoal que estava por ali, gritou. E um disse:

— Morre, desgraçado!

E um outro:

— Ó burro, não vê onde anda?

Ainda escutei outro:

— Devia passar em cima, para ele aprender.

Todos ali eram motoristas. E todos ficaram com raiva do menino.

Dei partida novamente no motor, porque ele tinha morrido, e ouvi os carros lá atrás freando. Torci para que nenhum estivesse muito perto do da frente, para não haver o perigo de não terem tempo para frear. Engrenei uma primeira, que desta vez entrou, e o Luís comentou:

— Quase, hem?

Balancei a cabeça, concordando. E ele disse mais:

— Se o senhor não é esperto...

E aí não respondi porque notei que ele estava se desculpando por eu ter errado a marcha.

Olhei pelo retrovisor e vi até a terceira carreta. Fomos indo e gostei quando chegamos na primeira curva, e desta vez vi as sete enfileiradas. E estava bonito ver todas pintadas de vermelho, com as cargas bem amarradas, com as lonas bem esticadas e andando uma atrás da outra e todas iguais. E pensei que menino idiota era aquele. Que se fosse um dos que a gente encontrava antes naquela estrada, não teria acontecido aquilo, dele quase entrar debaixo do carro. Com aqueles era o contrário. A gente é que tinha vontade de passar em cima de uns para ver se diminuía o número deles, e assim perturbassem menos. Como já falei com você, eles eram uns meninos e tanto. Diferentes daquela toupeira que eu ia pegando. Você nem acreditava quando via aquela chusma correndo na frente do para-choque, saindo sempre na hora que a gente já estava pensando que um ia morrer. E ficavam naquela gritaria, pulando e correndo em torno do carro, e na frente. E se o motorista era assustado e estivesse chegando ali pela primeira vez, freava e ficava com medo de sair rodando. Mas nunca ouvi falar que algum tivesse ficado debaixo de algum pneu, ou que houvesse entrado na frente de algum carro distraído, sem saber. Você podia ir correndo e passar pelo meio deles, que se espalhavam para os lados, e nenhum era apanhado. E depois de ter conhecido aqueles meninos, encontrar um, como esse de Caratinga, era de nem acreditar. Quase que eu o pego. E olhe que sou cuidadoso. Sempre deixo uma segurança para as coisas que podem acontecer sem ser por culpa minha. Procuro nunca deixar de cuidar, e estar preparado para alguma coisa que possa aparecer de uma hora para outra na minha frente. O certo é que você pode ser bom no volante, e mesmo assim se distrair e deixar acontecer alguma coisa que você não quer que aconteça. E depois de acontecer, fica do jeito que não adianta pensar que poderia ter sido de outra maneira. O pior, meu amigo, pode vir a qualquer momento. E digo que quando a gente deixa uma parte por conta da sorte, e na hora a sorte não aparece, não adianta querer culpar outras coisas. A culpa é sua mesmo. Quem deixa uma parte de uma coisa por conta da sorte, é porque não quer realmente a coisa. E uma das coisas ruins é você ficar com aquilo que não lhe agrada, dentro da cabeça. Porque você fica sozinho com você e com a coisa ruim. E ninguém pode lhe ajudar. O melhor, então, é não deixar acontecer o que você realmente não quer. Em Brasília peguei um, e aquilo ficou morando dentro de mim, e me fez ficar de um jeito que teve vez que eu nem era eu mais.

Ele ficou preso na grade, sem querer cair, e eu correndo como doido. E parecia que ele estava colado ali. Naquela época eu estava trabalhando na pedreira onde o sr. Mário era dono da metade e também de dois caminhões. Na hora eu estava num desses caminhões. Eles tinham a frente reta e eram uns caminhões bons de dirigir. Mas qualquer coisa que você tivesse que consertar no motor, dava um trabalho como nunca vi. Eu ia fazendo uns cento e vinte quilômetros, ali naquela avenida que passa pelo Palácio e vai margeando o lago. Ela ainda não tinha iluminação, e o asfalto estava novo. Era noite e os faróis pareciam que iam abrindo um caminho escuro na frente do carro. Eu ia para o Núcleo Bandeirante apanhar dois homens que tinham fugido da pedreira. Antes, eu havia passado na Praça dos Três Poderes, para falar com o Artur, que era um construtor que comprava nossa brita, e que estava atrasando muito o pagamento. As encomendas dele estavam ficando grandes e já dando preocupações. Fui até lá para falar com ele, mas havia saído e os empregados não sabiam onde estava. Disseram que tinha ido num bar ou boate, mas não sabiam o nome, nem se era em Brasília. Deixei então um recado malcriado, dizendo que se ele não fosse até a pedreira fazer um acerto, nós não mandaríamos mais brita, e eu ainda voltaria ali para acertar com ele de um jeito ou de outro. Depois saí e fui pela avenida na direção do Núcleo Bandeirante. Fui correndo porque ali era deserto, e eu queria chegar logo para pegar os dois moços que haviam fugido. Eu estava preocupado com os dois por terem fugido muito cedo. Não tinha ainda nem um mês que estavam na pedreira, e já haviam fugido. Aqueles eu tinha que levar de volta bem depressa porque, senão, os outros iriam ficar pensando e isso nunca era bom. Ainda mais antes de completarem pelo menos uns dois meses de trabalho. O contrato que a gente fazia com eles era de três meses, mas sempre, antes de completar esse tempo, eles iam ficando sabidos e começavam a fugir. E quando um fugia, e a gente não o apanhava e levava logo de volta, os outros começavam a pensar e isso era muito ruim. Aqueles dois eu tinha de levar de volta para a pedreira, nem que fosse para depois mandá-los embora. Porque aí eu poderia dizer aos outros que os soldados tinham ido apanhá-los. Mas deixar que sumissem assim, sem nenhuma desculpa, era um problema. Depois ficava difícil segurar toda aquela gente lá no acampamento. Ainda mais com aquela falta de empregados que havia.

Eu ia pensando que eles poderiam estar no bar do Coutinho, ou no Baiano, ou no Imperial. Ia pensando em todos os lugares onde eles sempre iam parar. E ia correndo muito. Mas parecia que a velocidade não era grande, porque eu só via aquela faixa preta que a luz ia mostrando. E ia assim, quando vi o homem. Ele estava de costas e no meio da estrada. Não sei o que estava fazendo, andando no meio da estrada. Quando o vi, ele já estava olhando para trás, e acho que estava tonto, porque era para ele ter visto o farol ou escutado o barulho do caminhão, de muito longe, e ter saído dali. Eu o vi quando o carro já estava bem perto, e ele estava olhando para trás. Eu ia a uns cento e vinte e com o caminhão vazio. E você sabe como é: não se pode frear um caminhão vazio àquela velocidade. E também não dá para jogar a direção para o lado. E vi o homem, e vi o rosto dele. Parecia que estava fazendo uma careta e que olhava bem para mim. Sei que não estava porque era de noite, e ele só podia ver o farol. Não sei mesmo o que ele estava fazendo ali no meio da estrada, àquela hora. E também por que não viu o farol, ou escutou o barulho do motor antes de eu chegar tão perto. Só podia estar tonto, não é mesmo? Olhe, eu me lembro dele com o rosto virado para mim, e parecendo que estava fazendo uma careta. E foi como se ele tivesse dado uma parada, para depois então ser puxado para o caminhão. E bateu e deu aquele estouro. Segurei o volante com força, e o homem ficou ali na grade, com a cabeça perto do vidro, e um dos braços esticado com a mão balançando quase na janela do meu lado. O outro braço eu não via porque tinha ficado debaixo do corpo, espremido contra a grade. Na hora em que ele bateu a estrada me pareceu que ficou estreita. Depois vi que tinha sido um dos faróis que havia apagado. O barulho da batida foi tão grande que pensei que o caminhão tinha se arrebentado todo, e que nem ia andar mais. Mas foi só o farol, e o para-brisa que rachou. O motor continuou funcionando, e o homem ficou ali na frente, preso na grade com a cara junto do vidro, e com um braço esticado para meu lado. E eu via só um lado do homem, que era o lado do farol que não tinha apagado. Mexi no volante para um lado e para outro, e o homem não caiu. O braço dele mexia e balançava a mão que estava perto da minha janela. O caminhão derrapava de um lado a outro da estrada, e o homem continuava preso. Avistei uma luz que vinha lá de trás. Joguei o volante com mais força de um lado para outro, e a luz veio vindo, e o braço do homem desceu, e o corpo dele foi escorregando e caiu para dentro da estrada. E a luz lá de trás veio se aproximando, e afundei o pé no acelerador. Depois a luz ficou longe e sumiu. Mas apareceu de novo e vi que era uma Simca, porque, pelo espelho, notei aqueles faróis grandes, com dois pequenos embaixo. Continuei com o pé no fundo e ainda batendo, bombeando para entrar mais gasolina no carburador. Minha mão estava escorregando porque eu estava suando muito. Quando vi que a primeira entrada para a Asa Sul ia aparecer, virei o volante e fiz a curva em duas rodas. E olhe que eu estava num caminhão vazio, e com um farol apagado. Continuei com o pé afundado e bombeando, e dobrei outra vez, e fui até o trevo, e entrei na contramão, e rodei o trevo todinho na contramão, e quase todas as curvas eu as fiz em duas rodas. E sentindo que o carro estava querendo virar. E minha mão suando, e eu tendo que segurar o volante com força para que ele não escorregasse. Depois entrei na estrada que contorna Brasília, e que ainda era de terra, e mesmo assim não tirei o pé do fundo. Tinha hora que o caminhão dava pulo que minha cabeça batia no teto. E uma hora eu olhei, e o farol da Simca havia sumido. Não sei a hora em que ele sumiu, mas continuei correndo, e fui até a pedreira que ficava quase lá em Planaltina. Só parei lá dentro. A turma da noite estava trabalhando e fui com o caminhão e bati com ele na pedreira ao lado do escritório. Dei marcha à ré e desci. Como ninguém foi falar comigo, examinei a frente do caminhão. Estava tudo claro devido às luzes da britadeira que se achavam acesas. Vi que o outro farol também havia se quebrado, e que a grade estava muito amassada, e que o para-brisa rachara de alto a baixo. E olhei bem, e vi manchas pretas, e aquilo eu sabia que era sangue. Subi correndo ao escritório, e peguei um monte de estopa e desci as escadas. Mas me lembrei que estopa deixa uns fiapos, e voltei e peguei uma camisa. Era muito fina e achei que ficava pouco pano quando eu a embolava na mão. Então peguei uma calça e desci. E fui no tanque de resfriamento da britadeira, peguei a borracha e molhei a calça. E fui e lavei a grade. Depois tornei a molhar a calça e a lavar a grade. E fiz isto até achar que estava sem nada de sangue. Aí fiquei com raiva de mim por ter batido com o carro na pedreira antes de ter limpado o sangue. E tive que ir limpar, na pedreira, o lugar onde eu havia batido.

Depois, meu amigo, fiquei com aquela calça na mão, sem saber o que ia fazer. E pensei e não descobri um meio de sumir com ela. Nisso a britadeira parou de rodar e fez aquele silêncio, e eu me assustei. Ainda mais quando o Célio chegou no corrimão e olhou para baixo e me chamou. Senti uma coisa ruim dentro de mim, mas olhei para cima e perguntei o que era. Ele pediu para eu ir até lá. Fui e subi as escadas bem devagar. Quando cheguei em cima da escada, vi que tinha levado a calça embolada na mão. O Célio me chamou lá na frente da máquina, e eu coloquei a calça na grade da escada, e fui ver o que ele queria. Perguntou-me se tinha falado com o Artur, e eu disse que não. Perguntou por quê. Eu disse que ele não estava lá. Quis saber, então, se eu havia deixado recado. Respondi que havia.

— Recado bom? — perguntou ele.

— Para ele vir aqui.

— Mas só isso, Jorge?

— Só.

— Mas tinha que deixar um, apertando o homem. Aquilo não presta, não. Se a gente bobear, perde esse dinheiro.

— Afinal, o que você quer? — perguntei mudando o assunto. Mostrou-me a esteira da brita grossa, que estava pegando.

— O que você acha? Pode continuar? Olhe — e ligou a chave fazendo a máquina rodar e enchendo ali de barulho.

Fiquei olhando a esteira pegar e fazer aquele ruído de coisa que está trabalhando e pegando. Falei que era bobagem. Ele ainda insistiu, dizendo que estava com vontade de parar a máquina, para tentar consertar.

— Você não acha que é coisa grave? A engrenagem não pode quebrar?

Falei que não era nada grave, e fui saindo.

— Você não acha que eu devo tentar consertar?

Respondi que não era preciso e continuei indo em direção à escada, sabendo que ele não consertava coisa nenhuma, e que estava notando que eu não queria falar.

— E os dois? — perguntou gritando acima do barulho da máquina.

— Não encontrei — respondi alto e parando.

— Nenhum dos dois?

— Nenhum.

— Procurou nos bares todos?

— Procurei.

— Você foi no Coutinho?

— Fui. Fui em todos. — E fui saindo novamente.

— O que houve que você bateu o caminhão na pedreira?

— Foi o freio.

E da escada ainda o ouvi:

— Posso, então, deixar trabalhando?

Olhei para ele, balancei a cabeça, peguei a calça e desci as escadas. Lá de baixo ainda o escutei gritar, perguntando:

— Com sua responsabilidade? Olhe que se isto quebrar, vou dizer para o Celso que foi você quem mandou.

Não respondi e peguei numa chave, e afrouxei o regulador do freio, e vazei o fluido. E fiquei sem saber onde ia colocar a calça. Como não encontrasse lugar, subi para o escritório e caí na cama. O Célio, o Celso e eu dormíamos no escritório.

Deitado, fiquei ouvindo o barulho da esteira pegando na engrenagem. E fiquei esperando a cada momento que ela arrebentasse. Depois, o Célio foi lá apanhar não sei o quê e acendeu a luz e me viu deitado de sapatos, e olhando para o teto.

— Tem alguma coisa? — perguntou.

— Tenho — respondi.

— O que é?

— Saco cheio.

— Falta de mulher, meu amigo. Isto é falta de mulher.

E eu não gostava dele, nem do Celso, tio dele, que era o sócio do sr. Mário. E sabia que eram ladrões, e eu morava, comia e dormia ao lado deles, ali na pedreira.

E dormi, e acordei com o Célio em pé, ao lado da cama, me chamando.

— Acordou?

— Acordei. O que é?

— Vamos lá para você olhar direito aquele negócio. O barulho está aumentando e eu acho que aquilo vai quebrar.

— Pode deixar rodando que não quebra.

— Mas o barulho está muito alto. Vamos lá para você ver. Estou com medo.

— Ora, pode deixar.

— Mas vamos lá, não custa.

— Célio, eu não vou lá não.

— Num instante, rapaz. É rápido.

— Hoje, não. Amanhã.

— É, então está ruim. Acho que vou parar a máquina, mas o Celso vai ficar danado da vida.

Ele não fazia nada o dia inteiro. Era só ficar lá em cima, perto daquelas esteiras, e sair correndo atrás de mim, toda vez que cismava estar ouvindo algum barulho diferente. Eu já estava desconfiado dele ficar sempre lá em cima. Devia estar arranjando um jeito de roubar nas medidas da brita, além de estarem roubando no controle de saída dos carros. Ainda perguntou se eu não achava que o Celso ia ficar com raiva de ter o prejuízo daquela noite, se a máquina ficasse parada. Não respondi e ele falou mais coisas antes de descer, deixando a luz acesa. E o interruptor ficava longe da minha cama.

Olhe, naquela noite tive um sonho ruim, que vou dizer para você... Eu era forçado a caminhar, seguindo atrás do Célio, pulando pelas esteiras da máquina. E subia aquele pó de pedra que ia enchendo os meus pulmões, e fazendo com que eles ficassem com um peso que eu quase não conseguia ficar em pé. E o Célio descobrindo barulhos nas esteiras, e nas polias, e eu pulando de uma borda para outra, examinando tudo que ele ia julgando que estivesse atrapalhado. E o pó ia entrando pelo meu nariz e se depositando lá dentro dos pulmões, e virando pedra. E cada vez meu peito ficava mais pesado e com menos espaço para eu respirar. Quando acordei, digo para você que faltava pouco para eu morrer.

Quando acordei, o Célio já estava deitado e o silêncio da máquina parada fazia tudo ficar diferente. A cama do Celso ainda estava vazia. Tirei os sapatos e vi que a calça com que eu tinha limpado o sangue estava no chão, junto da cama. Não dormi mais até clarear. E o Celso não apareceu. Quando clareou, levantei-me e fui lá na máquina, e em dez minutos resolvi o problema do barulho. Era a polia que rodava o eixo da esteira maior, que tinha acavalado e ficava raspando na engrenagem. Depois liguei a máquina e fui, e avisei aos homens que empurravam os carrinhos com as pedras, para voltarem a trabalhar. E fui lá em cima, onde ficava o depósito das pedras que iam caindo na máquina, e joguei a calça pela abertura por onde elas caíam. E fui olhar o caminhão. Ainda havia fiapos da roupa do homem presos na grade. Estava tirando os fiapos da grade, quando me bateram nas costas e eu levei aquele susto. Era o Célio.

— Aí, meninão. Consertou a máquina, hem?

E subiu correndo as escadas, indo lá para cima para ver se descobria outro barulho.

E vou dizer uma coisa: a cara daquele homem me olhando, como se estivesse fazendo uma careta, e sendo puxado para cima do caminhão, mudou para dentro de mim. Não sei quanto tempo ficou. Mas aonde eu ia, ela ia comigo. E era sempre a mesma coisa. E não adiantava fazer nada nem pensar em outras coisas, que ela estava sempre aqui e não saía. E me fez perder a vontade de fazer qualquer coisa. Tudo o que eu fazia, ou a todo lugar aonde ia, era sempre a mesma coisa: aquela cara parecendo que estava crescendo, dentro da minha cabeça.

Depois, com o tempo, é que parece que foi se apagando. Mas até hoje, de vez em quando, ela aparece. E aparece a qualquer hora. Eu posso estar pensando, ou fazendo alguma coisa, ou não fazendo nada, e também não pensando, que quando ela resolve, ela aparece. E fica ainda como se estivesse crescendo. Mas agora é quase apagada. Não é como era naquela época. Mas é sempre muito ruim.

E naqueles dias não acertei com o Celso, e deixei para o sr. Mário. Eu sabia que estavam roubando no registro do número de carregamentos, e não queria ter que discutir com eles, porque eu estava sem ânimo para tudo. Quando o Celso me chamou para acertar, eu não quis e disse para ele que ia esperar a chegada do sr. Mário. Perguntou por que eu não queria acertar e eu disse que não era por nada.

— É, você anda meio esquisito. O que há?

— Nada — respondi. — Ando meio amolado.

— Comigo e com o Célio?

— Não, nada disso. Seria pior se vocês não estivessem aqui. Hum. Pior para eles, isso sim.

Mas eu sabia o que estavam fazendo. O vigia olhava e vinha me contar tudo. O que eu não queria era discutir. Estava sem ânimo.

E agora, sentado aqui, fumando e olhando para meus pés em cima desta cadeira, e com você aí, fico pensando que uma coisa acontece sem ser culpa sua. Mas no fundo, você sabe que a coisa podia não acontecer, porque se você não quer mesmo que uma coisa aconteça, ela não acontece. Por isto, eu digo que quando você deixa um pedaço para a sorte decidir, você não quer a coisa inteiramente. E aquele homem sendo puxado para o carro, ali, na luz do farol, e com a cara fazendo careta... Vou dizer que ficou na minha cabeça e que não era uma coisa boa.

Tem coisa difícil que você começa, que já no começo dá trabalho, e você então já começa com disposição para ir até o fim. E tem coisa difícil que começa sem trabalho, e aí seu corpo se acostuma, e você fica torcendo para a coisa não apertar, e quando aperta, você está mole e então reclama. E foi desse modo naquela estrada depois de Inhapim. Tinha muito barro e as carretas iam passando devagar, estalando, mas sem parar e sem ficar presas. Mas depois piorou e tive que ficar descendo e olhando, antes de ir passar. E isto me irritou. E todos seguiam o carro da frente, e onde um passava, o outro passava quase no mesmo lugar. E havia trechos que não dava para passar um carro ao lado do outro. E então era preciso parar e mandar o Luís lá na frente fazer sinal para quem aparecesse, para não avançar. A gente não podia arriscar em ir sem primeiro ter olhado, porque naquela estrada era um problema dar marcha à ré. E o Luís, ali ao meu lado, ficava impaciente, esticando o pescoço para ser se vinha algum carro, quando entrávamos em uma curva e eu não o tinha mandado lá para a frente.

Encontramos um carro carregado de carvão, parado bem no meio da estrada. Não dava para a gente passar. O motorista veio e nos disse que tinha ido trocar um pneu e depois o carro não quis pegar. Perguntei se a causa era bateria.

— Não. A bateria está boa. É motor de arranque.

Fiquei pensando que se era motor de arranque, eu já sabia por que ele tinha ido trocar o pneu bem no meio da estrada. Descemos e empurramos o carro. Ele estava carregado e a estrada era puro barro. Mesmo assim conseguimos fazer com que pegasse na primeira tentativa. O homem depois fez questão de parar, descer do carro e voltar para agradecer. E o Oliveira já estava reclamando de dor no fígado. Olhei para o Luís e ele falou que aquilo parecia brincadeira. Mandei que fosse pegar o carro do Oliveira e avisei isso ao Oliveira.

Dei partida e o Oliveira não apareceu. Chamei-o e falei que ele ia comigo. Veio, subiu na cabina, sentou-se e ficou com a mão no lado do corpo. E disse que trabalho não lhe dava medo, mas estando são. Doente, a coisa era outra. Não respondi, e ele ficou falando, dizendo que trabalhou não sei quantos anos para uma empresa de transportes de móveis. Que nunca tinha sido chamado à atenção. Que nunca tinha atrasado uma viagem. Que nunca tinha faltado ao serviço. Que nunca tinha quebrado um carro. Que nunca tinha dado uma trombada. E que o controle da empresa era uma coisa que só se vendo. Que eles controlavam cada quilômetro rodado e sabiam os locais onde os motoristas estavam pernoitando. E que tinham várias camionetas só para andar pelas estradas, vigiando os carros. E que nessa empresa é que ele tinha aprendido a trabalhar. E que disposição para o serviço nunca tinha faltado a ele. Aí eu falei:

— É, mas parece que você esqueceu essa disposição lá na empresa.

Ele calou e ficou com a cara fechada, e com a mão no lado do corpo, como se estivesse sentindo dor. E começou a descer do carro todas as vezes que eu descia. E ficava do lado, procurando ajudar demais. E aquilo atrapalhava.

Quando o lugar onde a gente ia passar estava cheio de água, e não dava para saber direito onde era a estrada, eu descia, tirava o sapato, andava por ali e marcava os lugares onde a gente tinha que passar. E chamava o Oliveira, e ele ficava em pé, marcando a direção que a gente devia seguir. Ficava imóvel. E eu entrava no caminhão e ia devagar, e ficava vendo-o em pé na água, marcando o lugar. Ele só saía quando eu já estava quase em cima dele. Aí corria e passava para o outro ponto, que ele marcava com um ramo espetado no barro. Às vezes, demorava a sair, e deixava eu chegar tão perto que o para-choque quase o atingia. E saía correndo, espirrando água. Numa das vezes, o ramo era pequeno, e quando ele saiu correndo, não o viu. E ficou rodando, procurando-o. E não via, e eu estava vendo e indo para a frente. Ele, então, levantou os braços para cima e gritou. E mesmo assim continuou olhando em volta, e acabou escorregando e caindo. E se sujou todo. Continuei a ir porque estava vendo o ramo. E notei que o Oliveira tinha escorregado e não feito muito esforço para não cair. E isso era uma das coisas que me faziam não gostar dele. Continuei a avançar e ele ficou patinando na lama, e então fui parando devagar para os outros não ficarem em dificuldades, porque quando a gente ia passar num trecho como aquele, todos iam bem juntos e um procurando passar no mesmo lugar que o da frente. A gente tinha também que tomar muito cuidado com o freio, para não derrapar, o que seria uma coisa perigosa naquele barro e com todo aquele peso.

O Oliveira se levantou todo molhado e apontei o ramo para ele. Foi para o outro ponto e ficou tremendo de frio. De dentro do caminhão, eu via que ele estava tremendo demais. Arranquei e fui de novo bem para cima dele. E me lembro que depois, ele ficou dentro da cabina, descalço, tremendo e sem querer calçar os sapatos nem trocar de roupa. E com a cara de quem estava morrendo de frio. Falei para ele trocar de roupa, e ele disse que não ia trocar, porque senão iria também sujar e molhar a outra. Mas falei para trocar porque estava sujando a cabina. E parei o caminhão para que ele fosse até o carro dele, que a roupa havia ficado lá.

Pelo retrovisor, fiquei vendo-o ir correndo. A estrada era de terra vermelha e fiquei vendo as solas dos seus pés aparecendo muito brancas. E era uma e depois outra, sumindo lá atrás. Ele foi e voltou trazendo uma mala pequena e velha. Trocou de roupa ali dentro, com o caminhão andando, e ele se desequilibrando. Vestiu um macacão sujo mas seco. Durante o tempo em que esteve trocando de roupa, fiquei esperando para ver onde iria colocar a molhada. Colocou onde eu esperava: dentro da maleta. Vi aquilo e senti raiva do modo dele ser, e disse:

— Você parece menino, que diabo!

Ele ouviu e ficou novamente com a cara fechada.

Já estava escuro quando o caminhão se prendeu numa daquelas curvas. Pelos meus cálculos a gente estava a uns vinte quilômetros da cidade de Bugre. A curva era numa subida suave, e me lembro que eu tinha jogado uma marcha reduzida e entrado bem devagar. Na hora a chuva estava forte e me impediu de enxergar direito. Cheguei a notar que a curva ia se fechando muito, mas na mesma hora senti a carreta pegando no barranco. Freei e o carro escorregou para dentro da curva, raspando ainda mais a carroceria. Depois parou, preso no barranco. Pensei comigo que aquilo não era possível. Desliguei o motor, apaguei os faróis, deixei as lanternas acesas, desci e fui ver. E vi que a carroceria tinha entrado um pouco no barranco, e que a lona havia rasgado em quase um metro, arrebentando duas cordas que a travavam nos ganchos. Dei a volta ao caminhão, e veio o Luís, e os outros. O Oliveira, que estava dormindo quando parei o carro, acordou apressado e deu um pulo para descer. E escorregou e caiu com as mãos no barro. O Luís disse:

— É, não deu.

E eu disse:

— Não dava mesmo.

A curva era apertada e não dava para passar a carreta. A chuva me fez ficar em dúvida. Penso que se fosse de dia, eu teria visto e parado antes que acontecesse aquilo. Examinei o lugar e o Luís também examinou. E vimos que não dava mais para dar marcha à ré. Os outros também examinaram, e só havia um jeito para sair dali: cortar um pedaço no barranco. Cortar pelo lado de dentro, para livrar a carroceria e deixar a curva desimpedida por aquele lado. Estava escuro, mas mesmo assim subi no barranco e calculei o quanto a gente ia ter que cortar.

Calculei mais ou menos. A chuva continuava forte e falei, então, para a gente dormir e, no dia seguinte, fazer o serviço. Não fizeram comentários e foram preparar os carros para o pernoite. O Luís foi e tirou do caminhão onde eu estava dois lampiões a querosene. Acendeu os dois e colocou um dependurado num galho, lá na frente onde a curva terminava. E o outro, atrás do carro do Teo, que era o último.

Eu estava preparando a cama quando o Lauro bateu na porta e me chamou, e perguntou:

— O senhor não quer fazer uma boquinha, seu Jorge?

Ele estava se cobrindo com um pedaço de lona, e tinha um prato de lata na mão. Dentro do prato eu vi feijão e uma outra coisa que não deu para saber o que era. Ele protegia o prato com a lona, para que a comida não se molhasse. Desci e fui até o carro dele. Ele estava cozinhando num fogareiro de duas bocas, e todos se achavam sentados debaixo da carreta e conversando. Calaram-se quando cheguei e o Oliveira começou a mexer numa panela. Entrei para debaixo da carreta e me sentei como os outros, num pedaço de madeira, e comecei a comer.

— Veio passar mal, seu Jorge? — comentou o Toledo.

A luz do fogo do fogareiro clareava pouco, e nós reunidos ali debaixo, comendo, dava a impressão de coisa séria. Mas essa impressão parecia ser só minha. Os motoristas voltaram a falar. Achei a comida boa, e comi muito. Depois que terminamos, cada um lavou o seu prato nas bicas que a chuva formava em algumas pontas da carroceria. E ficamos ali debaixo, bebendo café quente com torresmos, conversando. Falamos do quanto a gente ia ter que cortar no barranco. E falamos da chuva, e do barro, e o Antonino apareceu com uma garrafa com leite e me perguntou se eu aceitava um pouco. Agradeci e ouvi o Toledo dizer:

— O Oliveira quer.

O Antonino não percebeu que era brincadeira e foi oferecer ao Oliveira.

— Eu não. Não gosto de leite.

— Toma, Oliveira. Isto é ótimo para o seu fígado — insistiu o Toledo.

E eu olhava para o Toledo e via que todos nós estávamos ou molhados, ou com roupas amarrotadas, e ele não estava nem molhado, nem amarrotado. E com as botinhas bem limpas, e sentado com as pernas juntas e os braços em torno dos joelhos.

O Lauro fez mais café e o Oliveira ficou com a cafeteira na mão, nos servindo.

No dia seguinte acordei quando clareou. Não tinha fechado a cortina para não acontecer de não acordar logo que fosse dia. Chamei os outros e a chuva era fina, mas não estava fazendo frio. Subi no barranco e olhei o quanto era mesmo preciso cortar. Marquei o lugar com umas enxadadas, e eram uns dois metros para dentro do barranco e uns quatro de comprimento.

O Lauro bateu na frigideira e fomos comer. Ele havia feito feijão com carne-seca. E comemos feijão com carne-seca, e farinha, e tomamos café. Quando acabamos, chamei o pessoal e mostrei a eles o que a gente ia ter que fazer. Dispensei o Lauro. O Oliveira e o Toledo coloquei embaixo com as pás. Nós, os outros, fomos trabalhar com as enxadas em cima do barranco. Quando comecei a tirar terra, o Oliveira me chamou para mostrar que dois sacos estavam rasgados debaixo da lona.

Havia já carros parados, esperando a gente desimpedir a estrada. Um ônibus, só com dois passageiros, e dois carros de passeio. Os três tinham chegado durante a noite. Esse pessoal ficou parado, olhando a gente de enxada na mão, e não se ofereceram para ajudar. E durante toda a manhã trabalhamos na chuva, sem camisa e com calos de sangue aparecendo nas mãos. O trabalho foi ficando mais pesado a cada parte do barranco que a gente tirava, porque mais longe a gente ia tendo que jogar a terra. E o Toledo e o Oliveira suando para conseguirem jogar para fora da estrada a terra que caía de cima. Fiquei pensando que se a chuva aumentasse muito iria formar um lamaçal daqueles.

Até a hora do almoço ninguém parou. Só o Antonino para ir até o carro dele apanhar a garrafa de leite. Quando o Lauro chamou para almoçar, comemos até acabar a comida que ele havia feito. Eu estava estranhando o Oliveira não ter reclamado, até que ouvi o Toledo:

— Fala. Fala de novo, para você ver se eu não digo para o seu Jorge que você está querendo trabalhar lá na enxada.

Na parte da tarde todos nós ficamos trabalhando com um lenço enrolado na mão. O cansaço aumentou, e a gente ficava vendo as pessoas dos três carros que passaram a noite esperando não fazerem nada a não ser ficar por ali, olhando a gente. Mais tarde chegou um jipe com dois homens e dois meninos. Os meninos subiram no barranco e um caiu e ficou todo sujo de lama. Um dos homens que tinham chegado com ele achou graça e riu tanto que o menino ficou com raiva e foi chorando para dentro do jipe.

Minha mão, mesmo enrolada no lenço, começou a arder muito e a gente tinha que segurar com força o cabo da enxada, para que ele não escorregasse. As costas também ficavam doendo muito e eu mudava de lugar. Se estava em cima do barranco, ia para baixo e ficava tirando a terra descida. E não dobrava as costas e elas paravam de doer. Quando começavam novamente, eu ia tirar terra em cima. Os outros também faziam assim. E eu escutava o Oliveira:

— Eu nunca tive medo de trabalho.

E o Toledo:

— Folgo em saber, meu amigo. Afinal não é todo dia que a gente tem um leão desses, como companheiro.

— Isto para mim é brinquedo.

— Seu Jorge! Ó, seu Jorge! Olhe um para a enxada.

Já era tarde quando olhei e achei que estava bom. E fui experimentar. Mas antes fiquei pensando como ia fazer para calçar as rodas de trás, para que não corressem e fizessem a carroceria tornar a bater no barranco. Chamei o Luís e olhamos e ficamos mesmo sem saber. Ele sugeriu que a gente arranjasse bastantes pedras e forrasse todo o chão, para que os pneus não corressem. Mas percebeu, ele mesmo, que aquilo não ia dar certo. Falei com ele para a gente arranjar cordas. Ele entendeu o que eu queria, quando me viu olhando o para-choque traseiro. E fomos e apanhamos todas as cordas que havia. Eram cordas fortes, para amarrar lona. Mas para o que queríamos, achamos que não eram bastante fortes. Enrolamos as cordas, fazendo de duas, uma. Fizemos umas cinco assim. Aí chamei todo mundo e examinamos como ia ser feito. Íamos amarrar as cordas no para-choque traseiro, e o pessoal ficaria segurando a carroceria para fora da curva. Fizemos assim e os homens tiveram que fazer muita força. Mas deu certo. E fui saindo, e só bem no fim é que tive que parar. Um pedaço do barranco ainda ia pegar. Isto eu mesmo vi pelo retrovisor, porque estava todo mundo segurando nas cordas. Até o pessoal que estava nos esperando livrar a estrada ajudou a segurar. Parei o caminhão e, quando olhei para os homens, estavam vermelhos e cansados. Mas estavam satisfeitos por terem conseguido segurar a carroceria.

O pedaço que ficou faltando foi tirado na enxada, bem depressa. E tornaram a segurar nas cordas e liguei o caminhão e passei. Gritaram quando o carro ultrapassou a última parte do barranco, e todos ficaram muito alegres. E o Toledo falou para o Oliveira:

— Não fica muito alegrinho não, meu filho. Ainda vai ajudar muito o Departamento de Estradas antes da gente chegar em Belo Horizonte.

E com todos os carros fizemos assim. Apenas o Fábio deu uma acelerada maior, e não conseguimos acompanhar o carro e a carroceria raspou. Mas foi pouca coisa. Nem chegou a rasgar a lona. O Murta aproveitou-se e...

— Estão vendo — gritou bem alto para que o Fábio escutasse. — É coisa de atleticano. Só atleticano faz destas besteiras.

O Fábio não respondeu.

Quando saímos dali já estava escurecendo. Meu corpo e meus braços estavam doendo. Olhei para a estrada estreita e enlameada, e pensei que a gente tinha levado um dia para passar uma curva, e que faltavam cinco dias para a tal inauguração, e eu não estava com certeza se chegaríamos a tempo. E digo que tem hora que dá vontade de você se convencer que, às vezes, por mais força que você faça, as coisas podem não acontecer como você quer.

Antes de ficar completamente escuro, apareceu um mata-burro. Parei e fui examiná-lo. Olhei as guardas de madeira e o Luís também foi e olhou. E notei que ele achou que não ia dar para atravessarmos. Bati com o pé nas madeiras e olhei a entrada e a saída, e chamei os homens e cortamos um tope que tinha na saída e alargamos um pouco a entrada. E examinei novamente, e vi que podia passar. Avisei a eles o que eu ia fazer, e olhei a distância que o meu carro estava do mata-burro, e falei com o Murta para dar uma marcha à ré. Coisa pouca, apenas para eu aproveitar a distância para embalar o carro. E passei o mais depressa que consegui, e não senti nada quebrando nem cedendo. Parei do outro lado com espaço para os outros frearem. E fui olhar como estava o mata-burro. Uma das vigas tinha cedido. Vi e comentei com o Luís que a gente devia também ter comprado machados lá em Caratinga. Já estavam fazendo falta. Ele concordou e acertamos de comprar na primeira cidade onde a gente passasse. A viga que tinha cedido era uma das vigas-mestras, e como não tínhamos machados, a solução foi colocar pedras debaixo dela para evitar que cedesse mais com o peso das outras carretas. Avisei ao Murta de como deveria passar. Concordou e foi acelerando e passou. Eu tinha ficado bem perto para reparar na passagem, e ouvi o barulho das rodas em cima da madeira, e vi que todo o mata-burro afundava um pouco quando o caminhão estava em cima dele. Mas logo que o carro passava, ele subia novamente. Depois que o Murta passou, fomos e examinamos de novo, e só foi preciso tornar a arrumar as pedras que tinham escorregado e saído do prumo. Depois foi a vez do Fábio. O Murta gritou para ele não fazer uma besteira igual à que tinha feito na curva: "Seu atleticano burro." O Fábio respondeu dizendo para ele que fosse "à merda", e o pessoal riu.

O Fábio passou sem que nada acontecesse. E todos passaram e fiquei olhando quando foi a vez do Toledo. Parecia que o carro dele era mais leve que os outros. E digo para você que aquele menino dirigia como gente grande. Era engraçado vê-lo dentro da cabina, muito empertigado e com aquelas camisas de mangas compridas e pano colorido.

Em Bugre nós chegamos já noite fechada. É um lugar pequeno e perto da Rio-Bahia. E tínhamos levado dois dias para chegar até lá. Enquanto o pessoal ficou olhando níveis de óleos e outras coisas nos carros, e o Toledo avisou que ia procurar um lugar para comer, para arranjar forças e conseguir sobreviver mais uns dias com a comida do Lauro, eu fui atrás de onde pudesse comprar um machado. Não havia nada aberto e acabei indo à casa do dono de um armazém. Ele estava jogando baralho. Falei com ele o que eu queria e expliquei por que tinha ido até a sua casa. Concordou em me atender e fomos nós dois, mais três que estavam jogando com ele, até o armazém. E me vendeu três machados sem os cabos, porque isso ele disse que não vinha junto. E me lembro que achei baratos os três, e não ia aceitar os machados por causa dos cabos, depois vi que aquilo era uma bobagem, e fiquei com eles. Agradeci ao homem, e ele e os amigos foram comigo para ver as carretas. E me falou que achava que eu não ia chegar até Ipatinga com aqueles carros carregados como estavam. Ficou ali até sairmos. Antes de sair, ouvi o Oliveira dizendo que aquela cidade seria um bom lugar para se passar a noite.

Acho que o último carro nem havia saído de dentro da rua de Bugre, quando o meu atolou. Forcei para ver se ele saía. Mas foi pior e afundou mais. O Oliveira, que tinha colocado a cabeça para fora e estava olhando para trás, falou:

— Chii, a roda sumiu no barro.

Levamos mais de uma hora para tirar o carro dali. Tivemos que cortar galhos e arranjar pedras para forrar o chão. Quando tentei sair na primeira vez, as rodas giraram e os galhos e as pedras sumiram dentro do barro. Tivemos que cortar mais galhos e arranjar mais pedras. Peguei o macaco, coloquei-o em cima de uma pedra e fui empurrando a carreta para a frente. Depois que o macaco havia se distendido todo, liguei o motor, dei uma arrancada e saí. A roda de trás da carreta passou no mesmo lugar, mas não ficou presa porque ela não traciona. Para os outros também não ficarem presos, limpamos o lugar com enxada, e arranjamos mais galhos e mais pedras, e batemos com a pá para ver se estava firme. E todos passaram bem. Continuamos, e o que eu me lembro naquela noite, é da chuva forte e contínua, parecendo que tudo ia derreter de tanta água.

Era bastante tarde quando passamos em Cachoeira Escura, que era um lugar perto de Bugre. Depois de Cachoeira Escura havia uma ponte que eu olhei debaixo de chuva e que deixei o farol aceso para examinar melhor. Não me pareceu boa, e chamei o Luís, que desceu com uma lona cobrindo a cabeça. Olhamos, e ele também não gostou. Resolvi que o melhor seria tentar no dia seguinte, sem aquela chuva e sem ser de noite.

Estacionamos onde estávamos e me deitei sem comer nada e não me incomodei. Dormi tão pesado que me pareceu que dei uma fechada de olhos e, quando os abri, já era o outro dia.

Após me levantar fui olhar a ponte, e o Luís já estava lá. E falou que ali a gente não ia passar de jeito nenhum. Andei pela ponte e ela era alta, estreita e de madeira. Parecia muito velha, e a gente via logo que, com um carro daqueles em cima, ela cairia na hora. Já havia partes onde a madeira estava podre. O Lauro trouxe café e um prato de comida. Eu ainda não tinha lavado o rosto e pedi para ele segurar um pouco, enquanto eu ia lavar na água do rio. Desci para debaixo da ponte, lavei o rosto e subi de novo. E voltei pensando como é que a gente ia fazer. Comi a comida e tomei o café, ainda pensando. Perguntei ao Lauro se ainda havia mais comida, e fomos até o caminhão dele e comi mais. E ainda não tinha descoberto como é que a gente ia passar. Depois desci de novo para debaixo da ponte, e fiquei lavando o prato, e olhando o rio. Aí pensei numa solução e tirei o sapato, e entrei no rio. O fundo era de areia e o lugar era espraiado, fazendo a água espalhar e não deixando o rio ser fundo. Andei até o outro lado, e fui medindo onde a água dava na minha perna. Voltei e medi no carro, onde ia dar. Achei que não era muito alto. Examinei o terreno junto da ponte e falei com o Luís que havia uma solução: era a gente abrir um caminho ao lado da ponte, no mato que havia na margem, fazendo um desvio passando por dentro do rio. Ele escutou, pensou, olhou as margens, e concordou. Chamamos os motoristas e explicamos como ia ser. E eles entenderam e viram que era o certo.

    O melhor lado era o nosso, e o serviço ia ser um serviço grande. Notamos que as chuvas que vinham caindo não tinham enchido muito o rio. Fiquei satisfeito com isso, mas preocupado, com medo que elas voltassem muito fortes e enchessem o rio de modo que não desse para os carros passarem por dentro da água. Mas isto não falei com eles. E nos preparamos para o trabalho. Todos foram para o outro lado diminuir o desnível para que os carros aguentassem subir. Era muito íngreme a outra margem. A margem onde estávamos tinha muito mato e eu, o Fábio e o Murta apanhamos os machados e fomos cortá-lo. Tivemos que arranjar cabos para os machados. Foi difícil eu encontrar um galho que servisse. Mais tarde fiquei estranhando o do Murta, e vi que ele havia usado o cabo de uma das pás. Pensei que eu também poderia ter tido essa ideia. Ficamos os três cortando o mato que era formado por pés de eucaliptos pequenos, que não haviam crescido por terem sido abafados pelo mato rasteiro.

    O Lauro teve que correr com o almoço porque todo mundo ficou gritando, pedindo comida. E não choveu e o serviço ia andando bem. Na hora que a gente estava almoçando, o Murta falou, referindo-se a uns pés de eucaliptos maiores:

    — Quando eu quero me animar, penso que é um atleticano que está ali na minha frente, e aí, é uma machadada só.

    O Fábio ouviu e ficou calado. O Toledo mexeu com ele:

— Mas que coisa. Não toma uma atitude?

E o Fábio continuou comendo, calado. E o Toledo:

— Oliveira, Oliveira! Estão falando de você, menino.

O Oliveira estava ao lado do fogareiro, ajudando o Lauro, e veio saber o que era.

— O Murta ali, está falando de você — confirmou o Toledo.

— De mim? — perguntou desconfiado. — O que é?

— Estava dizendo que quando quer ficar animado, pensa que está batendo num sujeito com dor no fígado.

O Oliveira voltou para ajudar o Lauro, e nós continuamos a comer. Todos achavam graça no Toledo. Ele fazia as coisas como se estivesse se divertindo sozinho.

Depois que tínhamos terminado o almoço, e o Oliveira estava com a cafeteira na mão servindo o café, o Fábio perguntou quem tinha papel. O Murta logo perguntou, criticando:

— Para limpar as mãozinhas, atleticano?

— Não — respondeu o Fábio —, é que eu preciso ir ali adiante, fazer uns cruzeirenses.

Todos riram e o Toledo falou:

— Ah, esta é pior do que xingar a mãe de perereca. Esta não. Se fosse com o Oliveira, vocês iam ver.

E o Oliveira, parecendo bobo:

— O que é? O que tenho eu?

Voltamos a trabalhar e demoramos a arrancar os tocos de árvores dos lugares onde iam passar as rodas. Houve uma hora em que eu estava falando com os que estavam do outro lado, mostrando a eles onde tinham que tirar mais terra, quando escutei uma coisa batendo na água. Vi que os do outro lado haviam se assustado. Tinha sido o machado do Murta que soltou do cabo e passou perto da minha cabeça, caindo na água. Depois de passado o susto, e quando o Murta notou que eu era o menos assustado, foi lá no meio do rio e ficou passando a mão debaixo da água, procurando o machado. O Fábio gritou que aquilo é que era posição de cruzeirense. O pessoal riu e o Murta respondeu, mas continuaram a rir da posição em que ele estava, que era mesmo uma posição engraçada. Todos tinham visto onde o machado havia caído, e mesmo assim não o encontramos mais.

Depois a chuva voltou, e como era uma chuva fina, não tive medo que o rio enchesse mais do que estava. E era até melhor trabalhar na chuva.

Passavam alguns carros e paravam para olhar o que era aquela gente trabalhando naquele desvio, com aquelas carretas paradas na estrada. Um chegou a perguntar para que era aquilo. O Fábio respondeu, e ele indagou:

— Por que vocês não passam pela ponte?

E digo para você que quando a gente não precisa tomar cuidado com uma coisa, a gente nem repara que aquilo existe. E olha, quando a gente está num carro leve, nem se lembra que uma ponte pode não aguentar um carro pesado. E dava vontade de dizer que a gente estava fazendo esporte, como o Toledo disse que o Oliveira estava fazendo.

Trabalhamos ali o dia todo, e o desvio não ficou bom. O barranco do outro lado era muito em pé, para os carros subirem. Quando foi escurecendo, quase ninguém mais estava brincando como pela manhã. E era o cansaço e o corpo doendo. O Oliveira parava de vez em quando e punha a mão na barriga, ou noutro lugar, e fazia aquela cara de quem estava sentindo dor. Mas não reclamou uma vez. Quando paramos para jantar, a fome parecia ser menor que a do almoço. E o Luís veio e falou comigo que estava com medo da chuva aumentar e encher o rio. Mostrei a ele que a chuva que estava caindo desde cedo era fina, mas mesmo assim a gente podia ver que ela não tinha feito o rio subir. Que ali era um lugar muito aberto e que a água se espalhava mesmo. Que podia chover até a hora da gente acabar que não ia nos atrapalhar na travessia. Frisei isso e ele ficou parado, olhando para a água e pensando. E me pareceu que se convenceu. Mas eu estava com medo. E fiquei torcendo para a chuva parar. E olhava para o tempo e era tudo nuvem baixa.

Escureceu cedo e quando não deu mais para a gente trabalhar, olhamos para o que havíamos feito, e pensei que no dia seguinte, logo cedo, a coisa deveria ficar pronta. Ouvi o Luís respondendo para o Oliveira que não tinha comprimidos para dor de cabeça, e que aquele serviço ainda iria durar uns dois dias. O Oliveira acreditou naquela coisa de dois dias, e fez uma cara de desanimado. Senti vontade de dizer a ele que era brincadeira, mas não disse.

No dia seguinte acertamos o nosso lado e acabamos de abaixar a subida do outro, e jogamos pedras e batemos para que elas ficassem firmes na terra. O Murta e o Fábio colocaram os eucaliptos que havíamos cortado, deitados debaixo da água, para ajudar a firmar o fundo do rio. Alguns ficavam querendo boiar e eles tinham que bater com uma pedra ou com as costas do machado para que ficassem no fundo.

Na hora que achei que estava bom, falei com o Teo e o Lauro para irem, um de cada lado do carro, vendo se as rodas não afundavam. O Luís ficou de olhar se a cabina não iria se desnivelar muito em relação à carreta, na hora de subir o outro lado. Eu ainda achava o desnível um pouco forte.

Entrei no carro, dei partida e fui bem devagar. Comecei a descer e um jipe que estava passando parou, e vi que um homem desceu e foi para perto do barranco, para olhar. Tive que parar o carro e gritar para saber quem havia esquecido uma enxada de corte para cima, bem no lugar onde eu ia passar com o pneu. Tinha sido o Toledo. E ele correu pela água para apanhar a enxada. Foi aos pulinhos, quase não jogando água para os lados. E gritou:

— Desculpe, capitão. É a minha.

Fui descendo, entrei na água, passei e subi o outro lado. A carroçaria afundou e se molhou mais do que eu esperava. Na subida o carro derrapou, e a frente entortou um pouco em relação à carreta. Mas as rodas se firmaram nas pedras que tínhamos colocado, e a frente se endireitou, e subi. Andei um espaço que desse para as outras carretas pararem atrás, e freei.

Consertamos a subida onde o meu carro havia derrapado, colocando mais pedras, e não deu problemas para os outros. Quando o Teo chegou com o dele do outro lado, Toledo pegou o Oliveira pelo braço e falou:

— Oliveira, você doentinho fez isto. Imagine se estivesse bom.

Parecia uma coisa grande o serviço que tínhamos feito. E o jipe que havia parado quando comecei a descer, atravessou a ponte e parou perto de onde a gente estava.

— Dá trabalho andar com esse peso todo, hem! — falou o homem que dirigia.

— É — respondi.

E quando olhei para a mulher que estava com ele, assustei-me. Ela não tinha nariz. Tinha um buraco, no lugar. E estava rindo. Tive que fazer força para deixar de olhar para ela. E repeti:

— É, dá trabalho.

O homem ainda olhou para o rio, e disse que se a gente demorasse mais um pouco, não iria dar para passar. Concordei com ele e ele fez "hum, hum" e foi embora. O Teo, que estava perto de mim, perguntou:

— O que é aquilo?

Quando ele perguntou eu estava passando a mão no meu nariz. Olhei para ele e não gostei dele ter perguntado e ter me visto passar a mão. Não respondi e fui para o carro. E dei partida e fui saindo. Pelo retrovisor vi o Murta correndo; já atrasado, para o carro dele. — Aquela mulher nem cobria aquilo.

No primeiro lugar que a estrada deixou ver um trecho maior, vi que todos os carros estavam ali atrás. Logo depois passamos por um lugar chamado Ipaba. Fiz a conta e faltavam três dias para a data que o sr. Mário havia marcado para entregar aquele milho. Pensei e achei que a gente ia chegar no dia certo. Que era até capaz da gente chegar antes, porque de Ipatinga até Belo Horizonte a estrada era asfaltada e nova. Estava interditada mas eu ia passar por ela de qualquer maneira. Nos trechos interrompidos a gente faria o que já havia feito até ali. E tinha máquinas trabalhando lá. As máquinas estão ali para fazerem o serviço, mas sempre puxam os carros atolados. Você sabe como é. Eu vinha pensando nisso quando um dos carros buzinou. Parei e os outros pararam atrás. Desci e era o carro do Toledo que havia furado um pneu traseiro da carreta. O Oliveira ficou ajudando-o, e nós ficamos parados, olhando. E pensei que de todos ali, só o Toledo seria capaz de sentir na direção um pneu daqueles furado. Fiquei olhando o Oliveira ajudar a afrouxar os parafusos, e o Toledo suspendendo o macaco. Teve uma hora em que o Lauro também ajudou. O Toledo ficou vermelho da força que fazia e o Murta brincou, dizendo que ele estava estragando as mãozinhas. Pensei que ali, ele era mesmo o de mão mais fina. E era o melhor de todos. E me lembrei daquele negócio de mão fina quando fui com o Celso escolher os cearenses para trabalharem lá na pedreira. Foi logo que o sr. Mário trocou os caminhões pela pedreira. Quando me lembro que fiquei aquele tempo todo morando com aquele rato, mais o sobrinho dele, pior ainda que ele, nem sei, ouviu? Até no nome eram parecidos. E digo para você que consertei tanto aquela máquina de fazer brita que, no fim, eu não podia nem ouvir chamarem o meu nome, que me arrepiava, sabendo que era para ir tirar algum enguiço daquela coisa. Quando fui para lá a máquina ficava mais tempo parada que funcionando. E o mecânico encarregado não entendia nada daquilo. Mas também depois de uma semana eu já o tinha mandado embora. Fiquei conhecendo a britadeira como conheço o motor de um caminhão a óleo. E o tal Célio não fazia nada a não ser ficar lá em cima, e me chamando, às pressas, toda vez que a máquina dava uma tossida. E não podia me ver saindo que ficava assustado, rezando para eu voltar logo.

No início eu não era capaz de saber qual era um, e qual era o outro. Os dois eram muito parecidos e também tinham aqueles nomes, se bem que pouca diferença fazia. Eram farinha do mesmo saco. Só que um era bobo e o outro era vivo, como dizia o sr. Mário.

Na primeira vez que fui com o Celso arranjar os cearenses que tinham chegado no caminhão de um motorista conhecido dele, ele foi tratar o preço e me falou para ir escolher os que eu achasse mais fortes. Eles estavam em fila e todos querendo ser escolhidos. Tinha uns que estavam com as mulheres. Aqueles eu nem quis olhar, porque a gente não precisava de mulher na pedreira e, também, eu achava que mulher ia é arranjar confusão. Fui separando e, quando o Celso veio, mandou os que eu havia escolhido virarem as mãos para cima. E muitos ele mandou voltar para a fila. Não entendi. Eu sempre soube conhecer um homem bom no serviço. Perguntei por que não serviam. O Celso me disse que eles tinham as mãos finas e que pau de arara de mãos finas era cantador ou ladrão. E escolheu outros, e dois tinham mulheres. E as mulheres iam com eles. Falei que a gente não precisava de mulher para trabalhar na pedreira e que ia era dar confusão. Ele me explicou que a elas, a gente pagaria a metade do preço, e que serviam para cozinhar. E que "arataca não briga por causa de mulher". Não tinham forças direito para andar brigando por mulheres dos outros. E reuniu o pessoal que ele tinha escolhido, e ele e o motorista falaram com os homens que o preço da passagem era de três meses de trabalho, e que não podíamos pagar nem um tostão a mais. Alguns reclamaram, dizendo que três meses era muito, que o motorista havia prometido a eles que a passagem era só trinta dias. O motorista, então, falou que ele não sabia que iam comer tanto na viagem. Haviam comido mais de duas vezes por dia, o caminhão havia quebrado a caixa de marchas, e que a despesa tinha sido muito maior do que ele esperava. Falou também que ali em Brasília muitos caminhões estavam chegando, e ninguém andava precisando de trabalhadores. Que era bom aproveitarem a ocasião porque depois ninguém iria querer ficar com eles. E, então, como iriam pagar a passagem? E falou até que os homens concordaram com os três meses.

Mais tarde arranjamos dois soldados que ficaram nossos amigos, e que a gente dava presentes para eles, e eles falavam para os cearenses que eles tinham que cumprir o trato. Que ali não era o Ceará. E que trato era trato. Que o homem que não cumprisse, iria para a cadeia. E que ali tinha homem demais, e um a mais ou a menos não iria fazer diferença. Os paus de arara acabavam sempre concordando, e a gente os levava nos caminhões e eles trabalhavam, e não deixávamos que saíssem da pedreira para não ficarem espertos e começarem a fugir. Mas sempre fugiam. Os primeiros a gente ia e trazia de volta. E eles ficavam mais uns dias e depois tornavam a sumir. Aí, completavam os três meses, e era hora de mandar todos embora. Não ficava nenhum que era para não falar com os novos que chegavam. Alguns eram bons, e foi um desses que coloquei anotando o número de caminhões de brita que saíam. O homem sabia até escrever números. Todas as noites ele me dava o papelzinho, e todos os dias aqueles dois roubavam. Teve uma semana em que roubaram vinte e oito cargas. Aquilo era um absurdo porque, a coisa tendo que ser meio a meio, estava dando um prejuízo muito grande ao sr. Mário. Mas entreguei todos os papeizinhos a ele, e eles acabaram brigando e dissolvendo a sociedade:

— Está vendo, Jorge? É assim que a gente acerta com ladrão.

E eu tinha visto e, se fosse eu, teria acertado de outra maneira.

Fiquei tanto tempo naquela pedreira que no fim eu já olhava para um homem e sabia, sem precisar olhar para a mão dele, se era bom de trabalho, ou se era cantador ou ladrão. Não gosto nem de me lembrar do barulho daquela máquina e da poeira de pedra que subia das esteiras, e que eu achava que estava enchendo os meus pulmões. Volta e meia eu me surpreendia prendendo a respiração.

E veja você, daqueles motoristas ali com as carretas, o de mão mais delicada era o melhor deles. E isso era engraçado.

Quando acabaram de trocar o pneu, olhei para o Toledo e ele estava abaixando as mangas da camisa. Ele só usava daquelas camisas de mangas compridas.

Em Ipatinga entramos no asfalto, e nem parecia que a gente vinha andando em estrada. A diferença era tão grande que dava alegria só de ouvir o barulho do vento na janela. Do jeito que a gente vinha naquela estrada, apertada, e de barro, com coisinhas fazendo a gente parar a toda hora, a viagem rendia menos do que se você estivesse a pé. E depois disto, entrar numa outra nova, de asfalto novo, e larga, com as listras brancas e as placas de sinalização todas pintadas, era coisa de você nem acreditar. Fomos indo e passamos em frente à delegacia onde o capitão tinha me levado, e vi o lugar onde a gente tinha parado a camioneta para os rapazes e o moço da empresa irem ver se o delegado estava atrás dos ladrões de cabritos — no tal lugar que se chamava Caladinho e que não tinha luz. — E fomos indo e eu vendo a estrada e reconhecendo os lugares. Passamos por Coronel Fabriciano e depois por uma ponte comprida, e por um lugar onde eu sabia que os homens iriam gostar se a gente parasse. Mas não paramos porque eu não estava querendo parar em lugar nenhum. Estava era pensando em ir até Belo Horizonte naquela estrada que talvez até já estivesse consertada. E apareceu a barreira. Não era de fiscalização e estava com a guarda baixada. Tive que parar, e digo que se a guarda estivesse suspensa eu passaria direto. Mas estava baixada e tive que parar. Tinha um barracão ao lado, e de lá saiu um soldado. Era um soldado da polícia e perguntou o que eu queria. Respondi, de dentro do caminhão, para ele levantar a guarda para eu passar.

— Para onde? — perguntou.

— Para o acampamento — respondi.

Não entendeu e veio para perto. Tinha um revólver na cintura e estava com as mangas da camisa arregaçadas.

— Que lugar?

— Para o acampamento — repeti.

Ele veio para junto do caminhão, olhou para mim e perguntou que acampamento era esse. Respondi que era o acampamento da Companhia.

— A autorização — e nem esticou a mão que eu acho que ele já sabia que não havia autorização nenhuma.

— Não me deram.

— É, então está difícil — disse, balançando a cabeça.

— Não deram autorização, mas falaram que a entrega não podia atrasar.

— É, mas estou vendo que vai atrasar.

— Telefone lá para a Companhia.

— Que Companhia?

— Esta que está consertando a estrada, ora.

— E esse carregamento é para ela? — falou como se fosse para ele mesmo.

— É, e deu muito trabalho para trazer até aqui.

— E o que é?

— Negócio da Companhia, coisa que ela precisa, sei lá o quê.

Ele olhou a carreta e deu uns passos para trás, para ver melhor.

— Todas?

— Todas, é claro.

— É, mas essa Companhia não pode mandar o senhor passar, não.

— Como não pode? Não é ela que está fazendo o serviço?

— Ah, não sei. Só sei que ela não pode mandar.

— Ora, se a Companhia que está fazendo o serviço não pode receber o material, então, como é?

— Eu não sei. Aqui só passa com autorização.

Desliguei o motor, apaguei o farol deixando as lanternas acesas, e desci do carro.

— Quem é que pode dar a autorização?

— É um doutor.

— Como é o nome dele?

— É um que eu sei.

— E como é que eu vou fazer para levar esse material?

— Eu não sei, não senhor.

De onde eu estava, olhei para dentro do barracão e vi um outro soldado deitado.

— Mas olhe, é só entregar o material.

— Sem a autorização, não pode passar.

— Venho até aqui e você não vai me deixar fazer a entrega? Vai lá e telefone para eles, para você ver.

— Aqui não tem telefone.

O Luís veio e ficou olhando. E veio o Lauro. E o Oliveira havia descido e também estava por perto.

— Mas, meu amigo, você não pode fazer uma coisa desta. Olhe como a gente está. Barro puro. Tivemos um trabalhão para chegar até aqui e você agora vem com esta bobagem de autorização? Não está vendo que esqueceram de me dar?

— É, mas sem ela não pode passar, não.

— Já passou alguém aqui sem essa autorização?

— Comigo, não senhor.

— E quem é que pode dar?

O soldado não respondeu. Olhei a estrada larga e nova ali na frente, e pensei na que a gente tinha vindo até ali em Ipatinga.

— Se eu não posso passar para entregar este carregamento, o que você quer que eu faça? Descarregar tudo aqui?

— Não sei, não senhor.

— E se eu passar?

O soldado baixou a cabeça e respondeu, olhando para o chão:

— Aí o senhor vai desrespeitar a autoridade.

— Está bem. Eu desrespeito a autoridade, mas você, o que vai fazer?

O Luís só faltou falar para eu desistir logo. Olhou para mim e era como se quisesse dar algum sinal. Fiz-me de desentendido. O Oliveira foi para perto da porta, e o guarda continuou olhando para o chão e falou baixo:

— Vou ver se o senhor não passa.

Tornei a olhar a estrada que estava na frente, e pensei naquela onde eu tinha passado de ônibus e de camioneta, quando fui buscar as carretas.

— Pois olhe, nós vamos passar. Tenho que entregar este material; isto é coisa de responsabilidade e você não pode atrasar o serviço da estrada.

E ele, ainda falando baixo:

— Os senhores não podem...

— Vamos embora, gente! — falei para os três que estavam ali do lado.

— Seu moço, me puseram aqui e eu não vou deixar ninguém passar, não.

Disse e foi indo para o barracão. E tirou o revólver do coldre e ficou chamando o outro, sem desviar os olhos. O Oliveira correu para trás da carreta. O Luís ficou meio por trás da cabina e o Lauro continuou do meu lado. Entrei no caminhão e dei partida. O Oliveira não subiu e o Luís falou:

— Acho que não vale a pena não, seu Jorge.

Coloquei a cabeça para fora da janela e gritei para o soldado que eu ia atrás do delegado para arranjar uma ordem. Manobrei, fiz a curva, avisei para os outros não me seguirem, e estacionei no acostamento. O Luís veio e falou que eu tinha feito bem, que não valia a pena arriscar. Desengatei a carreta e avisei para ficarem ali me esperando, que eu ia ver se arranjava uma ordem. Chamei o Oliveira e ele estava muito branco. Mandei que desligasse as borrachas do freio e as tomadas dos fios. Ele estava tremendo.

Fui até a delegacia e o delegado não estava. Mas o sargento falou com ele pelo telefone e me avisou que ele não ia demorar. Esperei e daí a meia hora ele chegou. Falei com ele e quando me viu, soube logo quem eu era, e até me perguntou o que estava fazendo por ali. Expliquei tudo, e quando falei que tinha chegado com oito carretas carregadas, vindo da Rio-Bahia, assobiou e achou uma coisa difícil de acreditar. Quanto à ordem, disse que não podia fazer nada. Que era ordem de Belo Horizonte, e que também não adiantava ordem nenhuma porque a uns dez quilômetros da barreira, todo um aterro tinha afundado e nem as máquinas passavam de um lado para outro. Que os carros que tinham ido até lá não haviam conseguido passar e tinham era atrasado o serviço das máquinas. Disse também que havia dois lugares, antes de chegar em Nova Era, onde as coisas estavam piores, e que era serviço para muito tempo. Perguntei como estava a estrada pela qual eu havia passado na primeira vez. Respondeu que estava pior, pois não havia máquinas trabalhando e as Companhias não se interessavam mais em conservá-la boa devido a já existir a estrada nova. Ainda insisti, dizendo que eu estava com oito carretas e se passasse pela estrada nova, tinha só três ou quatro lugares onde seria obrigado a parar. Que éramos nove homens e sabíamos trabalhar em estradas. E que passando pela velha, iriam ser muitos os lugares onde teríamos que parar. E que eu estava há tantos dias levando aqueles caminhões para Belo Horizonte, e já sem poder atrasar mais porque aí iria perder o carregamento. Que se ele desse um jeito para eu passar na barreira, o resto eu resolveria. Mas ele falou que não podia, e que aqueles soldados não estavam sob suas ordens. Que se eu precisasse de outra coisa, ele me ajudaria, mas naquilo não podia fazer nada. Sugeriu que eu ficasse esperando a estrada ficar pronta. Falei que ia demorar, e ele respondeu que não havia outro jeito. Agradeci e saí. Quando fui saindo, ele me chamou e perguntou o que era mesmo que eu estava levando nas carretas. Falei que era milho.

— Milho? — perguntou surpreso.

Confirmei que era isto mesmo e ele fez uma cara como se eu estivesse brincando com ele. Achei que deveria ter dito que era outra coisa.

Fui na estação em Coronel Fabriciano, a mesma onde eu havia tomado o trem para Governador Valadares, e falei com o chefe. Ele me disse que não possuía cota para embarque de cargas, e que as que vinham de Vitória e Governador Valadares, lotavam os carros todos. Que para embarcar mercadorias ali ele dependia da sobra na cota de Governador Valadares ou de Vitória. Ainda quis que eu fosse ao escritório ver o "Mapa de Disponibilidade". Agradeci e disse para me desculpar, mas eu estava com muita pressa. E fui em direção à barreira, pensando naquela estrada nova e que poderia em poucas horas me levar até Belo Horizonte, e na outra, que ia dar um trabalho de desanimar qualquer cristão.

Quando fui chegando, vi de longe o Oliveira sentado debaixo de uma lâmpada, num banco perto da porta do barracão. Estava conversando com os dois soldados. Cheguei e encostei o caminhão perto da carreta e fui manobrando para engatar. Vieram o Luís e o Toledo. Fui indo de marcha à ré e pelo retrovisor eu via o Toledo me guiando, fazendo sinal com a mão. Engatei a carreta e desci. E falei que não conseguira a ordem. O Luís disse que os soldados haviam falado que mesmo conseguindo, a gente não iria andar mais do que cinco quilômetros. Eu disse que já sabia e chamei o pessoal, e expliquei que a gente ia passar por uma estrada que era mais ou menos igual àquela em que a gente tinha ido até ali. Depois entrei no caminhão e o

Oliveira veio correndo e me perguntou o que era para falar para os soldados. Não respondi e arranquei, deixando-o na estrada. Fui devagar porque eles ainda iam ter que virar os carros. Fui vendo a estrada que a gente ia deixar, e pensando na que a gente ia entrar. E faltavam três dias para a data que o sr. Mário tinha falado como sendo o limite pra entregar aquele milho, e fiquei com medo de não dar. E a distância era pouca, um quase nada.

No lugar onde a gente tinha que sair do asfalto e entrar na terra, ou no que antes era terra, e naquela hora era só barro, fiquei pensando e resolvi mandar um telegrama para o sr. Mário. E parei e fiquei esperando os outros. Passou um homem tocando um burro, e eu ia perguntar a ele onde havia um correio, mas resolvi não perguntar porque ele tinha cara de quem não sabia. Os caminhões apontaram lá atrás e entrei no barro, e fui resolvido a descobrir uma agência do correio quando entrasse na cidadezinha da Acesita que era a que a gente ia passar logo na frente.

Quando entramos nas ruas, diminuí a marcha e fui procurando. Vi a placa amarela na janela de uma casa, e parei o caminhão junto da parede. Os outros frearam atrás, e vi que algumas pessoas tinham parado e ficado olhando as carretas. Elas estavam sujas de lama até o teto. Desci, bati na porta da casa e apareceu uma moça. Perguntei se podia passar um telegrama. Ela disse que não podia porque a agência só funcionava "até as dezoito horas". Insisti, e ela disse para eu esperar, e foi lá dentro. Enquanto ela estava lá dentro, pensei e achei melhor não mandar telegrama nenhum. Quando ela voltou, eu disse que tinha mudado de ideia. Agradeci, fui saindo e esbarrei no Luís que vinha chegando. Ele me perguntou por que eu tinha parado. Respondi que era para passar um telegrama. Quis saber se já havia passado, e eu disse que não. E fui andando e entrei na cabina do carro, e liguei o motor e fui saindo. Olhei para trás e o Luís estava correndo da porta da agência, indo para o carro dele. Tinha ficado parado, me esperando.

Na saída de Acesita, no lugar onde ficam umas ruas com casas todas iguais e que têm balanços e escorregadores na frente, havia um poste de luz caído e os fios estavam pelo chão. Parei e deixei os carros chegarem bem perto e buzinei, e fiz sinal com os faróis, e passei bem junto ao murinho da casa do lado contrário ao do poste caído. Fui andando e olhando no retrovisor, e os outros passaram como eu havia passado. Depois fiquei sem saber onde era mesmo que a estrada começava, porque as ruas eram iguais e pareciam ruas onde passavam poucos carros. E não havia placa, nem seta, nem coisa nenhuma que dissesse qual era o caminho para a estrada. Eu não me lembrava direito onde era. Havia passado ali sem prestar atenção e só sabia que a direção era mais ou menos aquela. Avistei uns homens indo de bicicletas, e quando passei ao lado deles gritei com a cara na chuva, porque já estava chovendo, onde era mesmo a saída para Belo Horizonte. O homem que ficou me escutando, gritou:

— Não é aqui, não. É por lá. — E fez um sinal com a mão que eu vi que ele estava apontando lá para trás.

— E para São Domingos do Prata? — eu disse e achei um nome comprido para ser gritado com a cara na chuva.

O homem chegou perto para escutar melhor, e não era um ciclista muito firme. E para São Domingos ele disse que era "por ali", e apontou para a frente. Vi que eu estava certo e gritei:

— Obrigado!

Coloquei a cabeça para dentro da cabina e passei a mãos nos olhos, porque as sobrancelhas tinham ficado cheias de água que estava escorrendo para os meus olhos, e me atrapalhando.

Fomos seguindo e a saída da cidade era ruim. Tinha muito buraco e a carreta estalava sem parar. Comecei a ouvir tiros e estouros, e fiquei procurando saber o que seria. Daí a pouco entramos em Timóteo. A entrada era uma rua muito em pé e calçada com pedras redondas. O caminhão começou a derrapar. Engrenei uma primeira e fui bem devagar. Ele continuou derrapando, mas subiu. Senti o cheiro da borracha queimada dos pneus, e ouvi novamente os estouros. Aí deu para ver que eram foguetes. Pensei para ver se me lembrava se o Murta e o Fábio tinham discutido sobre algum jogo que tivesse havido naquele dia. Mas não tinham discutido sobre jogo nenhum. Cheguei em cima e xinguei, por ali ter uma rua daquelas e calçada com pedras redondas e lisas. Olhei o caminhão do Murta derrapando, e depois tive que dobrar na outra rua e não deu para ver os outros. Nesta rua o farol clareou uma faixa de pano onde estava escrito que o povo de Timóteo agradecia ao Intendente Virico Fonseca. Eu queria parar e ir ver os outros subirem, mas as ruas eram estreitas e fazendo curvas. Pensei que quando chegasse na pracinha que eu sabia que existia lá na frente, iria parar e esperar pelos outros. E já estava achando que o Fábio era capaz de fazer uma bobagem. Avistei outra faixa presa entre dois postes, desejando felicidade à família do Intendente Virico. Pensei que diabo era esse negócio de Intendente. Quando cheguei na pracinha, tinha muita gente na rua e carregavam faixas e soltavam foguetes, e eu vi que o Intendente Virico era um sujeito muito querido, para o pessoal soltar tantos foguetes e mandar fazer tantas faixas. Elas diziam para ele não esquecer Timóteo, que Timóteo não ia se esquecer dele. E que o povo de Timóteo desejava felicidades para ele. E que a Associação Comercial agradecia a cooperação dele. E que as famílias de Timóteo se despediam da família dele. E o que havia mais ali, era menino. Olhei e achei que não ia dar para parar o carro na pracinha. Ela era muito pequena. Não parei, mas fui mais devagar ainda, e olhando para trás. Apareceu o carro do Murta e depois não apareceu ninguém. Fiquei esperando e o carro do Fábio não aparecia e eu já estava querendo parar, e via que o pessoal estava prestando atenção no meu carro e no do Murta. Aí o carro do Fábio apontou lá atrás, e me deu um alívio porque vi que se ele havia subido a rua, os outros não chegariam a ter muito trabalho.

A saída da cidade era parecida com a entrada. Era uma rua que subia sem parar e onde a enxurrada havia tirado quase todas as pedras. As que tinham ficado só serviam para estragar os pneus. A rua subia sempre e a cidade ia ficando lá embaixo. Não me lembrava que aquela rua fosse assim. Depois que parou de subir ,as casas acabaram e aí a rua virou estrada, e subiu mais um pouco. E ficou entre dois barrancos de terra, ainda mais vermelha. Eu subia com cuidado, com medo de derrapar. Mais em cima a estrada não tinha pedras e nem buracos. E isso foi uma coisa boa, depois daquele trecho tão ruim. Apareceu uma casa e um menino veio para a luz do farol, na beirada da estrada, com uma coisa na mão que depois eu vi que era um ovo. Estava chovendo, e eu pensei que ia ser até engraçado a gente parar uma carreta naquela subida, só para comprar ovos. Depois que passei, olhei para trás e o menino continuava na chuva, com o braço estendido e mostrando o ovo. Fiquei pensando que se o Oliveira estivesse sozinho, era bem capaz de parar e ir ver o ovo, e discutir o preço com o menino. E depois voltar para o caminhão e ir embora sem comprar, reclamando com ele mesmo que estava muito caro. E pensei nisso e acabei achando graça. E fiquei vendo o Oliveira ligar o caminhão e ir saindo sem comprar o ovo, porque o menino estava querendo muito caro. Naquela hora isso me pareceu uma coisa engraçada e eu até ri ali dentro do caminhão.

Buzinaram lá atrás e encostei o carro e desliguei o motor. Era o carro do Fábio que tinha acabado o freio. Mandei que ele apertasse o pedal e vi que ia até o fundo. Vi que era falta de fluido. Esperei o Antonino chegar e mandei que ele olhasse as rodas de trás, e fui olhar as da frente. Apanhei uma lanterna e mandei o Fábio pisar novamente no pedal, e antes que ele pisasse, vi a tubulação para a roda esquerda partida. Olhei de perto e enquanto olhava ficou pingando água na minha testa. Era água da chuva e ali debaixo estava cheio de barro. E não dava para saber por que a tubulação estava partida. Achei que podia ter sido uma pedra. Falei com o Antonino e ele olhou, e vimos que não havia jeito de consertar. O Luís perguntou o que a gente ia fazer e não respondi. Mandei o Antonino pegar um alicate e estrangular a tubulação. E ele entendeu. Era um bom mecânico aquele Antonino. O Luís voltou a perguntar o que a gente ia fazer. Respondi que íamos isolar a roda. O Oliveira, que estava do lado, ouviu e se meteu debaixo do caminhão para ajudar o Antonino. E veio o Toledo:

— Coisa séria, capitão?

Falei que era coisa à toa. Ele então me disse que o Oliveira estava indo com ele.

— O senhor se cansou dele, capitão? — perguntou.

— Ele demorou — respondi.

O Oliveira saiu lá debaixo limpando o rosto, e o Toledo disse:

— É bom ele ir comigo, capitão: Vai me dando uma ajudazinha.

O Antonino acabou o serviço e me chamou. Fui e vi que estava bom. Perguntou-me como ia ser com o fluido. Que não tinha mais no sistema. Perguntei ao Luís se ele tinha fluido de freio e ele disse que não tinha. E ninguém tinha. Então falei com o Antonino que o jeito era tirar um pouco de cada carro, colocar naquele e ir assim até chegar numa cidade. O Luís já havia dado a ideia de ficarmos ali, desengatarmos um dos caminhões e mandá-lo de volta a Timóteo ou Coronel Fabriciano, comprar uma lata. Mas concordou comigo e eu mandei o Oliveira apanhar o fluido. Ele me perguntou quanto tinha que tirar de cada carro. Eu respondi:

— Antonino, mostre a ele quanto tem que tirar.

Antes que ele viesse me perguntar onde iria aparar o fluido, o Toledo lhe arranjou uma lata.

Depois que achei que a pressão no pedal estava razoável, que dava para frear, chamei o Fábio e disse para ele passar para o meu carro que eu ia seguir no dele. Trocamos as coisas que estavam na cabina, e o Oliveira foi e apanhou as coisas dele, e levou-as para o carro do Toledo.

Dei partida e fui saindo, tomando a dianteira. Senti que o carro estava melhor do que aquele em que eu tinha ido até então. Vi o Fábio correndo e parei. Ele falou uma coisa que não entendi e abriu a porta do outro lado da cabina. O Murta gritou para eu não entregar e jogar fora. Eu não sabia o que era e fiquei esperando. O Fábio entrou na cabina e pegou uma flâmula do Atlético que estava dependurada no retrovisor interno.

— Tinha me esquecido — falou.

E foi para o outro carro. E eu pensei por que diabo ele não esperou a gente parar num lugar qualquer, para então ir apanhar aquela flâmula.

Tive que ir enxugando a mão na roupa porque ela estava molhada e escorregando no volante. A roupa também não estava muito seca. Eu tinha ficado todo o tempo parado na chuva, esperando terminar o conserto do freio. Fui seguindo com muito cuidado para não ter que dar alguma freada forte, e na primeira descida, desci com marcha bem reduzida para que o motor segurasse o carro e eu não precisasse usar muito o freio. Nessa descida havia uns galhos que ficavam para dentro da estrada. Ficavam muito para dentro e atrapalhavam a visão quando a gente precisava olhar para longe. E no vidro daquele carro tinha uma tira de pano pregada em volta, com umas bolinhas presas que ficavam balançando, e que também atrapalhavam a visão. Arranquei a tira do meu lado e tentei arrancar a do outro lado da cabina. Minha mão não chegou até lá, e aquilo me deu raiva. Nunca me agradou esse negócio de carro fantasiado e cheio de balangandãs. Aquilo só podia ser obra do Fábio. Aí me lembrei e fiquei pensando como é que ele tinha sabido que o carro estava sem freio, se a gente estava subindo? E a subida tinha sido longa, e a gente já estava nela há muito tempo. Fiquei pensando e marquei para perguntar isso a ele. E ele também não estava agarrado na traseira do Murta, para ter tido necessidade de frear. — Como ficou sabendo?

Os ramos dos eucaliptos sumiram e a descida aumentou. Reduzi mais ainda a marcha até poder ir sem precisar usar o freio. O motor fazia muito esforço para segurar todo aquele peso na caixa de marchas. E eu ia não deixando o carro embalar. Embaixo vi uma coisa escura, e olhei e não entendi. Depois vi que era uma ponte. Ela foi se aproximando e me pareceu boa. Cheguei a pensar em ir e entrar direto. Mas freei o carro e ele forçou a direção para a direita, mas parou com facilidade.

De perto, a ponte continuava parecendo ser boa. Mas fui ver. Deixei os faróis acesos e quando desci, o Luís já estava do meu lado, perguntando o que eu estava achando. Respondi que ainda não tinha ido olhar. E fomos e ele foi calado. Olhei e bati com o pé nas madeiras e elas pareciam firmes. A ponte não era comprida e dava a aparência de nova. Mas aí notei que estava muito abaixo do nível da estrada, principalmente do outro lado. As carretas não passariam ali sem bater a traseira no chão. Iríamos ter que tirar na estrada para diminuir o desnível. Seria um serviço igual ao que a gente havia feito na passagem do rio, perto de Cachoeira Escura. Apenas que ali era na estrada mesmo, e em menor volume. Falei com o Luís que não dava para passar, e vi que ele não entendeu a razão. Não tinha reparado no desnível. Tinha se preocupado apenas com a ponte. Voltei para o caminhão e o Oliveira apareceu e me perguntou se havia alguma coisa. Respondi que havia. Quis saber o que era e não respondi. Disse apenas que a gente ia dormir ali. Entrei no caminhão e apaguei os faróis. O Luís ainda estava na ponte, e apaguei os faróis assim mesmo. Acabei de arrancar a tira de pano com as bolinhas e a joguei fora, na estrada. Chamei o Lauro, e como não respondeu, gritei bem alto. Ele veio e perguntou o que eu queria. Perguntei a que horas a comida estaria pronta. Ele se surpreendeu e quis saber se a gente ia ficar parado ali. Eu disse que a gente ia dormir ali. Perguntou o que havia na ponte e eu falei que ela não dava para passar.

— Por que, seu Jorge?

Não respondi e tornei a querer saber a que horas a comida estaria pronta. Ele disse que ia demorar, que não tinha ainda nem acendido o fogareiro.

— Chame o Oliveira para ajudar você — falei, sabendo que era desnecessário dizer aquilo.

— Sim, senhor.

Aí me sentei dentro da cabina, encostei a cabeça atrás e fiquei quieto. Depois ouvi o Murta passando e perguntando ao Luís o que havia na ponte que não dava para passar. O Luís disse que não sabia, que não tinha visto o que era. Eu então, com a cabeça encostada atrás, fiquei escutando aquela chuva fina caindo e parecendo que nunca iria parar de cair. Eu não estava ligando mais se a chuva estava caindo, e molhando tudo, e fazendo a gente sentir frio. Estava era ficando nervoso com aquela estrada. E só pensando em chegar a Belo Horizonte no dia que o sr. Mário tinha marcado. E já achando que podia não dar. E pensando que seria uma coisa muito boa se eu estivesse numa cadeira, sem precisar falar nada com ninguém, e fumando um cigarro sem que ele estivesse molhado. Estava pensando essas coisas, quando vi uma luz lá na ponte. Era o Luís com uma lanterna, procurando saber por que não dava para passar. A luz pulava de um lado para outro e eu via as sombras dos que tinham ido até lá, de um tamanho imenso e também aos saltos, de um lado para outro. Pensei neles e permaneci com a cabeça encostada atrás. Depois desci do carro e fui até lá. Chamei o Luís, falei com ele e mostrei o desnível. Os outros ficaram calados, escutando e olhando o que eu ia mostrando com a lanterna. Depois falei que quando a gente chegasse em Belo Horizonte, iríamos cobrar do Departamento de Estradas de Rodagem os nossos serviços. Riram e o Luís também riu e começaram a falar, e eu também falei e voltamos e fomos para debaixo do carro do Lauro. E nos sentamos ali e ficamos conversando. Numa hora eu falei que o melhor motorista ali era o Fábio. Quando falei, todo mundo se calou, esperando o porquê. Expliquei que ele, mesmo numa subida, descobria que um carro estava sem freios. Gostaram muito disso e riram até não poderem mais. E o Murta bateu no ombro do Fábio e falou:

— Ê, atleticano bom.

E também daquilo dele me ter feito parar o carro para apanhar a flâmula. E exagerei, dizendo que ele tinha pulado na frente do carro, e que eu até tinha pensado que alguém estava debaixo das rodas. E fora tudo para pegar a bandeirinha do

Atlético. Que eu já estava alegre, achando que iria viajar num carro com as cores preta e branca. Riram outra vez e o Fábio me disse que ia arranjar uma flâmula para mim. Mais tarde o Lauro deixou o bule cair da sua mão e ele bateu no pé do Oliveira. O Oliveira saiu pulando e xingando. O Lauro ficou com raiva, e disse que a culpa era do Oliveira que ficava mais atrapalhando que ajudando. Os outros acharam graça na discussão e ficaram atiçando um contra o outro. O Luís chegou perto de mim.

— O senhor não gostou da gente ter que vir por aqui, não é?

Ri concordando. E todos estavam achando muita graça na raiva do Lauro, e no Oliveira já fazendo brincadeiras para vê-lo reclamar. Percebi, então, que se a gente tivesse que fazer uma outra ponte ali, naquela hora, ninguém iria achar ruim. E que eles estavam satisfeitos. E isso eu achei bom, e fiquei sentado pensando comigo, e esperando a comida. E vendo o pessoal alegre e o Oliveira brincando.

Trabalhamos na ponte, primeiro na metade da estrada, para que os carros que fossem aparecendo não precisassem ficar parados, esperando. E depois na outra metade. Na segunda, antes de ficar como estava a primeira, achei que dava para passar. Achei que tínhamos tirado mais do que era preciso na primeira metade, e que estávamos perdendo tempo. E fomos almoçar e eu resolvi fazer uma tentativa logo que acabássemos de comer.

Após terminado o almoço, mandei o Oliveira lá para onde a estrada dobrava depois da ponte, para não deixar carro nenhum vir enquanto eu ia tentar a passagem. Quando entrei, senti que a ponte estalou e me deu medo dela não aguentar. Ninguém gritou e continuei. Cheguei no lugar onde a gente tinha tirado a terra e, antes mesmo de começar a subir, vi que não ia dar. Parei e fiquei com raiva de mim por fazer uma coisa daquelas. O carro ficou todo em cima da ponte e não dava para subir, porque o desnível ainda estava grande. Marcha à ré não precisava nem tentar. E a ponte era de madeira. Desci e o pessoal foi correndo e começamos a cavar, e jogar a terra para fora da estrada. E eu olhando para a ponte e achando que ela ia desabar a qualquer hora. Parei de cavar e fui para junto dela e fixei um ponto do outro lado. Fiquei quieto, olhando para ver se ela estava cedendo. E olhe, teve hora que eu vi a ponte cedendo. Vi que o ponto estava correndo. E levei aquele susto. Mas era a minha cabeça que tinha mudado de lugar. Fui confirmar e voltei a achar que a ponte estava realmente cedendo. E fiquei naquilo, e o pessoal cavando o mais rápido que conseguiam. Depois achei que a madeira da ponte estava estalando, e entrei no caminhão, dei partida e arranquei em primeira reduzida. O pessoal saiu da frente e o diabo do Toledo tornou a deixar a enxada no meio da estrada. Vi, mas fui assim mesmo, e fui subindo e sentindo o carro fazer força. O Toledo entrou na frente e apanhou a enxada. Pensei que se ele estava querendo brincar, eu ia mostrar a ele como se brincava. Era só eu chegar do outro lado com a merda daquele caminhão, que ele ia ver uma coisa. E o carro foi subindo, e senti quando a traseira da carreta raspou no chão. Fui forçando assim mesmo, e sentindo que ela estava pegando. Ninguém gritava nada. Mas também podiam gritar o que quisessem que daquela vez eu não iria parar. Ouvi o barulho de tábua quebrando e fui em frente e saí da ponte. Parei quando achei que já estava fora do lugar onde a gente tinha cavado, e desci para ver. Estava esperando que a ponte estivesse estragada, devido aos estalos de tábua quebrando que eu havia escutado. E também porque havia sentido a carroceria raspando no chão. Mas olhei, e só vi soltos uns pequenos pedaços de madeira. Examinei a traseira da carreta e não tinha nem amassado o para-choque de trás. Cheguei até a ponte e vi que era coisa muito pouca. Tinha sido mais medo do que perigo. Todos estavam sérios. Ninguém comentou nada, e já estavam indo para cavar mais, onde a gente agora via que estava alto. Achei que o Toledo não havia esquecido a enxada por brincadeira. Peguei a enxada do Oliveira e também fiquei tirando terra. Daí a pouco estava bom. O lugar na ponte onde a carreta havia pegado não precisava de conserto.

O Murta foi e passou devagar. Enquanto estava passando, ouvi a ponte estalar. Mesmo assim ele continuou bem devagar, e subiu do outro lado, e parou atrás de onde eu havia parado. Fui e puxei o carro para dar espaço para os outros. O Fábio esperou eu voltar e foi e passou, e a ponte tornou a estalar. E estalou com todos os carros. E continuou firme, sem cair.

Quando saímos dali, já fui esperando para ver o que não ia dar certo. E fomos bem devagar porque a estrada tinha se estreitado mais ainda. Escureceu e continuamos devagar. Bem devagar, mas sem enguiço. E eu esperando a cada momento que um farol piscasse, ou que na próxima curva não desse para passar. E pensei que se eu não olhasse para o marcador de quilometragem, nada de mau aconteceria. E fiquei sem olhar para o painel.

Um homem fez sinal na estrada. Estava enrolado até a cabeça num pedaço de lona. Parei, e ele me perguntou se podia pegar uma carona até Ponte Alta. Estava chovendo e a água escorria da lona e só aparecia o rosto dele. Achei que devia levá-lo. Perguntei o que estava fazendo ali, e ele disse que esperava o ônibus. Pensei qual ônibus ele podia estar esperando àquela hora. O Luís tinha descido e chegou querendo saber o que havia. Falei que não era nada, que iria apenas levar aquele homem até Ponte Alta. Fiz sinal para que ele subisse. Não soube abrir a porta e o Luís abriu para ele. Na hora de subir, atrapalhou-se com um embrulho e uma outra coisa que tinha na mão. O Luís segurou para ele, e lhe mostrou como tinha que fazer. Depois que se sentou dentro da cabina, o Luís entregou-lhe o embrulho e a outra coisa que eu vi que era um rádio de pilhas. O embrulho era um envelope de plástico cheio de papéis. Ele ficou com aquilo na mão até que mostrei o painel, e ele os colocou ali em cima. Colocou com muito cuidado. E colocou primeiro o envelope, e depois o rádio em cima. Depois apanhou a lona do chão e dobrou-a. E se molhou porque ela estava muito molhada. Eu olhava para ele, mas não podia ficar muito tempo olhando. A estrada era estreita e eu tinha que dirigir com cuidado.

Depois que acabou de dobrar a lona, ficou procurando um lugar onde pudesse colocá-la. Apontei para detrás da cadeira e ele entendeu, e colocou a lona atrás da cadeira dele. Aí enxugou a mão na calça e na camisa, e olhou para a porta. Depois reparou em toda a cabina. E eu vendo-o fazer isto. E falou comigo. Falou baixo e não escutei devido ao barulho do motor. Ficou sem jeito e falou de novo. Desta vez falou alto demais. Ficou mais sem jeito ainda. Mas respondi e ficamos falando, e não deu mais errado. Ele havia dito:

— Carro grande, hem?

— Mais ou menos — havia eu respondido.

Ficou calado um pouco e depois disse:

— É do senhor?

— Não, eu sou o motorista.

— São quantos? — disse se referindo aos carros.

— Oito.

— Tudo de um dono só?

— Tudo.

— Homem rico, hem?

Balancei a cabeça concordando.

— Ele está aí? — e fez um gesto indicando os outros carros.

— Não.

— É, quem tem isso tudo não precisa viajar, não é?

Concordei novamente com a cabeça.

E ele começou a falar, e era um homem que gostava de falar. Disse que tinha descido do ônibus de Jaguaraçu para esperar o outro que ia para Ponte Alta, que era onde ele morava. Que naquela noite só havia mais um ônibus para Ponte Alta e que era ônibus da Companhia. Perguntei qual Companhia e ele respondeu que era a Acesita. E continuou falando. Disse que o ônibus passava muito tarde, e que com aquela carona, ele ia chegar mais cedo e era bom, porque no dia seguinte tinha que pegar cedo no serviço. Pensei comigo que ele estava mal servido se estivesse querendo ir depressa. Mas continuou, e disse que trabalhava fazendo carvão. Olhei para ele, e ele explicou que era daqueles que faziam carvão para a Companhia colocar nos fornos. O carvão que era transportado naqueles caminhões com carrocerias altas. "Gaiolas", foi como ele chamou esses caminhões. Perguntei onde faziam tanto carvão. Respondeu que era nos fornos de barro. Lembrei-me então dos fornos de barro que a gente de vez em quando avistava na margem da estrada, com fumaça saindo de cima. Pareciam aquelas casinhas de esquimós. Eram redondos e, às vezes, tinha um homem em pé, em cima deles. Perguntei a ele o que eles faziam quando estavam em pé, no alto do forno. Ele pensou e disse que não ficavam. Falei que eu já havia visto, e ele teimou que não ficavam em pé, no alto do forno. Mas se lembrou, e perguntou se não era o homem que ia levar a mangueira para jogar água lá dentro. Eu não sabia se era. Então explicou como é que faziam o carvão. E compreendi porque a Companhia plantava tanto eucalipto. E que se fosse como ele estava dizendo, não haveria eucalipto que chegasse. Disse como queimavam o eucalipto, e como o carvão ia para a Companhia dentro de caminhões e mais caminhões. Mostrei-me surpreendido pela quantidade de carvão que a Companhia queimava, e ele falou que ela ainda gastava pouco. Que a de Monlevade queimava muito mais. Que o carvão dela não ia de caminhão, ia naquelas caçambas que a gente avistava em alguns lugares, passando dependuradas nos cabos. E era uma procissão sem fim de caçambas. E que não paravam nunca porque o consumo lá era grande mesmo. Contou como faziam as pilhas de paus de eucaliptos dentro dos fornos, todos cortados do mesmo tamanho. E disse que, quanto mais grossos, melhor saía o carvão. E que os paus não pegavam fogo, "iam cozinhando". E que eles subiam lá em cima do forno para jogar água, e não deixar aparecer labaredas. Pensei comigo que aquele não era um serviço bom. Que deviam queimar os pés em cima daqueles fornos quentes, e também o barro, numa hora, podia quebrar. Era um serviço que eu não gostaria de fazer. O homem continuou falando e disse que quando o mato para queimar ia ficando longe, eles mudavam os fornos para perto do mato. Perguntei por que só queimavam eucaliptos. Ele pensou e depois falou que achava que era porque cresciam depressa. Vi que era por isso mesmo e achei que não devia ter perguntado. E falou que na época da chuva era um serviço bom, porque não deixava sentir frio, mas que no calor fazia suar sem parar. E que quando abriam o forno para tirar o carvão, o carvão não estava quebrado feito a gente via. Estava do tamanho dos pedaços de madeira que haviam sido postos lá dentro. Todo trincado, mas inteiro. Que era depois que iam quebrando. E que cada vez que mexiam com ele, quebrava um pouco. E que carvão muito mexido era carvão muito quebrado.

Disse também que de tanto pisarem no barro quente, a pele do pé ficava grossa e que depois não sentiam mais queimar.

Olhei para os pés dele, mas estava escuro dentro da cabina e não deu para eu ver. Também falou que só os de pulmões fortes é que aguentavam, sem ficar doentes. Os outros, os de "peito fraco", não podiam fazer aquele serviço porque ficavam tossindo e tinham febre.

E nós conversamos, e ele era quem mais falava. Disse que tinha levado o menino dele para o hospital e que estava voltando para casa. O hospital era da Companhia e muito bom. O menino era pequeno e tinha ido ao hospital para rasgar um tumor que havia crescido na cabeça. E disse que o tumor tinha começado como um carocinho, e depois foi crescendo, e que ele tinha achado que fosse berne. Tinha até, uma vez, achado que estava maduro para espremer. E o menino, que era um menino magro, mas não chorava nem reclamava de nada, ficou choramingando, falando que estava doendo. Ele tinha perguntado ao menino se ele era homem ou mulherzinha. E aí, o menino ficou calado, e ele espremeu com força, mas não saiu berne nenhum. Só saiu sangue e "uma aguinha branca". Depois o caroço cresceu, e de noite ele escutava o menino chorando. E quando o caroço já estava muito grande e vermelho, e não podia nem lavar o rosto do menino que ele se encolhia todo, levou o menino na farmácia, e o moço da farmácia disse que ele devia era ser levado ao hospital. E que levou, e que tinha sido naquela manhã. E explicou que o menino havia ficado lá, e que ele ia voltar daí a três dias para ver se já estava bom.

E falou da mulher e de outro menino que ele tinha. E parecia que gostava de falar dos meninos dele.

Depois me perguntou se eu conhecia a lagoa onde haviam morrido dezoito pessoas numa canoa que tinha virado, quando o pessoal estava indo para uma missa das Missões. Eu não conhecia, e nem sabia que ali havia lagoa do tamanho de ter uma canoa que, se virasse, afogaria dezoito pessoas. Mas ele falou que tinha sido há muito tempo, e que naquela época não havia ainda daquelas estradas. Pensei que estradas então é que havia. Ele continuou e disse que tinha nascido lá na beirada dessa lagoa, e que ela ficava dentro da Reserva Florestal. Enquanto ele falava, achei que a caixa de marchas do caminhão estava começando a roncar. Prestei atenção para ver se estava mesmo. Não ouvi direito o que ele falou sobre a Reserva Florestal. Mas sei que era ali perto e que era muito grande, e que lá ninguém podia cortar mato, nem caçar. A caixa de marchas parecia estar mesmo roncando. Mas fui indo assim mesmo. E o homem falou de onde já tinha trabalhado. Havia sido numa fazenda perto de um rio que ficava numa volta da estrada, onde tinha uma ponte nova. Que a velha, uma enchente havia levado. O nome do fazendeiro era Romualdo e era o melhor fazendeiro por ali, e que cuidava muito "das criação dele". Que misturava remédio no sal, e que mandava cortar capim para colocar no cocho. E que passava remédio nas vacas com pincel, para não dar berne. Que aquilo dava um trabalho muito grande. O fazendeiro tinha muitas vacas, e na época de passar o remédio, cada empregado ficava com um balde de remédio, para dar para passar em todas elas. Tornou a dizer onde ficava a fazenda e explicou que a gente havia passado bem na porta do curral. Eu não me lembrava do lugar e ele disse que ficava na curva "depois daquela aroeira grande". E falou que o "seu" Romualdo já o tinha mandado chamar muitas vezes. Que ele gostava do "seu" Romualdo, mas não podia voltar para trabalhar para ele porque tinha os dois meninos e queria que eles tivessem escola. Lá na fazenda não tinha jeito deles irem à escola. E ele já era fichado na Companhia e não podia sair, porque depois não ia encontrar mais vaga para ser fichado de novo. Aí apanhou o envelope de plástico e ficou tirando papéis de dentro dele e me mostrando. E ficava falando e mostrando os papéis. A cabina estava escura e não sei como ele não via isso. E ia tirando de dentro do plástico, e me mostrando lá do lugar dele. Os que ele achava que eu já havia visto, colocava em cima da perna, e eu olhava depressa e voltava a olhar para a estrada. E nessa hora a gente ia por uma subida forte e continuava chovendo muito. E eu já estava achando que a caixa de marchas não tinha realmente roncado. A estrada tinha barranco de um lado e descida do outro, e era muito estreita.

O homem continuava mostrando os papéis, e depois mostrou uma caderneta que ele disse ser do armazém da Companhia. E explicou que a Companhia tinha armazém e quem era fichado, comprava e só pagava no fim do mês. Isso era bom porque se o pagamento atrasasse, eles não tinham "falta de boca". No armazém da Companhia as coisas eram baratas, e por isso também ele não podia voltar para a fazenda do "seu" Romualdo, que era um fazendeiro muito bom para os empregados, mas na Companhia eles tinham até hospital.

E falou de novo no menino, e disse que tinha o mesmo nome que ele. Quando falou isso, parou de mostrar os papéis e ficou calado. Olhei, e ele estava olhando para fora e parado. Depois voltou a falar, e a guardar os papéis dentro do plástico. Levou muito tempo nisso e fiquei com medo de que algum caísse no chão e depois fizesse falta para ele. Terminou de guardar os papéis e parou de falar. E ficamos calados.

O motor do carro ia fazendo um barulho que não perturbava e era até bom de ouvir. O limpador também ficava fazendo *shak-shak*, e a gente ia subindo. Como a estrada era muito estreita, obrigava-me a ter muito cuidado. Houve uma hora em que pensei como seria se um outro carro aparecesse descendo.

Não ia dar para passar um ao lado do outro. Fiquei preocupado, mas me lembrei que eu veria o outro de longe, e me despreocupei. E fiquei vendo as gotas da chuva que pareciam vir de um ponto de cima, fora da luz dos faróis. Os vidros estavam suspensos, e para não ficarem embaciados, as duas aberturas de ventilação estavam abertas. Dentro da cabina não fazia frio e estava bom. E a gente sabia que lá fora estava frio e ventando. Eu estava pensando nisso, quando vi que o homem havia ligado o rádio. E vi porque escutei uma música. Era uma música com Ângela Maria. E ali, naquela hora, me pareceu uma música triste. Ângela Maria cantava, dizendo "Cinderela, Cinderela". E na hora eu achei que Cinderela era uma moça que estava sozinha e triste. O rádio ficou tocando a música, e nós dois calados. E havia o barulho do motor e do limpador. E Ângela Maria falando "Cinderela, Cinderela".

Quando chegamos em Ponte Alta, parei e o homem desceu. E me perguntou quanto me devia. Respondi que não era nada. Agradeceu muito e me convidou para tomar "um cafezinho" na casa dele. Agradeci e enquanto me levantei da cadeira para entregar a ele o rádio, o Lauro chegou perto da porta e pediu para que eu fosse até o carro dele. Perguntei o que era, e ele disse que era para eu escutar uma coisa que ele estava com medo de ser o diferencial. Entreguei o rádio ao homem, tornei a agradecer o café, e fui até o carro do Lauro. Entrei e ele disse que o diferencial estava roncando, e que ele estava com medo. Mandei que ligasse o carro e saísse da fila. Andamos um pouco e vi que estava mesmo roncando mas não era coisa forte. Falei que a gente ia seguir assim mesmo, e que era para ele ir com cuidado, e prestando atenção. Caso aumentasse, a gente veria o que poderia fazer. Voltei para o meu carro e acendi a luz interna para ver se tinha caído no chão algum papel do homem.

Mas não havia papel nenhum. Ele não havia deixado ali nenhum de seus "documentos".

Fomos seguindo até que um farol lá atrás começou a piscar. Parei e fiquei esperando. Ninguém apareceu. Buzinei e veio o Antonino. Quando vi que era ele, senti que a coisa era para dar trabalho. Ele veio e disse que o radiador tinha furado. E eu pensei que, se tem uma coisa que você não consegue, é dizer os enguiços que podem acontecer numa estrada. O que eu mais esperava que enguiçasse eram os freios. E com aquela chuva e naquela estrada, só um havia dado trabalho. Enquanto íamos para o carro, o Antonino falou que tinha rezado para que fosse a mangueira que tivesse arrebentado. Mas que infelizmente a coisa era mais séria. O capô do carro já estava levantado, e era mesmo um furo no radiador. E um furo grande. A água havia vazado quase toda, e estava escorrendo já sem força. Fiz as contas, pensei, e resolvi mandar o Antonino de volta, com o radiador, até Ponte Alta e seguir com os outros, deixando o Oliveira com ele.

O Luís veio e falei isto com ele. Ele se lembrou que havia visto carros da Companhia parados em Ponte Alta. Portanto lá deveria haver uma oficina que pudesse, pelo menos, fazer um serviço daqueles.

Ajudamos o Antonino a tirar o radiador e ficamos esperando alguém passar em direção a Ponte Alta. Mas esperamos muito e não passou ninguém. A estrada parecia deserta. Achei que estávamos perdendo muito tempo e resolvi mandar um carro levá-lo. Falei com o Luís para desengatar a carreta e ir. E ele desengatou e foi levando o Antonino e o radiador. Dei dinheiro para o Antonino e falei para ele dar um jeito de voltar o mais depressa possível.

Luís demorou a voltar. Quando chegou disse que tinha demorado porque o Antonino ainda havia ido acordar o mecânico de uma das oficinas. E falou que lá havia duas, e que pelo tamanho dos galpões, pareciam boas. Que quando saiu, o radiador já estava sendo consertado. Falei com o Oliveira que ele ia ficar esperando o Antonino. E que era para não dormir. E mandei o Luís entregar a ele dois lampiões e uma lanterna. Ele não queria ficar, e só não desobedeceu porque não era homem para desobedecer uma ordem. E ficou, e nós fomos. Antes de sairmos, ainda tive que acordar alguns que estavam dormindo nos carros. Já estava amanhecendo.

Saí fazendo as contas na cabeça de quanto a gente ainda poderia demorar. E havia trechos em que não estávamos indo nem a dois, ou três quilômetros por hora. Era aquela vagareza, passando devagar nas curvas, devagar nas subidas, nas descidas. E parando. E vendo se as rodas iam atolar naquela lama que aparecia na frente. E medindo o tamanho do buraco que a água estava encobrindo. E examinando as pontes, e olhando as vigas dos mata-burros, e ouvindo a carreta ranger e estalar. E ficando com aquele medo nas horas em que sentíamos os pneus derrapando. E medindo os quilômetros como se fossem horas. E não ligando se era dia ou se era noite.

E num lugar que não era nada diferente dos outros, meu carro afundou a roda e parei, e engrenei uma primeira e reduzi, e ele demorou a passar. Passou fazendo muita força e parei lá na frente, e fui ver os outros. O Murta passou e o Fábio ficou preso, atolado. Quando as rodas afundaram, mandei que ele virasse a direção para dentro da estrada e fizesse força. Ele engrenou a primeira e reduziu, e o carro não saiu. Fiz sinal com a mão para ele afundar o pé no acelerador. Ele afundou, e o carro gemeu, e quando deu o estalo eu olhei para o Luís que estava perto de mim, e ele olhou para mim, e eu pus a mão na cabeça e pensei que aquilo poderia muito bem ir tudo à puta que o pariu. O estalo tinha sido o semieixo que havia partido. E o diabo do Fábio ainda ficou acelerando, e eu fazendo sinal com a mão para que ele parasse. E o Antonino não estava ali, e eu e o Luís tiramos, sozinhos, o semieixo.

Tivemos que colocar o macaco e demoramos a arranjar uma pedra para o macaco ficar em cima, e não afundar pelo barro adentro. O caminhão ficou numa posição que não dava para ninguém passar. Tiramos o semieixo, e é o que eu digo: quando a gente estava precisando de alguém para levar o radiador, não apareceu ninguém. Mas naquela hora fui pensar que não dava para passar outro carro e apareceu um ônibus. E estava indo em direção a Ponte Alta. Tivemos que abrir a cerca de arame farpado que acompanhava a margem da estrada, e abrir mais de um metro no mato para que o ônibus pudesse passar. Perto da cerca tinha um lodo que atolava muito. Mandei cortar uns galhos de eucaliptos e forrar o chão. Na hora que o ônibus foi passar, uma roda escorregou e caiu fora dos galhos, e afundou no lodo. Levamos mais de uma hora para tirar aquele ônibus dali. Mal ele saiu, falei para o Luís:

— Você vai ter que desengatar de novo.

Ele riu e disse que não tinha importância. E foi, e desengatou o carro, e levou o semieixo para Dionísio que era a cidade mais próxima.

Pensei em seguir, e deixar o caminhão do Fábio ali. Olhei e vi que a gente ia ter que melhorar o desvio, porque como estava não ia aguentar o peso de uma carreta. Chamei o pessoal e mandei cortar mais galhos. Nisto apareceu um caminhão cheio de homens em cima. Um dos que estavam na cabina pôs a cabeça para fora e disse que a gente não podia cortar aqueles eucaliptos, que aquilo era da Companhia. Os motoristas pararam, mas falei baixo para continuarem, e continuamos. O homem do caminhão tornou a falar que a gente não podia fazer aquilo. Continuamos e ele perguntou quem estava mandando ali. Não respondi e os outros também não falaram nada. E acabou que o caminhão foi embora, e nós ainda cortamos mais galhos e os espalhamos em cima do lodo. Aí veio uma chuva que eu fiquei pensando como é que lá em cima ainda tinha tanta água. E não deu para ficar mexendo porque a estrada virou um rio. Entramos para dentro dos carros e esperamos diminuir a chuva.

Quando melhorou, fomos continuar o serviço e pensei, e vi que não podia deixar aquele carro ali. O Antonino já havia ficado para trás, e o Luís não seria capaz de montar sozinho o semieixo naquele lugar. Para eu ficar e os outros seguirem sem mim, você sabe, aquelas carretas estavam muito carregadas e aquela estrada era barro puro. E nas pontes você tinha que examinar bem antes de passar. E nos mata-burros, verificar as vigas. E nas curvas, ter certeza que não ia pegar nem derrapar. E resolvi esperar o Luís. Ele não devia demorar.

Escureceu e o Luís não voltou. Fiz as contas e o dia seguinte era o último para chegar em Belo Horizonte. E fiquei vendo toda hora um farol aparecer. E meu olho ardia. E dormi, e acordei. E tornei a dormir, e me acordaram. Era o Antonino e estava alegre quando falou comigo. Fiquei satisfeito quando o vi, e falei com ele do semieixo. Ele falou que não tinha importância. Que podia quebrar o que fosse, que a gente chegaria em Belo Horizonte. E iria chegar todo mundo junto.

Pensei de novo no dia que faltava e a coisa ruim dentro de mim parecia que estava aumentando. Perguntei pelo Oliveira.

— Já passou para o carro do Toledo — respondeu.

E me deu o troco e o recibo do mecânico que tinha sido passado num papel de embrulho sujo de óleo. Recebi e verifiquei. Perguntei se não tinha gasto nada para voltar de Ponte Alta até o caminhão. Falou que tinha voltado de "caminhão-gaiola" e que não pagara. Que tinha viajado no teto do caminhão, segurando o radiador. Eu não me lembrava de ter visto "gaiola" nenhuma passando por nós.

O dia amanheceu e nada do Luís. Eu não sabia quantos quilômetros faltavam para chegar a Dionísio, mas não podia ser coisa para demorar tanto. A chuva tinha diminuído mas continuava aquela chuvinha fina. Ela ia molhando a gente devagar, e a gente não ligava mais, nem achava ruim ver tudo molhado. E os cigarros ficavam molhados. E as mãos da gente estavam sempre sujas. E os pés cheios de barro, com os sapatos pesando mais de dez quilos. E a gente não ligava mais para merda nenhuma. E o Luís não chegava e eu tinha dito para não demorar. E ele sabia que a gente só tinha mais aquele dia para entregar aquele diabo daquele milho. Aí olhei e vi o velho. Ele estava com botas marrons que iam até a altura do joelho. E perguntava quem tinha jogado a cerca dele no chão. Tinha uma espingarda no ombro e usava um chapéu de aba dura. Fiquei pensando por que ele havia saído àquela hora da manhã, com tudo molhado daquele jeito, e com aquela espingarda no ombro. E ido passar logo ali, onde a gente estava. Falei para ele que era só para os carros passarem, mas que iríamos arrumar tudo de novo. Que ele podia ficar descansado. Ele olhou a cerca, e o lodo preto aparecia por cima dos galhos que tínhamos colocado. Mesmo aquela chuva não havia conseguido lavar o lodo. Depois de examinar bem a cerca, olhou para a gente e para o caminhão atolado e sem roda. E foi embora com a espingarda no ombro.

Tomei o café que o Lauro me deu, e fui ver o que o Toledo estava fazendo com o motor do carro ligado. O Oliveira ia saindo carregando uma lata e me cumprimentou sério. Respondi e entrei na cabina do carro. Sentei-me e o Toledo falou que estava verificando a batida do motor. Achava que tinha uma válvula presa. Escutei um pouco e distraído, escorei o pé no painel. E sabe o que ele fez? Bateu a mão na ponta do meu sapato para eu tirar o pé dali. E olhe que ele julgava que eu era sócio do sr. Mário. E eu podia mandá-lo embora na hora que quisesse. E mesmo assim bateu na ponta do meu sapato para eu tirar o pé do painel. Olhei para o painel e a madeira estava brilhando como se ele tivesse passado óleo de peroba, ou outra coisa qualquer que desse brilho em madeira. E olhe que viajando naquela estrada, nem a alma você conseguia manter limpa. E o carro do Toledo com o painel limpo e brilhando mais do que quando saíra da fábrica.

Eu havia reparado nele desde o momento em que apareceu perto do caminhão, lá em Caratinga. Havia reparado naquelas botinhas de salto alto, e até pensado como uma pessoa podia dirigir caminhão usando aquilo. E havia reparado naquelas calças mais apertadas em cima do que embaixo. E também naquela cara de quem não se preocupava com coisa nenhuma. E no andar dele no barro, dando pulinhos e não sujando as botinhas. Aquelas botinhas diferentes das que a gente vê por aí. Com mais de uma cor. Perto do calcanhar era um couro preto furado, e debaixo tinha um outro branco. Então ficavam aquelas bolinhas brancas, fazendo parecer, quando a gente olhava depressa, que ele estava de esporas. Até no nome dele eu havia reparado. E achara engraçado um chofer de caminhão com o nome de Toledo. E é o que eu estou dizendo para você, até no nome dele eu reparei.

E a cabina do carro dele parecia quarto de moça, de tão limpa que era. Parecia que até perfume ele jogava ali dentro. E usava aquelas camisas de mangas compridas, de umas cores que a gente não encontra em roupa de homem.

E mexia com todo mundo e, depois de uns dias, ficou me chamando de capitão. Escute essa, me chamando de capitão. E eu respondia. E ele falava como se meu nome fosse esse. E o diabo dirigia bem de um jeito que dava gosto ver a carreta patinar no barro, quando ele estava no volante. Ele fazia o que queria com o carro. E digo que se você ajuntasse todos ali, não conseguiria um que chegasse aos pés dele.

Olhei bem para ele e tirei o pé do painel, e continuei escutando o barulho do motor. Ele acelerou e me perguntou se estava ouvindo as batidas. Ali não havia ninguém igual a ele no volante, mas de mecânica não entendia coisa nenhuma. Desci, abri o capô e mandei que ele descesse. E mostrei a polia do ventilador. Tinha afrouxado e estava batendo. Perguntei se o caminhão não andava esquentando, e ele disse que andava. Não comentei e saí de perto.

Depois que já tínhamos almoçado, ouvi o barulho do carro do Luís. Ouvi e reconheci de longe. E quando apontou lá na frente, parecia que tinha andado devagar o tempo todo e ali perto, então, resolveu disparar estrada afora. Chegou patinando e espirrando lama para todos os lados. E desceu correndo e foi explicando por que tinha demorado tanto. Escutei calado e sentindo que não devia falar até passar a raiva. E ele disse que a gente nem precisava mais correr porque tinha uma ponte em Dionísio que havia caído. E que os homens que iam consertá-la nem tinham começado o serviço. Que ainda estavam esperando chegar o "material". E disse que o rio tinha levado a ponte e umas casas, e que ninguém podia passar. Que ele teve que deixar o caminhão em Dionísio, porque lá não havia daquele semieixo, e atravessar o rio numa pinguela para tomar o ônibus do outro lado. Que só gente a pé é que passava. Que os carros que chegavam descarregavam as mercadorias do outro lado do rio, e era tudo transportado para dentro da cidade nas costas de carregadores. E que ele tinha tomado um ônibus e ido até São Domingos do Prata, e que lá também não havia daquele semieixo, e ele teve então que chegar até Monlevade. E falou que havia passado por trechos da estrada que a gente não ia poder passar. E também que lá pela frente era só chuva. E quis acertar as contas das despesas naquela hora, e eu disse que depois a gente acertaria.

Colocamos o semieixo e foi fácil porque o Antonino estava ali. O Luís ficou só olhando, e como a chuva aumentasse muito, pegou um pedaço de lona e segurou-a acima de mim mais do Antonino. Aí a água não ficou molhando a graxa e ficamos trabalhando como se estivéssemos dentro de uma barraca. Na hora de apertar a porca-mestra, fui bater com uma marretinha e ela pegou a minha mão. Doeu muito e saí pulando pela chuva e segurando a mão. E digo para você que se alguém ali dissesse alguma coisa, eu brigaria com ele. Mas ninguém disse nada.

Acabamos de montar o semieixo e ainda tivemos que colocar dois macacos debaixo da carreta para o caminhão poder sair do lugar. Depois que saiu, melhoramos o lugar com pedras e tocos de eucaliptos. E os outros passaram sem nenhum ficar preso. E fomos e levantamos a cerca do homem, e o meu sapato sujou no lodo preto que a chuva não conseguia lavar. Fiquei achando que aquele lodo fedia a podre, e afundei o sapato numa poça d'água para lavá-lo. Afundei sem tirá-lo do pé.

Vi umas casas e achei que estávamos chegando em Dionísio. Mas não era. Era um lugar pequeno, com poucas casas e sem luz. Havia um carro parado e não deu para passar. Parei atrás e fui ver o que era. O motorista estava com o corpo quase todo debaixo do capô, mexendo no distribuidor. Estava com uma lanterna com as pilhas muito fracas. Fui e levei uma para ele. Vi que sentiu alma nova quando viu a claridade da minha lanterna. Não dava para ajudá-lo porque só cabia ele, lá dentro do motor. Fui para o meu carro para não ficar na chuva, e vi que o pessoal tinha entrado num bar que havia numa daquelas casas. Fui até lá. Era uma venda, com dois lampiões dependurados no teto. O pessoal estava encostado no balcão de madeira, tomando café e comendo bolinhos. Havia um homem bêbado no meio do balcão tomando cerveja quente, pois ali não havia geladeira. Quando entrei ele tinha batido o copo no balcão e perguntado, olhando bem para dentro do copo:

— Qual é o maior homem do mundo?

Ficou olhando para dentro do copo e depois se inclinou para trás, e outra vez bateu o copo no balcão e perguntou:

— Qual é o maior homem do mundo?

Quando o copo batia no balcão, um bocado da cerveja saltava para fora e molhava a mão dele.

Fui tomar café, e o pessoal estava achando graça no homem. Quando ele levantava o copo, era devagar como se estivesse erguendo um peso muito grande, depois descia a mão com força e batia o copo, fazendo a pergunta.

O Fábio deu um passo para trás e falou:

— É o Pelé.

— Que Pelé que nada! — falou o Murta, mais para o Fábio do que para o homem. — É o Tostão. — E virando-se para o bêbado: — É ou não é o Tostão?

O homem pareceu que não ouviu e tornou a fazer a pergunta. Eu via a hora que o copo ia quebrar e cortar a mão dele.

O Toledo bateu o cotovelo no Oliveira, mandando que ele respondesse. E o Oliveira falou:

— É o Papa.

O homem tirou os olhos de dentro do copo e reparou no Oliveira. Depois olhou para nós todos e levantou o braço.

— Aquele. Aquele é que é o maior homem do mundo.

Olhamos, e ele apontava para um quadro dependurado acima das garrafas que ficavam na prateleira em cima da porta. A luz era pouca mas vimos que o quadro tinha um retrato do Juscelino.

— Aquele — repetiu o bêbado — é o maior homem do mundo. É ou não é?

Ninguém respondeu e ele olhou de novo para nós todos. E pegou no copo e voltou a bater no balcão e fez um discursinho. E embolou o que disse e terminou, dizendo:

— Esta vida é uma incógnita. Entenderam? — e ficou como se tivesse dito uma coisa solene.

O motorista do carro enguiçado entrou e me devolveu a lanterna, e agradeceu. Paguei o café e saímos todos, e fomos para os caminhões. E o homem ficou lá, com o copo de cerveja quente, batendo no balcão e repetindo, dizendo que a vida era uma "incógnita".

Chegamos em Dionísio bem tarde. Os lugares onde o Luís tinha dito que a gente não ia poder passar, nós passamos sem descer dos carros. Só em um é que paramos para ver onde era mesmo que a estrada seguia, porque estava tudo debaixo d'água. Mas passamos em todos os lugares. Fomos passando devagar, mas não ficamos presos em nenhum. Um pouco antes de entrar em Dionísio, um farol piscou e eu parei. Era o Luís e veio e me disse que já havia olhado o melhor lugar para a gente ficar. Era num largo em frente a um posto de gasolina e que tinha um bar e restaurante. Disse que ficava bem na entrada da cidade. Vi que ele havia feito uma coisa boa.

— Está bem, vamos ficar lá. — Falei, e sem entender por que ele havia dito aquilo só ali. Por que não dissera antes?

O largo era grande e dava para estacionar as oito carretas e ainda sobrava espaço. Parei na frente da parede do bar, quase na entrada de uma rua que passava por ali. Os outros vieram e foram parando ao lado. E ficamos de modo que, para sair, era só fazer uma curva e seguir a rua. Ali perto já estavam estacionados três caminhões e também tinha um carro velho, sem rodas e sem uma das portas da frente. Depois que todos os carros estacionaram, dei um pulo até o bar. Tinha um balcão na frente e do lado, e onde era o restaurante tinha um salão grande com muitas mesas e cadeiras. O pessoal que parava no posto ia tomar café ali. Achei que tudo era muito grande para o movimento que devia ter.

Depois de tomar um cafezinho, que uma moça me serviu mais ao Luís, fomos ver a ponte. Tivemos que atravessar a cidade toda porque a ponte era do outro lado. Mas a cidade era pequena e nós fomos a pé e não demoramos. A ponte não tinha caído toda, só a parte do meio é que tinha ido embora. O rio estava passando na altura do piso, e as partes que tinham ficado pareciam firmes. O rio era largo e não deu bem para ver a outra margem porque estava escuro. Eu e o Luís marcamos para voltar no dia seguinte logo que amanhecesse.

Acordei cedo e fui ao bar e tomei café. Depois chamei o Luís e fomos ver a ponte. Aí vi que, na outra margem, havia alguns carros parados, e que eles realmente tinham posto duas pinguelas num ponto acima da ponte, onde o rio era mais estreito. E já naquela hora vi carregadores atravessando as pinguelas com coisas nas costas. Vi também que o trabalho para consertar a ponte não ia ser pequeno. Iam precisar refazer quase a ponte toda. E, àquela hora, ainda não havia ninguém trabalhando. Fiquei esperando até chegarem uns homens carregando machados e serrotes. Pararam perto e perguntei se eram eles que iam trabalhar na ponte. Responderam que eram, e falaram que estavam esperando as madeiras para começar. Resolvi ficar para ver o material. E chegou a hora do almoço e os homens parados, esperando as tais madeiras. E ficavam fumando e conversando, e quando começava a chover, eles iam para dentro de um armazém e continuavam fumando e conversando. E eu esperando, e nada de madeira. Depois do meio-dia chegou um caminhão carregado de tábuas e vigas. Olhei aquilo e achei que não ia dar para fazer um conserto que desse para passar as carretas. Fui falar com o que estava dando ordens, e falei dos carros que eu estava com eles. E disse que a carga de cada um pesava mais de trinta toneladas, e que íamos passar ali, por aquela ponte. Ele ouviu com muita atenção e disse que aquele serviço estava sendo feito pela Prefeitura, mas que não era obra para ela. Que estava sendo feito porque, se fosse esperar pelo Departamento de Estradas, iria demorar muito tempo, pois o Departamento estava com muito conserto para fazer.

— Por todo canto está acontecendo como aqui.

E disse também que todos deviam cooperar "e ajudar o Departamento". E que ele era o mestre daquela obra. Aí fiquei chamando-o de "mestre". Ele falava muito sério e foi comigo até as carretas. Perguntou-me o comprimento delas. Eu não sabia, e também não sabia a largura. Ele tirou uma trena do bolso e nós o ajudamos a medir a largura e o comprimento de uma das carretas. Não sei para que ele queria aquilo. Mediu e anotou numa caderneta, e disse que ia estudar um meio de "reforçar a obra". Que na verdade ele não esperava coisas "de tamanho porte". E foi embora e nós ficamos sérios, vendo-o seguir pela rua em direção à ponte.

Mais tarde fui e fiquei vendo o trabalho. Muita gente estava olhando, e o "mestre" estava lá em pé, e de vez em quando gritava alguma ordem para os homens. Fiquei até a hora do jantar. E depois ainda voltei para ver o serviço. Pararam de trabalhar quando escureceu, e isso não me agradou. Cheguei a pensar em ir falar com o mestre. Mas não fui, e no outro dia cedo voltei para reparar no que haviam feito. E, para mim, não tinham feito quase nada.

Passei os dias inteiros olhando o pessoal trabalhar e parecia que a cidade em peso ia para lá. Tinha gente que ficava como eu, o dia inteiro olhando. E quando chegava um ônibus vindo de São Domingos do Prata, a gente ficava vendo os passageiros atravessarem a pinguela. Uns atravessavam carregando a mala na cabeça. Outros pagavam meninos para carregarem para eles.

Uma vez o "mestre" veio para perto de mim e disse que havia providenciado madeiras "mais resistentes". Agradeci e perguntei que dia ele achava que ia terminar aquilo. Respondeu que não podia prever, mas que estava fazendo o possível para não demorar.

No posto onde havíamos parado, já estavam mais caminhões e carros que tinham chegado. E cada dia chegava mais. E eu havia indagado e não existia outra estrada por onde a gente pudesse passar. A única coisa a fazer era esperar a ponte ficar pronta. Os carros não precisavam de consertos urgente, e o freio do meu um mecânico tinha soldado a tubulação em menos de uma hora.

Aquilo de ficar olhando os homens da Prefeitura trabalhando, ia me deixando com raiva porque eu achava que eles estavam trabalhando com moleza. Estavam como quem não tinha pressa de terminar. Cheguei a pensar em falar com o "mestre" e oferecer nossa ajuda. Mas vi que mais gente trabalhando ali ia era atrapalhar. Um já havia caído na água. Não cheguei a ver mas ouvi os comentários. Disseram que uma tábua que um estava levando bateu nas costas de um outro, jogando-o dentro do rio. A correnteza debaixo da ponte era forte e o homem gritou e todos ficaram vendo-o ir rio abaixo, nadando e gritando, até se agarrar no capim da beirada, uns cinquenta metros abaixo. Falaram que não havia morrido por pura sorte. E os que estavam trabalhando, passaram a dizer que a culpa era da pressa no serviço. E também que havia muita gente a mexer ali em cima, com um rio cheio passando por baixo. É, havia muita gente para fazer aquele serviço, mas trabalhavam com uma moleza dos diabos.

Entrei no bar e pedi um café. Fazia quatro dias que estávamos parados ali, e o bar estava movimentado. Fiquei no fim do balcão esperando a moça levar o café. Ela me entregou a xícara, olhou para mim e riu de leve. Eu não havia ainda reparado naquela moça desde o dia em que a gente havia chegado. Quando ela me entregou o café, olhando para mim e meio rindo, fiquei sem saber se era riso ou um jeito qualquer dela fazer com a boca. E ela demorou um pouco olhando, e eu senti a coisa. E digo para você que nunca tinha visto uma mulher mostrar para a gente o que ela queria, como aquela moça mostrou naquela hora. Foi aí que reparei nela. E ela continuou servindo os outros, parecendo que nem tinha me visto. Ela era nova e parecia que tinha crescido muito antes de ficar moça, e que tinha parado de crescer na hora que ia ficar magra. Usava um avental azul com dois bolsos na frente, e o pano em cima já estava puindo de tanto ela se encostar na máquina de fazer café, ou no armário de vidro onde estavam os doces, e coxinhas, e empadinhas.

Eram duas moças e um rapaz que ficavam ali no balcão. O rapaz ficava na caixa e recebia o dinheiro, e dava o troco. E prestava atenção ao que o pessoal pedia, porque ali não usavam ficha, nem era anotado o que a gente ia gastando. Na hora de pagar a gente dizia o que havia comido ou bebido, e o rapaz fazia as contas, lá na cabeça dele, e dizia quanto era e a gente pagava. Uma das moças lavava os copos e xícaras, e ficava tomando conta para não deixar a máquina de café ficar sem água e sem pó. E também ficava vendo se as duas leiteiras compridas estavam cheias de leite. Elas ficavam em dois buracos, que no fundo tinham água quente, e por isso o leite nunca estava frio. A água quente escorria de uma torneirinha da máquina de fazer café e entrava para dentro de onde estavam as leiteiras. Estava sempre muito quente e soltava uma fumaça que subia para o teto, e era bom entrar no salão, vindo da chuva, porque parecia que ali não estava frio como lá fora. Isso a gente achava por causa da fumaça e do barulho da água fervendo, que saía da máquina de fazer café.

Com a moça que tomava conta da máquina, lavava os copos e as xícaras, e com o moço que ficava na caixa, o pessoal brincava e eles eram alegres. A moça era mais alegre, e muito corada. Estava sempre satisfeita. O pessoal brincava com o rapaz e com essa moça, mas não brincava com a outra. Ela servia o café, e as empadinhas e os sanduíches que apanhava no armário de vidro, com um pegador que parecia dois garfos juntos. Com esta o pessoal não brincava porque ela não era moça da gente brincar.

Mas tomei o café e fiquei quieto, esperando ela ir apanhar a xícara. E ela foi e pegou, e olhou de novo, e fez outra vez com a boca o jeito que parecia que estava rindo. E não falou nada, e eu fui e paguei o café. E ainda respondi para o rapaz da caixa, que não sabia quanto tempo ia levar para a ponte ficar pronta. Saí e fiquei lá dentro do carro, pensando naquela moça. E fui almoçar no bar, e o Luís foi e comemos juntos. E não gostei dele ter ido almoçar comigo. Quase não falei e fiquei sentado, de modo a ver o balcão e a moça servindo lá dentro.

Naquele dia fui olhar o serviço na ponte e não reparei nada, porque o que eu queria era voltar para o bar e ver a moça. E voltei e ela não estava atrás do balcão. Fui até o carro e o Teo foi falar comigo. Era muito calmo para falar, e não prestei atenção ao que ele disse. Estava era olhando para o bar, esperando a moça aparecer. Quando ela apareceu, falei para o Teo que eu ia dar uma urinada. E fui e entrei no banheiro que estava entupido e parecendo uma lagoa. E tive que ficar pisando só com o calcanhar do sapato, e mesmo assim procurando os lugares mais rasos. Depois cheguei até o balcão e pedi um café. Quando a moça o trouxe, estendi a mão para receber a xícara e segurei na mão dela. Ela olhou para mim e eu apertei um pouco a mão. E falei:

— Vamos encontrar hoje?

Não respondeu, mas olhou para mim daquele jeito.

Quando voltou para levar a xícara, falei de novo e ela aí disse:

— Hoje?

— É. Vamos?

Ela pensou um pouco e sem tirar os olhos de mim, respondeu:

— Está bem, vamos.

— A que horas? — perguntei.

— Às nove.

— Que lugar?

— Na porta, aí do lado.

Era na porta que dava para a rua. E não falou mais. E eu nunca tinha visto uma mulher decidida como aquela moça, e que parecia mesmo saber o que queria. Saí e fui procurar um lugar para tomar banho, porque a gente vinha tomando chuva e mexendo na lama, e não estava sentindo sujeira. Mas eu sabia que estava muito sujo, e fui, e tomei banho, e vesti uma roupa que era a mais limpa que eu tinha. E fiz a barba e fui jantar no bar.

Quando deu oito e meia, eu já estava dentro do caminhão olhando para a porta que estava sempre fechada. Não deixei de olhar até que foi chegando nove horas. Antes do meu relógio dar a hora, ela apareceu. Eu estava perto porque havia descido da cabina do caminhão, de tão impaciente que estava. Ela veio se encontrar comigo, e nós não falamos, e fomos para o lado do carro. Abri a porta e ela subiu. Subiu com facilidade, e você sabe que aqueles caminhões têm a cabina muito alta, e não têm estribo. Você tem que colocar o pé nos lugares certos, porque se não fizer assim, não dá para entrar, e você tem que voltar para o chão, trocar o pé, e começar a subir de novo. E ela não pôs o pé no lugar certo e quando chegou a hora de trocar, deu um pulo e subiu para a cabina. E vi a perna dela por baixo do vestido na hora em que deu o pulo. Eu nunca tinha visto ninguém dar um pulo daqueles e conseguir entrar. E ela fez aquilo e entrou. E fez com facilidade. Quando entrei ela estava sentada, me esperando e olhando para mim. Sentei-me e me virei para ela e ela parecia que estava me esperando há muito tempo. Nós nem conversamos e ela só pediu para eu fechar a cortina. Fechei e ela me abraçou e passou os dois braços pelo meu pescoço. E nós nos encostamos todos, e ficamos ali. Ela tinha uma boca que não era macia e o pescoço era comprido. E tinha na boca um perfume que era o cheiro de uma folha que as moças por ali esfregam nos dentes para ficar com aquele perfume. Os dentes dela eram muito brancos e certinhos, e tinham aquele cheiro que até hoje eu sei qual é.

Depois destravei a corrente e baixei a cama. Ela não disse nada e subiu na cama, e nós tiramos a roupa. Ela era uma moça nova e eu tinha ficado muitos dias sem pensar em nada, a não ser levar aquelas carretas até Belo Horizonte. E só pensando nos lugares em que a gente ia tendo que parar, e nos atrasos. E o meu corpo estava sempre doendo ou cansado.

Olhei a moça e ela era alta e não era magra, e o perfume da folha que ela tinha passado era um perfume que eu estava gostando. E ficamos deitados e ela toda esticada. Meu braço passava até o outro lado do corpo dela. Ela era quentinha e a pele parecia que não dava para apertar; a mão da gente escorregava, porque ela era nova e ainda muito lisa. Depois ela falou baixinho e estava com os olhos fechados, e parecia que estava era pensando. E falou:

— Fica quieto.

E eu fiquei quieto. Mas parece que teve uma hora que esqueci e ela apertou os braços no meu pescoço, e falou de novo:

— Quietinho. Não mexe, não.

E eu fiquei bem quieto. E foi subindo um calor, que foi crescendo, e eu achei que ela estava balançando, mas eu não sabia se estava mesmo ou se eu é que estava achando. Ela ficava bem esticada e abraçada no meu pescoço. E eu sentindo aquele cheiro da folha. E me lembrei que não tinha travado as portas do caminhão. Ela era da família dona do bar, e eles podiam tê-la visto entrar, e eu não tinha travado as portas. E vou dizer para você que não liguei, porque aquela era uma moça para fazer um homem não ligar para nada. E pensei que se alguém abrisse a porta, ia ter que fechar depressa. E não ia fazer coisa nenhuma porque não havia ninguém para me fazer sair dali. E é o que eu digo para você: quando uma mulher nasce para agradar a um homem, não precisa aprender. Já vai fazendo, e a coisa vai saindo como deve sair, e sem jeito de ser melhor.

Eu nunca tinha ficado daquele jeito, e ela tinha falado para eu ficar quieto, e eu fiquei, e senti aquele calor subindo. E ela apertando os braços no meu pescoço, e fazendo eu ficar cada vez mais quieto. Depois, vou dizer para você, ela ficou passando a mão na minha cabeça e quase não falando, que ela era uma moça muito calada. E ficou olhando para minha cabeça e eu deixando ela passar a mão, e abraçado com ela com os braços chegando até do outro lado.

No dia seguinte quando olhei a ponte e vi que não ia dar para ficar pronta, e o "mestre" me perguntou qual era mesmo o peso que a gente levava, eu disse, e falei que ali nunca tinha passado carro com um peso daqueles. E não liguei de não dar para passar naquele dia. E aquilo era coisa que eu nem sabia como era. Já estávamos atrasados cinco dias, e o "mestre" falou que naquele dia não ia dar, e eu nem com raiva fiquei.

À noite, nós nos encontramos na mesma hora e desta vez ela foi direto para o caminhão, pois a gente havia combinado que eu ficaria lá dentro, esperando. Vi quando ela apareceu na porta, e parecia que ia sair para buscar uma coisa qualquer, e não que ia para o carro se encontrar comigo. Saiu, fechou a porta, e foi indo, e eu abri a porta do carro e ela subiu depressa e me abraçou. Eu havia passado o dia todo esperando aquela hora, e quando ela me abraçou com força e ficou sem dizer nada... olhe, nem sei a que horas peguei no sono. Sei é que acordei e vi que era dia na rua. Abri a cortina e o sol já tinha saído. E olhei a cama, e me deu uma raiva muito grande de ter dormido e não ter visto a hora em que ela saiu. Ainda permaneci deitado e pensando nela. Podia até sentir o cheiro da folha, e era como se ela ainda estivesse ali. Nesse dia a ponte ficou pronta e saímos dali. Antes de sair, peguei na mão dela lá no balcão, que eu não estava querendo, nem pensando em ficar sem falar com ela antes de ir embora. Não liguei para a família dela ser a do bar, e segurei na sua mão e falei que eu ia voltar. Entendeu?

Eu falei que ia voltar. Aquela moça era para fazer qualquer homem achar ruim a ideia de não se encontrar mais com ela. E eu disse que ia voltar e que ela me esperasse. Ela não tirou a mão, e ficou olhando para mim e eu saí sem pensar que ia embora e que ia voltar. Porque, você sabe, quando a coisa é forte e é grande, e é o que deve ser para a gente, a gente não precisa ficar repetindo nem tornando a pensar. E eu sabia que se a coisa fosse grande como eu estava achando, um dia eu ia voltar. Isto eu senti e fiquei sabendo naquela hora.

Na estrada fiquei pensando nela, e no jeito dela passar a mão na minha cabeça, e ficar querendo que o meu rosto ficasse sempre perto do rosto dela. E como segurava o meu pescoço.

Dionísio fica perto de São Domingos do Prata. Não são nem quarenta quilômetros. E nós levamos o dia todo e pedaço da noite, porque os carros atolaram muitas vezes. O barro tomava conta da estrada toda. Numa das vezes, tiramos o carro do Lauro, que foi o que afundou, quase que na mão. Colocamos um macaco atrás e a carreta não saiu. Mandei todo mundo empurrar, e coloquei mais um macaco. E enquanto a gente empurrava, o Oliveira levantava o macaco. Aí saiu. E continuamos, e a estrada fazia muitas curvas. A gente ia devagar e eu pensando e achando que aquela moça podia até ter ido comigo ali no caminhão. Tem uma hora em que você acha que a sua vida tem que ser como você quer, porque ela é sua e não adianta não estar fazendo coisas que você gosta, só porque outros não gostam. O que vale para você é o que você sente.

E fomos indo, e quando chegamos em São Domingos do Prata vi que havíamos demorado mais de um dia para andar aquela distância, e não fiquei com raiva e nem senti a coisa ruim dentro de mim. Vi que estava fazendo o possível, e que um homem não pode estar se matando por querer fazer uma coisa que é impossível. E em São Domingos tinha uma ponte num lugar igualzinho à de Dionísio. Paramos para olhar e vimos que ela estava boa. O Luís achou que devíamos esperar o dia seguinte para vermos melhor, no claro. Mas falei para a gente seguir e seguimos. E íamos devagar e já estávamos atrasados mais de seis dias. E não havia outro meio de ir. E não senti mais raiva disso. E sabia que se fosse possível, iríamos chegar em Belo Horizonte com as oito carretas. E isso me pareceu que bastava.

Perto de Monlevade entramos na estrada nova e começamos a correr. Tive que me lembrar e diminuir aquela correria, porque com carros pesados como estavam aqueles, isso não era coisa boa. E aí nem parecia que a gente estava viajando, porque a coisa era muito diferente daquilo que a gente tinha feito até ali.

Entramos no trevo da Avenida Antônio Carlos quase às dez horas da noite. Eu me lembro bem da hora porque o Murta começou a buzinar, feito quando a gente mora numa cidade pequena e chega, e então buzina para o pessoal saber que é a gente que está chegando. Escutei a buzina e comecei a buzinar também, e então nós todos ficamos tocando a buzina e eram oito carretas buzinando. E eram mais de nove horas da noite. As carretas tinham duas buzinas; uma para estrada e outra para cidade. E nós tocamos as de estrada. Penso que acordamos todas as crianças por ali.

Estacionamos as carretas, uma atrás da outra, perto da tal Refinação onde a gente tinha que entregar o milho. Saltei, e olhei, e achei bonito aquelas oito carretas encostadas uma atrás da outra, e cheias de barro até em cima da cabina. Chamei o Luís e vi que ele estava alegre, e eu também estava. Ele ficou tomando conta dos caminhões e, antes de sair, falei com eles que no dia seguinte cedo, eu apareceria por lá. Você sabe, a gente não pode parar assim, e sair, e não falar nada com o pessoal que veio fazendo as coisas junto com você. E fui lá para a garagem dos concreteiros. Eu estava com saudades da minha cama.

Quando cheguei na garagem vi logo dois carros encostados. Cumprimentei o vigia e eu estava mais alegre do que ele. Perguntei-lhe sobre os dois carros, e ele disse que um estava enguiçado há muitos dias, e que o outro tinha quebrado a embreagem fazia dois dias. Aquilo não me agradou e quando fui entrando para onde ficava a minha cama, o vigia me perguntou aonde eu ia. Olhei para ele e pensei, e não entendi. E falei que ia me deitar. Ele disse que o sr. Mário havia dado ordem para ninguém mais dormir ali. Perguntei o que era mesmo, e ele falou que o sr. Mário tinha estado por lá, e tinha conversado e dado a ordem para ninguém mais dormir ali. Fui lá para dentro, e olhei minhas coisas, e fui tomar um banho.

Chamei o vigia para saber por que o chuveiro não ligava, e ele disse que havia queimado. Tomei um banho frio e não gostei, porque eu vinha pensando na minha cama e num banho quente. Tomei o banho e senti o corpo cansado demais, e fui e me deitei. O vigia foi e tornou a me perguntar se eu ia mesmo dormir ali. Respondi que ia.

— Mas o sr. Mário avisou que ninguém mais pode dormir aqui.

Levantei a cabeça e falei com ele que eu ia dormir ali, e que no dia seguinte a gente conversaria.

— Mas ele avisou, seu Jorge.

Não gostei, mas não falei nada. Eu estava muito cansado.

Acordei e parecia que eu havia desacordado, porque tinha dormido um sono pesado e sem sonhos. Quando olhei, o sol já estava de fora. E estava fazendo calor, e o sol brilhava muito. Era aquele sol de depois da chuva, que queima, e brilha, e faz a gente andar com os olhos meio fechados. O mecânico ainda não tinha chegado, e aquilo também não me agradou, porque já passara da hora dele estar ali. Fui apanhar a chave da Kombi, e como ela não estava no claviculário, perguntei ao vigia onde estava. Ele disse que não sabia. Olhei para ele e vi que estava mentindo. Aí falei para me entregar, e perguntei:

— O que há?

Ele enfiou a mão no bolso e tirou a chave, e falou que eles é que tinham falado para ninguém mexer em nada ali. Peguei a Kombi e fui em direção ao escritório. E estava sentindo um cansaço gostoso.

Entrei no escritório e fui andando para a sala do sr. Mário. Eu queria falar com ele e contar as coisas. Você sabe como é. Quando passei pela sala do contador, ele me chamou, olhou para mim e perguntou:

— O que é que houve?

Olhei para ele e fiquei sem saber o que era, e ri. E falei:

— O que houve, o quê?

E ele disse:

— O quê?

E eu já não gostei de como ele disse esse "o quê". E continuou, e eu quis sair porque ele começou a falar "daquele atraso", e daquilo de levar "tantos dias para trazer uns caminhões da Rio-Bahia até Belo Horizonte". E que o sr. Mário estava querendo muito bater um papo comigo. O Rui era gordo e tinha os dedinhos curtos e quando falava, ficava passando a língua na boca. E ficou repetindo, e dizendo que o sr. Mário queria bater "um papinho" comigo, e que estava "deveras satisfeito" comigo. E me perguntou que passeio tinha sido aquele. Você está escutando? E depois disse que o sr. Mário tinha avisado para eu ir atrás dele, até descobri-lo, na hora que eu chegasse. E tornou a falar que ele queria bater um papo comigo. E dizendo aquilo e olhando para mim lá da cadeira dele, e sempre molhando a boca com a língua. Os outros moços do escritório mais a moça pararam e ficaram olhando e escutando. Eu então fui saindo, mas ele gritou para eu esperar. Eu que já estava me virando para ir embora, me desvirei, e ele tinha se levantado da cadeira, e vinha em torno da mesa, e disse:

— O sr. Mário falou para não deixar você sair daqui antes de acertar tudo o que gastou. E quero todas as notas. Todas as notas sem faltar nenhuma. Entendeu?

E foi isto o que ele me disse. E já foi indo para o meu lado, com um daqueles dedinhos apontando e balançando para mim. E ficou repetindo:

— Todas as notas, ouviu? Todas as notas. — E depois: — Porque este negócio de você andar fazendo estas despesas todas e nunca apresentar conta, não pode dar certo. Isto não pode dar certo. E eu quero as notas.

Aí eu enfiei a mão no bolso e fui tirando o dinheiro que fui encontrando, e andando para o lado dele. E ele olhou para a minha cara e calou. E se encostou na mesa. Ele era baixinho e ficou na ponta dos pés e dobrado para trás. E fui e joguei no rosto dele o que fui encontrando nos bolsos. E eram papéis e dinheiro. E fui jogando até não ter mais nada nos bolsos. No fim ele estava quase deitado de costas, de tão dobrado. E a mesa ficou cheia de papéis e notas sujas e emboladas. Aí eu o peguei pelo paletó, que ele só trabalhava de paletó, e o puxei para mim e falei:

— Seu merda. Olhe aqui, seu pedaço de merda.

E fui empurrando-o, e ele na ponta dos pés, e eu sentindo que ele estava tremendo. E fui empurrando e dizendo para ele que ele era um pedaço de merda. E eu querendo falar mais coisas, mas não achando. E chegamos na porta que dava para a sala do sr. Mário. Então eu o suspendi pelo paletó e o joguei contra a porta. Ela deu um estalo, abriu e rodou batendo contra a parede. E caíram pelo chão pedaços de ferro do trinco que quebrou, e vidros, da parte de cima que não era de madeira.

E o contador ficou parado onde tinha batido, com os braços na frente do queixo. Segurei de novo seu paletó e tornei a ir empurrando-o, agora em direção da sua mesa, e dizendo para ele que ele era um merda, um pedaço de merda. E bati com ele na parede e ele não falou nada. Só ficou com as mãos na frente do rosto e tremendo. Bati de novo e o soltei, e ele caiu. E eu o chutei, e ele se levantou, correu e ficou se espremendo contra a parede, e olhando para mim. Aí saí dali, e fui andando e ninguém falou nada. Entrei na Kombi e fui para a casa do sr. Mário. E onde eu passava que sabia que era lugar que ele podia estar, eu olhava para ver se o avistava. Mas não o avistei e fui até a sua casa. Passei pelo portão, e o sol ainda estava brilhando e me dando vontade de ir deitar, e dormir, e não pensar em nada.

Toquei a campainha e olhei para ver quem vinha atender à porta, porque ela era de vidro e dava para a gente ver lá dentro, mesmo estando fechada. Não foi o sr. Mário, mas a d. Helena. Ela me cumprimentou e perguntei pelo sr. Mário. Respondeu que não estava, mas que era para eu esperar que ele chegaria logo. E tornou a me perguntar como tinha sido a viagem. Não respondi, e disse que ia esperar o sr. Mário lá fora. Ela insistiu para eu entrar, e olhou para mim e eu, então, entrei. E ela ficou falando e eu não sabia em quê, nem prestava atenção nas suas palavras. E ela falou e riu. E você sabe como é. Depois se sentou na cadeira em frente da que eu tinha me sentado, e cruzou as pernas, e continuou falando. Senti que era bom escutar sua voz, e também pensei como é que o sr. Mário sabia que eu ia ali na casa dele logo de manhã, se ele não sabia que a gente havia chegado? Mas não liguei muito para isso.

A d. Helena era uma senhora fina e estava com as pernas cruzadas. Era uma mulher muito cuidada, e suas pernas estavam com aquela cor dourada, parecendo queimadas de sol. E havia chovido aqueles dias todos, e ela era uma mulher bonita que sabia cruzar as pernas. E eu estava sem vontade nenhuma de conversar, mas gostando de ficar naquela cadeira de couro, macia e grande, e olhando para ela, sentada e falando com o cigarro aceso entre os dedos, e mexendo com a mão. E eu ouvindo o som da voz dela e gostando de não estar sendo preciso fazer nada, mas só ficar quieto, sentado. E digo que nem sei quanto tempo fiquei ali.

A empregada, a mesma que deve ter levado o fósforo para ela, levou a bandeja e eu bebi o café. E a d. Helena não parou de falar e olhar para mim, com aqueles olhos de mulher distinta, que olha para o fundo de você, e você não sabe para onde mesmo ela está olhando.

Resolvi sair para encontrar o sr. Mário, porque me lembrei do Rui, e se ele havia dito aquilo — aquele merda que falava e ficava passando a língua na boca — era porque estava repetindo o que o sr. Mário havia falado para ele, ou na frente dele. E resolvi me levantar daquela cadeira macia e grande, e ir procurar o sr. Mário. Não sei se falei, ou se a d. Helena percebeu, mas antes que eu estivesse de pé, ela insistiu para eu não sair, que o sr. Mário não iria mesmo demorar. E continuava sentada, com as pernas cruzadas e o vestido branco deixando ver até em cima. Levantei-me e, então, fiquei sabendo o que é que eu estava querendo fazer desde que a tinha visto cruzar as pernas com aquele modo de mulher fina. E fui, e cheguei perto dela. E ela se levantou e ficou olhando para mim. E cheguei perto, e não falei, e ela tinha parado de falar. E passei o braço em volta dela e ela não fez nada. Ficou me olhando com os braços caídos, e o cigarro aceso na mão. Apertei-a e senti o corpo dela se encostando em mim. E com a mão nas suas costas, virei o corpo e sua boca veio e eu a beijei com força. E ela ficou com o rosto virado para mim, e beijei-a de novo. Desci a mão que estava nas suas costas e apertei para que ela se encostasse mais. E senti todo o seu corpo, e apertei mais ainda. Eu nunca havia apertado uma mulher daquela. O cabelo dela brilhava ali perto do meu rosto, naquela sombra da sala, e eu olhei e vi sua boca, e era uma boca que parecia que tinha bebido água. E tornei a apertá-la. E enfiei minha língua lá dentro da sua boca. E digo que nunca beijei uma mulher como aquela.

Então soltei-a e fui saindo, e vi o cigarro dela caído em cima do tapete, e a empregada estava parada na porta da sala, olhando. Tropecei num vaso, ou numa mesinha, que eu não sei bem o que era, e parei. Mas só para esperar que a coisa acabasse de cair. E não apanhei nem me abaixei, e fui saindo e fechei a porta.

E fui na garagem dos concreteiros, e peguei minhas coisas que eram poucas, e coloquei tudo dentro das minhas duas bolsas, e saí dali. E digo para você que não gosto mais nem de me lembrar dessas coisas, e só me lembro mesmo, quando alguém chega e a gente fica batendo papo. Porque, você sabe, a gente não consegue ficar conversando muito tempo, sem no fim falar do que a gente já fez, ou do que a gente já foi.

Sobre o autor

OSWALDO FRANÇA JÚNIOR NASCEU EM SERRO, no estado de Minas Gerais, em 21 de julho de 1936. Cursou faculdade de economia, mas não chegou a se formar. Nutria desde a infância o desejo de voar, dando, em 1953, os primeiros passos nesse caminho ao ingressar na Escola Preparatória de Cadetes do Ar, no município mineiro de Barbacena. Mais tarde foi para o Rio de Janeiro, onde concluiu o curso de Formação de Oficial Aviador, e, transferido para Fortaleza, passou a pilotar aviões de combate.

Em 1961, enquanto servia na Força Aérea Brasileira em Porto Alegre, recebeu, após a renúncia do presidente Jânio Quadros, a ordem de bombardear o Palácio do Governo, onde estava Leonel Brizola, então governador do Rio Grande do Sul. Conforme recordou em entrevista a Geneton Moraes Neto, publicada no Jornal do Brasil em 1987, "os sargentos esvaziaram os pneus dos aviões. E trocar de repente todos os pneus dos aviões de combate é um problema técnico complicado e demorado. Os aviões, assim, ficaram impedidos de decolar na hora do ataque". A missão, para o alívio de França Júnior, fracassou.

Com o golpe militar de 1964, foi acusado de subversão e expulso da Aeronáutica. Depois disso, casado e com três filhos, teve diversas ocupações. O amigo Rubem Braga, que o considerava "um dos maiores escritores de ficção do Brasil", lembrou dessa fase:

> "Houve um tempo em que, cada vez que eu o encontrava, ia perguntando: mas, afinal, qual é a sua profissão? Ele ria e respondia que agora tinha uns carrinhos de pipoca, ou estava comprando e vendendo carros usados. Também lidava com cereais. Ou então era corretor. De quê? De ações, também um pouco de imóveis. Eu observava que a profissão de corretor é certamente muito séria, mas o diabo é que o sujeito que não tem profissão definida acaba dizendo que é corretor. Ele ria e confessava que era sócio de uma pequena frota de táxis, e uma de suas tarefas era testar a capacidade dos motoristas. Ou então havia comprado uma banca de jornais..."

Nas horas vagas, produzia contos. Certo dia arrumou coragem e levou alguns para Braga avaliar. O capixaba, grande cronista e um dos donos, com Fernando Sabino, da Editora do Autor, gostou do que leu. Comentou, no entanto, que contos não vendiam bem. "Se fosse romance, eu publicava", teria dito Braga, em relato do próprio França Júnior à TV Minas. O aspirante a escritor não titubeou, retrucando que estava prestes a finalizar um romance — faltava apenas revisar. Como era mentira, voltou correndo para casa e avisou a esposa: "Não deixa o menino fazer bagunça, porque eu vou fazer um trabalho importante."

Em 1965 saiu *O viúvo*, estreia de Oswaldo França Júnior, pela Editora do Autor. O romance sobre um vendedor de queijos que tentava reconstruir a vida após a morte da esposa não foi um sucesso de público, mas chamou atenção da crítica. Posteriormente, a professora Regina Zilberman, em texto publicado no jornal *O Estado de S. Paulo*, destacaria que o livro já manifestava as características centrais que marcariam toda a sua obra:

"o aproveitamento ficcional do cotidiano da classe média urbana, que, se coincide com o de seus leitores numa certa medida, não comparece com frequência marcante em nossa literatura; e a apropriação de uma linguagem na qual predomina o fluxo interior da consciência dos protagonistas, sem que o fato incida no abandono da oralidade e do tom coloquial."

Com *Jorge, um brasileiro* (1967) veio a consagração. A história de um motorista de caminhão em viagem pelo interior do Brasil acumulou mais de setecentos mil exemplares vendidos e recebeu o Prêmio Walmap, à época o maior concurso literário do país, tendo como jurados escritores como Guimarães Rosa, Jorge Amado e Antônio Olinto. Mais tarde traduzido para o inglês, entre outras línguas, o romance foi aclamado nas páginas da revista norte-americana *New Yorker* pelo escritor John Updike, para quem a narrativa de França Júnior tinha "a qualidade de épicos norte-americanos" como *As aventuras de Huckleberry Finn*, de Mark Twain, e *On the Road*, de Jack Kerouac. Outros chegaram a comparar seu estilo ao de Albert Camus e de Gabriel García Márquez.

Na opinião do crítico brasileiro Wilson Martins, Jorge, um brasileiro "resistiu com galhardia ao tempo e à tradução, duas provas eliminatórias no processo de durabilidade literária: é uma novela que se relê com o mesmo prazer e a mesma surpresa da primeira leitura". Foi ainda adaptado para a televisão, no fim da década de 1970, como parte do programa *Caso especial*, da TV Globo, que por sua vez deu origem à série *Carga pesada*, com os atores Antônio Fagundes e Stênio Garcia. Em 1987 o longa-metragem homônimo de Paulo Thiago transpôs o livro para as telas de cinema.

Na esteira do sucesso editorial, França Júnior passou a lançar, em média, um romance a cada dois anos. Vieram *Um dia no Rio* (1969), *O homem de macacão* (1972), *A volta para Marilda* (1974), *Os dois irmãos* (1976), *As lembranças de Eliana* (1978), *Aqui e em outros lugares* (1980), *À procura dos motivos* (1982) e *O passo-bandeira* (1984) — esse último com contornos autobiográficos, abordando a temática da aviação. Ao retratar pessoas comuns em suas batalhas cotidianas, eram obras, como descreveu Fernando Sabino, feitas "não apenas de palavras escritas, mas de sentimentos da humanidade que ele extraiu da própria vida".

Seu primeiro — e único — volume de contos, gênero que foi sua porta de entrada para a literatura, chegou em 1985. À imprensa, confessou que nunca havia reunido seus contos por considerá-los muito íntimos e que aquele *As laranjas iguais*, com 61 narrativas brevíssimas, teria nascido após "um acesso de coragem ou irresponsabilidade". "Não tenho planos de lançar outra coletânea", completou. Hoje, é celebrado como clássico do microconto brasileiro. Um de seus textos mais famosos, "A árvore que pensava", foi transformado em livro para o público infantil acompanhado de ilustrações de Ângela Lago.

Mantendo a promessa, França Júnior logo retornou aos romances. Após integrar o júri do prêmio Casa de las Américas, na cidade cubana de Havana, escreveu *Recordações de amar em Cuba* (1986), *No fundo das águas* (1987) e o lançado postumamente *De ouro e de Amazônia*.

Um acidente fatal de automóvel interrompeu a carreira de Oswaldo França Júnior no dia 10 de junho de 1989. Na antiga BR-262 (hoje BR-381), estrada que liga as cidades mineiras de

Belo Horizonte e João Monlevade, conhecida como a "Rodovia da Morte", o carro que dirigia rodou na pista e despencou mais de cinquenta metros. "O terrível é que o Brasil não estava em condições, não tinha o direito de perder um escritor como Oswaldo França Júnior, em plena produção e em plena aventura de vida, com seus 53 anos, sua densa humanidade generosa, seu riso claro de rapaz", lamentou Rubem Braga.

De ouro e de Amazônia, lançado em dezembro daquele mesmo ano, foi tido por muitos como um de seus melhores trabalhos. O pano de fundo era o garimpo no bioma. À frente de seu tempo, para Caio Fernando Abreu não só representava "a obra-prima e a síntese coerente de toda a carreira do autor", mas também era também "um romance fundamental para compreender pelo menos parte do Brasil contemporâneo. Um Brasil clandestino, que corre por trás das informações da mídia e, até agora, estava ausente da nossa literatura".

Traduzido para línguas como francês, espanhol, alemão e russo, além do inglês, França Júnior foi um dos maiores expoentes de sua geração de escritores. Por muito tempo fora de catálogo, sua obra acabou se distanciando do grande público, porém vem sendo redescoberta ao longo das últimas décadas. No início dos anos 2000, Alberto Mussa contou ter entrado em contato com a literatura do autor a partir de visitas a sebos. Ficou fascinando com o que encontrou: "um escritor que consegue dar uma dimensão altamente dramática a uma matéria em princípio tão corriqueira", "um grande artista", "um conhecedor profundo da natureza humana" e, enfim, "um mestre incontestável da língua portuguesa".

Em 2024 a editora Nova Fronteira deu início à reedição dos livros de Oswaldo França Júnior, tornando-as acessíveis aos novos leitores.

Direção editorial
Daniele Cajueiro

Editora responsável
Janaina Senna

Produção editorial
Adriana Torres
Laiane Flores
Juliana Borel

Revisão
Anna Beatriz Seilhe
Claudia Moreira
Letícia Côrtes
Thaina Boais
Vanessa Dias

Projeto gráfico de miolo
Larissa Fernandez
Leticia Fernandez

Diagramação
DTPhoenix Editorial

Este livro foi impresso em 2024, pela Vozes, para a Nova Fronteira.
O papel do miolo é Avena 70g/m² e o da capa é cartão 250g/m².